Best Time

白 马 时 光

纸崩

Paper Avalanche

〔英〕 丽莎·威廉森 —— 著

王紫薇 —— 译

百花洲文艺出版社
BAIHUAZHOU LITERATURE AND ART PRESS

图书在版编目（CIP）数据

纸崩 /（英）丽莎·威廉森著；王紫薇译 . — 南昌：
百花洲文艺出版社 , 2020.4
　ISBN 978-7-5500-3715-1

　Ⅰ . ①纸… Ⅱ . ①丽… ②王… Ⅲ . ①长篇小说—英
国—现代 Ⅳ . ① I561.45

中国版本图书馆 CIP 数据核字（2020）第 028875 号

江西省版权局著作权合同登记号：14-2020-0088
PAPER AVALANCHE by Lisa Williamson
Text © Lisa Williamson 2019
This edition arranged with Felicity Bryan Associates Ltd. through Andrew Nurnberg
Associates International Limited.
Simplified Chinese Characters Language Copyright © 2020 by Beijing White Horse Time
Culture Development Co., Ltd.
ALL RIGHTS RESERVED.

纸崩 ZHI BENG

〔英〕丽莎·威廉森 著　　王紫薇 译

出 品 人	李国靖
特约监制	陈美珍
责任编辑	兰　瑶　黄文尹
特约策划	韩　优
特约编辑	韩　优
封面设计	ABOOK STUDIO 船舍 Design QQ 812784044
版式设计	赵梦菲
封面绘图	黑猫局长 Cheryl
版权支持	程　麒
出版发行	百花洲文艺出版社
社　　址	南昌市红谷滩世贸路 898 号博能中心 I 期 A 座 20 楼
邮　　编	330038
经　　销	全国新华书店
印　　刷	三河市兴博印务有限公司
开　　本	880mm×1230mm　　1/32
印　　张	10.5
字　　数	170 千字
版　　次	2020 年 4 月第 1 版第 1 次印刷
书　　号	ISBN 978-7-5500-3715-1
定　　价	42.00 元

赣版权登字：05-2020-27
版权所有，侵权必究
发行电话　0791-86895108　　　　网　址　http://www.bhzwy.com
图书若有印装错误，影响阅读，可向承印厂联系调换。

睡着后，我又梦到了那个我做过无数次的梦。
在梦里，成堆的废纸将我活埋。

夏

至

Summer

1

"真鲜！"

突如其来的声音打断了我玩手机的动作。我抬起头，眼前这个双手插兜、正在说话的家伙竟然是和我同年级的杰米·贾侬。我上一秒还波澜不兴、跳动频率无比正常的心脏突然就变成了一头失控的怪兽，开始横冲直撞起来。

"那个，你刚才是在跟我说话吗？"我有些紧张，掩饰着理了理鬓角不存在的碎发。

"不然还有谁呢？"杰米边说边露出痞痞的笑容，顺带给自己倒了杯橙汁。

他这么说让我有些不知所措。确实，所有人都聚在戏剧室的另一边，正跟着《汉密尔顿》的原声带鬼哭狼嚎着，这边就只有我们两个在。我待在自助餐桌边二十多分钟了，一直在吃东西消磨时间。

半小时前，校戏剧社出品的《青春狂热》公演结束，现在是他们所谓的庆功派对。一眼望去，聚在那边的几乎都是戴着夸张假发、还没卸妆、脸白得跟刷了漆似的演员，像我这种身穿黑衣的幕后人员没几个。

如果有的选，我也想直接回家，但谁让我的背包和外套还锁在切蒂老师的办公室里，而她又把钥匙弄丢了，搞得我只能在这儿等门卫拿备用钥匙来开门。

"真鲜！"杰米又感叹了一遍，然后冲着快被我吃完的那盆辣椒味玉米片点点头，"那个就是传说中会让人上瘾的味道吧，难怪你五分钟吃了四十二片。上面那层粉太鲜了。"

"你刚才一直在看我？"我的脸快红到脖子根了。

"好像，是的。"杰米下意识地咧嘴笑笑。

我紧张得直吞口水。我和杰米虽然同年级，但是之前从未有过交集。这种情况在奥斯布罗中学很常见，何况我本身也其貌不扬。那边的派对上有几个霸着沙发的"风云人物"正对簇拥着他们的人群亢奋地在说什么，声音大得好像生怕周围人听不到似的。杰米该是他们中的一员才对，怎么会过来跟我说话？他们肯定在玩真心话大冒险。我朝那边瞥了眼，却发现没人注意我们这里。

杰米又给自己倒了杯橙汁，然后闲闲地靠在桌边，似乎打算一直待在这儿。

我偷偷用余光打量他，发现他比我高了快八厘米，肌肉发达，白色的紧身 T 恤下胸肌轮廓分明。他抱臂胸前的姿势让手臂上的肌肉更明显，从我的角度看去，像袖子里藏了两个水球似的——他特别得意自己的身材。

杰米把手里的橙汁一饮而尽，然后又倒了一杯，橙汁把他的上唇染成了浅黄色。他似有所感地用手背擦了擦后，问我："你是今晚负责灯光的，对吧？"

我点了点头。

"那你肯定很懂那些咯，就是各种光效、舞台效果什么的？"

"还行吧。"我不知该怎么回答。

奥斯布罗中学要求学生至少参加一个课外社团，于是我就进了戏剧社负责灯光，因为这个活儿是所有社团活动里占用时间最少、最不需要跟人打交道的，所以从七年级开始，我就一直在做这个。

"你不想上台吗？"杰米接着问，同时炫技般地向空中抛了颗 M&M 豆，再用嘴接住。

我用力摇了摇头，辫子从脑后甩到脸前。

杰米又开始找别的话题，但随着门卫的出现，我已经没心思听他在说什么了。

"抱歉，我得走了。"我打断杰米，跟着门卫往切蒂老师办公室走。

"等等啊，你这就走了吗？"杰米跟了过来。

虽然有点难以置信，但他一副失望的口气是怎么回事？

"是啊。"就在开门的瞬间，我毫不犹豫地钻进去，拎起背包和牛仔外套就走。

"有车送你吗？"

"没，我走路。"

"那我送你。"杰米说着，也从地上那堆衣服里拽出一件卫衣绑在腰上。

"没必要，现在还很早。"我推拒着，恐慌的情绪开始在心头蔓延。

派对的音乐已经从《汉密尔顿》换成了《青春狂热》，哪怕他们刚演完这个剧，但还是亢奋得不行，仿佛喝的都不是果汁，而是酒。

"没事的，我本来也打算早走。"杰米坚持，"我明早 6 点就得起来送报纸。而且，不管怎么样，我也该送你回去的，天都黑了。"

我试图打消他的念头，但任凭我怎么说，他都坚持要送我回家。

我只能沉默地跟他一起下楼，球鞋踩在走廊的橡胶地面上发出吱吱的声音。我们穿的都是匡威，但杰米脚上的炭灰色明显是新款，连鞋带都还雪白发亮；我脚上这双已经旧得不行，褪了色的浅黄色鞋面上还带着污渍。无论我怎么努力避免，我和杰米还是并排走到了一起。我感觉这个世界像个被拿起晃动了一番的水晶球，除了我，没人知道里面所有的东西都错位了。这种感觉真是太奇怪了。

"所以，你家住在哪儿，罗·斯诺？"在我们踏出戏剧社的那一刻，杰米的声音伴着仲夏夜潮湿闷热的空气传进我的耳朵。

听他这么自然地叫出我的名字，我感觉有点儿奇怪。不，是太奇怪了。今晚之前，他应该都不知道我的存在才对，怎么能准确无误地叫出我的全名。

"我家离这儿很远的，"我想趁机打消他的念头，"要横跨整个镇子，再往外走，可能和你完全反方向。"

"你先说在哪儿吧。"他两条强壮的手臂闲闲地抱在胸前，好整以暇地对我说。

"呃，在阿卡迪亚大街，"我讷讷地吐出这个地址，心里不住地祷告他千万别知道这个地方，"你肯定不知道在哪儿，都跟你说了很远的。"

杰米掏出手机，快速在屏幕上按了几下，然后随意地把搜索结果在我眼前晃晃："也没那么远嘛，被你说得好像在西伯利亚似的。"我只能勉强地笑笑。

"真不敢相信，九年级就要结束了。"杰米在过马路的时候，突然感慨道，"这个学期过得太快了，你觉得呢？"

"好像是吧。"我随口附和。

"暑假有什么安排吗？"

"还没安排。"我如实回答。

"我祖父家在佛罗里达，今年暑假我大概会一直待在那边了。你会去旅游吗？"

"这次应该不会。"

我的口气仿佛今年是个例外。

一路上，杰米都在和我有一搭没一搭地聊着，就在我快撑不下去的时候，总算到了阿卡迪亚大街。

"好了，就到这儿吧。"我站在路牌下对他说，"你快回去吧。"

"你在说什么傻话，"他完全不理会我的踟蹰，自顾自地说，"我肯定要把你送到门口才能走。你家在几号？"

"呃，56号。"

我只能加快脚步，希望带他赶紧往前走。但事与愿违，杰米望着右边的一栋房子越走越慢。我心如擂鼓，神经像是上紧了发条，高度紧绷，但也只能强忍着配合他慢慢走。

"你知道这里住的是什么人吗？"杰米说着，停在了阿卡迪亚48号门前。

"不太清楚，怎么了？"我一边摆弄着外套的边沿，一边望着反方向，若无其事地回道。

"就是有点好奇你的邻居，不知道是什么人。"

"其实，我们严格上也不算是邻居，"我强调，"这里离我家还隔着好几户。"

"还好不是，不然你都不知道要和多少老鼠、蟑螂做伴。"

我脚步不停，希望杰米跟上来继续往前走。但他就是原地不动，像被定住似的盯着48号看个不停。

那栋房子周围长满了荆棘，枝条上还挂着不知多久以前的薯片包装和塑料袋，在微风下哗哗作响。房子的外墙上爬满了毫无生气的藤蔓，在枯枝败叶的掩护下，那些脏得不行的外窗和年久失修、已经掉漆的窗框才没那么打眼。尽管那些藤蔓看上去一副枯黄不堪的样子，却一直在悄无声息地繁衍蔓延，仿佛打算把这栋又脏又破的房子一点一点吞噬。

"真想知道那房子里面是什么样子，"杰米想象了下，脸都皱了起来，"肯定也肮脏不堪。"

仿佛为了印证他的想法，48号的大门下突然蹿出一只脏兮兮的野猫，飞快从我们眼前跑过。

"接着走吧，我想赶紧回家了。"我趁机说道。

"好吧。"杰米一副意犹未尽的表情。

我们沿着街道继续往前走，一路上，除了鞋底擦过路面发出的声响，我们谁也没作声。

笼罩在夜色下的56号终于出现在眼前。

总算到了。我松了口气。

"再见了。"我边说边往大门走。

杰米在这时突然靠近，我甚至都闻到了他身上的汗臭味。我想后退，但身后就是大门，门闩顶着我的腰。

"你知道自己很特别吗，罗·斯诺？"我还没来得及开口，他又飞快地加了句，"是'好的'那种特别，让人喜欢的那种。"

说完，他又咧着嘴冲我笑。但他并不知道，无论好还是坏，"特别"都是我最不想要的标签。

我闭口不言，左手摸索着后面的门闩。

在我还没意识到发生了什么的时候，杰米猛地环住了我的腰，微张的嘴在我眼前放大，靠向我的嘴。

"呃，你知不知道自己在干什么？"我一把将他推开。

"怎么了？"他被我推了个趔趄，站稳后，面带不解，"我以为我们相处得不错，不是吗？"

"老实说，我没往这方面想过。"我边说边从背包前的口袋里掏出钥匙。

"哦……好吧，那我能借用下你家的卫生间吗？"

"不行！"我大叫一声，钥匙也从手上滑落。

杰米的眼睛瞪得滚圆，似乎也被吓到了。

我赶紧结结巴巴地解释："我是说，不可以，因为……因为我家卫生间的墙面在翻新。"

"我又不会冲着墙小便。"

"没开玩笑，现在我家整个卫生间都不能用了。"

杰米的眉头皱了起来："如果你不想让我进去就直说，没必要撒这种谎。"

"没骗你，真的。拜托你想想，我就算要撒谎，也不用找这么烂的借口吧。"说完，我蹲下身捡钥匙。

"但我真的想小便啊。"杰米哀号。

我有些不耐烦了："你就不能到那边树丛里解决吗？"

"喂，别再试探我的底线了。"杰米放弃似的举着双手，"今晚的进展一直都很好，直到你从刚才开始变得莫名其妙。"

"和我无关，是你自己不可理喻，卫生间墙面翻新有什么好奇怪的？"

杰米摇了摇头，冲我说："你知道自己有多奇怪吗，罗·斯诺？"

几分钟不到，我的待遇就从"特别"降到了"奇怪"，真是翻脸比翻书还快。

"呵呵，这可真有意思，"我也不甘示弱，"一个整晚盯着我，数我吃了多少玉米片的家伙竟然说别人奇怪。那他自己岂不是更让人毛骨悚然。"

杰米眯起眼睛怒视着我，然而在我毫不示弱的回瞪下，他先低了头。

我见好就收："行了，我真得走了。"

杰米耷拉着脑袋不说话，孩子气地来回踢着脚边的小石头。

"晚安了。"我接着说。

"晚安。"他喃喃了一声，然后插着口袋，转身沿着来时的街道大步往回走。

我叹了口气，缓缓推开大门，沿着里面的小路往前走。快走到门前时，我停下来偷偷看向身后，杰米走得比来的时候快多了，已经离我好几户房子的距离了。

我没有进门，而是绕到了房子的侧面。我从监控下走过时，监控突然亮起了红灯，我整个人紧紧地贴在墙上一动不动，手掌下的墙面冰冷硌人。我闭上眼，开始默默倒数六十个数。数到一半的时候，监控上的灯灭了，让人心安的黑暗将我包裹起来，我继续数。

"3，2，1，0。"我默念。

我慢慢挪回56号的大门前，空无一人的街道让我如释重负。

我果断左转，快步朝刚才经过的地方走去。

阿卡迪亚大街48号。

那儿才是我的家。

2

大门口的杂草丛里传来窸窸窣窣的声音。

又是那群老鼠。

前几天早上，我亲眼看到一群老鼠在后花园里蹦蹦跳跳，嚣张得如入无人之地。它们一个个脑肥肚圆，红色的尾巴又粗又长，简直跟街角小卖铺里 30 便士一根的橡皮糖一样。我确定这些老鼠也藏在我们房子里的某个地方，虽然还没被我当场撞上，但它们黑色、细长的老鼠屎随处可见，晚上我还能听到它们小小的锋利的爪子到处乱抓乱挠的声音。

我打了个冷战，推开了嘎吱作响的院门。破败的大门上，褪了色的红油漆一碰就落，碎屑沾满了我湿乎乎的手掌，用力按下去的时候还能感觉到带痒意的刺痛。我沿着小路绕到房子侧面，一路上，野草漫过我的脚背，头发也时不时地被野蛮生长的藤蔓钩到。我从很小的时候起就不从房子的正门进出了，我甚至都没见过正门的钥匙。不过就算有钥匙也没用，门里面早就堆满了东西，堵得严严实实的。正门跟院门用的是同样的红油漆，让我有时会情不自禁地闭上眼睛，想象着它刚刷好，色彩鲜艳、闪闪发亮的样子。正门的门板上嵌着一块旭日当空的彩绘玻璃，上面那些漂亮的橙色和金黄色早已掩盖在厚厚的灰尘下，不复以往的灿烂夺目。正门前的信箱早就被封死了，缠着的胶带已经有些老化脱落。和它呼应的是一个用塑料文件套写的提示，上面布满污渍，被锈迹斑斑的图钉钉在正门上，提醒邮差要绕到后门。

我走到后门，打开锁，然后费力地将门尽可能地推开。当我挤进厨房的那一刻，熟悉的味道扑面而来将我团团笼住。那是变质的食物和尘土交杂经过长时间腐败发酵出来的味道，它粘在我的衣服和头发上顽固异常，无论怎样都洗不掉，所以我的书包底下永远藏着一小瓶除臭剂。

我左手摸索着打开灯，白炽灯管发出抗议般的嗡嗡声，终于在闪烁了几秒后，亮了起来。在灯亮起前的几秒里，我忍不住幻想着我不在的这段时间里能有奇迹降临，让我看到一个闪闪发光的厨房，干净整洁得就像宜家样板间那样。不过无论我怎样祈求，这样的事从未发生过。映入眼帘的厨房还是乱七八糟的老样子——挤得快装不下的橱柜、堆满垃圾的餐桌，还有那只进不出、摆满脏碗盘的水槽。

我小心翼翼地在光线刺眼的厨房里穿行，一路上要绕开各种箱子、袋子和一摞摞高出天际的纸堆，我上蹿下跳、左避右让，比《异次元杀阵》里走迷宫的主演还累。

我幻想着在平行世界里，如果我把杰米请进来了，会怎么样？光这么想想，我都觉得羞愧难当，心惊肉跳。我怕他觉得我怪异或者恶心，更怕他会把我家的情况告诉一个大人，而那个大人会出于好意，向社会救助机构举报，接着我就会被他们带离这里。如果我被带走了，之后的事简直不敢想象。因为哪怕这个房子已经破败成这样，一旦没有我，情况会再糟上一百倍。我不敢去想万一我离开了，邦妮自己还能撑多久。

我打了个冷战，继续朝门厅走。那里也和厨房一样堆得满满当当，靠墙堆着的垃圾几乎高到了天花板上，把墙壁遮得严严实实，让我再也看不到印花墙纸的样子。门厅的楼梯扶手上缠着一小串彩灯，它见证了我和妈妈也有过正经庆祝圣诞节的日子，我们也有过精心准备礼物、装扮一棵真的圣诞树、吃火鸡大餐的时候。这些年来，我一直都在等它电池耗尽，可没想到它却顽强地坚持到现在，当我走过的时候依旧闪烁着再俗气不过的彩虹色光芒。

曾经我至少还能在门厅里正常地走动，但这些年，随着墙两边的垃圾越堆越多，空间变得越来越小，现在我只能侧着身体、像只螃蟹似的挤过去。我在网络上看到，这种狭窄的通道有一个特定的名称，叫"羊肠小道"，因为它们细细长长的，就像是山羊为了吃草而在山坡上踩出来的痕迹。只不过山羊脚下踩的是草和泥土，而我脚下的却是成堆的废纸，踩上去高低不平，还容易滑倒。我已经很久没见过门厅地毯的样子了，连它的颜色都快想不起来了。

我的妈妈邦妮，只要是纸，就捡回家。从报纸、破书、传单、目录、各种账单、发票，到别人手写的信件、明信片、旅游宣传册、购物清单、旧电话簿和不知道多少年前的日历、日记、空白笔记本，甚至连杂志上剪下来的食谱、优惠券、别人扔掉的空信封和火车票根都有。她还囤了数不清的贺卡——生日卡、圣诞卡、祝贺卡、感谢卡、慰问卡……应有尽有，而且都是没用过的。

有时候，我会试着忽略那些乱七八糟的垃圾，尽量让自己不受它们影响。甚至我试着不断告诉自己，现在的状况还不算是最糟的，因为邦妮至少不是那种"变态"囤积狂，不然房子里堆着的就该是各种用过的卫生巾和人体排泄物了。所以这么来看，我还算幸运的了，不是吗？我偶尔能用这种想法麻痹自己，但是今晚显然不行。现在任何一张小纸片都让我抓狂得想大叫，想不顾一切地发泄一通，哪怕歇斯底里都在所不惜。

我压抑住心里那股翻涌的情绪，推开了客厅门。在客厅里，邦妮正靠在一把碎花扶手椅上——那也是屋里仅存的位置，椅子配套的脚凳已经坏了，靠垫也被磨得褪色结块。她旁边有个用旧报纸摞成的临时茶几，上面摇摇欲坠地放着一大杯红酒。

这就是邦妮。

她从来都不是一个妈妈或者母亲。

她只是她自己。

我长得跟她一点也不像。她的皮肤是健美的小麦色（虽然是仪器照出来的），凹凸有致的身材配上一头金发，美得像个漫画人物。而我的头发是灰褐色的，肤色苍白，身材平得跟飞机场似的。我们身上唯一有点相似的地方就是眼睛——圆圆的、像乌云般的灰色眼睛，而且连眼角微微下垂的形状都一模一样。

"你有一双忧郁的眼睛，"奶奶曾经面色不豫地跟我说过，"跟你妈妈一个样儿。"

在那之后的很长一段时间里，我每天都对着镜子傻笑，妄图和这种基因对抗，但结果毫无成效。奶奶说得对，哪怕我咧着嘴把牙龈都笑出来，我的眼睛里也看不出一丝笑意。

邦妮穿着一条红色亮片低胸礼服裙，裙摆的右边有到大腿的开衩设计，这是她上台的演出服。这身衣服远看美极了，可一旦走近，就不难发现上面随处可见的线头和缺少的亮片。和这条裙子配套的高跟鞋被她踢在了一旁，每次上台前，她都会把鞋擦得闪闪发亮，鞋底还用剪刀刻了防滑痕。她把头发全部向后高高绾起，用发胶定型后，摸上去又硬又脆。红裙金发，每次她这样上台，都会给观众带来强烈的视觉冲击。

虽然不敢打包票，但是我想，在杰米心中，他肯定想不到住在我们家这种环境里的人会是邦妮这副模样。

接着，我的目光落到了邦妮大腿上的烟灰缸上，那里有根抽了一半还在冒烟的香烟。

"你知不知道只要那个烟头落地，这里就会被烧光。"我没好气地说。我们的整个房子就是一个巨大的火灾隐患，它就像一个随时准备就绪的巨型篝火，给点儿火星就能着。

"你说什么？"邦妮不满地眨了眨眼，仿佛在控诉我打断了她看电视。

她把电视和收音机都打开了，收音机里正在放雪纺组合的成名曲《花言巧语》，不过声音没有电视机里那个不知道名字的真人秀音量大。

我一边腹诽，一边找收音机，最终在沙发上的那堆垃圾里找到了它。我把收音机关掉，然后重复了一遍刚才的话。

"别来惹我，罗，尤其是今晚。"邦妮说着，把烟拿到嘴边狠狠地吸了一口。

"怎么了？出什么事了？你不是今晚去演出了吗？"我边说边四下巡视哪里可以把收音机放下，再找不到地方，我就只能把它扔回那堆垃圾里了。

"呵呵！"邦妮冷笑，掐灭了烟头。

电视上，一群古铜色皮肤、打扮得珠光宝气的女人正在一边冲对方激动地比画着什么，一边大喊大叫。邦妮似乎沉浸在这样的情节中，让我气闷不已。

"你能不能把声音调小点儿？"我指着屏幕对她说。

邦妮叹了口气，然后慢慢拿起遥控器，把音量稍微调低了一点儿。这个过程中，她的手沉得仿佛像在搬铅块似的。

"你的演出怎么了？"我总算能听清自己的声音了。

"取消了。"邦妮说着，撕掉了假睫毛，随手放在椅子的扶手上。那对假睫毛上粘着厚厚的胶水，一看就是用过很多次的，放在那儿像两只蜘蛛。

"为什么取消？"我不解。

"他们预订的场地出了问题。那个王八蛋，我都已经在高速上开到一半了，才告诉我，还假惺惺地说什么不用麻烦了。"

"那他们还付你钱吗？"

"你想得倒美。"邦妮撇撇嘴。

"可这不公平。"

"谁说不是呢。"她凉凉地应了句。

"这事你跟皮普说过了吗？他怎么说的？"我急得问个不停。

这回邦妮不说话了，沉默地摘下耳朵上那副水晶吊灯式的大耳环，摊在假睫毛旁边。耳环上的廉价玻璃在灯光下闪闪发亮。

"邦妮，你听到我的话了吗？你跟皮普说过了没？这种事情就该交给他去解决。"

"皮普已经不替我干活儿了。"邦妮避开我的视线，揉着发红的耳垂说。

"怎么回事？"

"我把他解雇了。"

"你把你的经纪人解雇了？"我猛的一惊，"什么时候的事？"

"复活节后没多久。"

我直直地盯着邦妮，说不出话来。她三个多月前就解雇了皮普，却提都不跟我提，甚至到现在，她还表现出一副无所谓的样子，哼着歌，喝红酒。

"你为什么不告诉我？"我耐着性子问她。

她停下嘴里的调子："因为我就知道你会大惊小怪，然后把事情搞大。"

"你和皮普之间出了什么事？"

"我们吵了一架。"

"为什么吵？"我接着问。

"他看不起我的表演。我没法儿和不看好我的人一起工作，这会扼杀我的积极性。"

"但是我们已经穷得快破产了！"我终于忍不住爆发。

在过去的几个月里，我眼睁睁地看着我们的账户余额不断减少，现在我总算知道这是为什么了。

"哎，你别这么激动，我们的情况还好呀。"邦妮轻松地说。

"好什么好！"我喊了起来，"我们老早就在透支了，我每次跟你说，你都不当回事！"

邦妮闭上眼睛，捏了捏鼻梁："罗，麻烦你今晚不要来惹我。我刚从曼彻斯特半路上开回来，今天彻底白跑一趟。现在我很累，也很烦，只想安安静静地喝杯酒，看会儿电视。别让我再去想那些烦心事了，让我休息会儿，行吗？"

"不行！我们下周有一堆账单要付，要是再没有收入，我们透支的额度就更高了！"

"所以我们再多透支点儿又怎么了，银行卡不就是让人这么用的吗？"

"你懂什么！你都五年没看过账单了，你知不知道我们已经透支多少了！"

"注意你的态度！"邦妮也指着我，喊了起来。

我无奈地摇了摇头。每次邦妮被逼急了，无话可说的时候，就会来这句。

"你听着，账单这些从来都不是你该管的事情。"她一副理直气壮的样子。

我气得眼珠子都快瞪出来了。她有没有搞错？

"好！那我再也不管了。以后法警找上门的时候，你别来跟我抱怨就行，因为如果你来管账，他们迟早会上门的。"

邦妮给我的回应就是拿起遥控器，把电视音量调到了最大。

"邦妮！"我气得冲她大喊，"你幼不幼稚！"

邦妮假装什么都没听到，眼睛专注地盯着电视屏幕。

"求你快点儿清醒吧！"我恨恨地说。

我怒气冲冲地走出客厅，再次强烈意识到这一切有多么荒唐。邦妮不是小孩，我才是，但最近我们每次吵到最后，都会变成这个样子。

"你知道自己有多奇怪吗，罗·斯诺？"我脚步沉重地迈上楼梯，耳边不断回响起杰米的话。

杰米·贾侬，你根本什么都不知道。

3

　　站在二楼的平台上，我深吸了口气。我必须冷静下来，所以我闭上眼睛，从 1 数到 10，希望心里那团就快喷涌而出的怒气能消失。当我再次睁开眼睛的时候，虽然还是很生气，但是至少呼吸已经平稳了一些，手也不像刚才抖得那么厉害了。

　　我长长地呼了口气后，开始专心致志地往浴室走，落下的每一步都得反复推敲、小心翼翼。因为邦妮几乎每天都在往家里捡新东西，导致我走的路线天天要变。就像今晚，我得绕过一个还未开封的、装着豪华足浴盆的大箱子，一个毛驴形状的"闭眼打"糖果罐，一个坏了的唱片机和至少十大袋鼓鼓囊囊的黑色垃圾袋，沿途还得经过那一摞摞我已经习以为常的废纸。我在很小的时候一度以为这样的环境是正常的，所有人的家里都和我家一样，像个危险的游乐场，里面充斥着各种障碍物和奇怪的陷阱，让人必须时刻保持警惕，才能顺利抵达目的地。直到后来我去别的小朋友家里，参加了几次生日派对，才发现原来自己的处境是那么离奇。尤其是在乔治娅·珀内尔家那次，我发现从她家的客厅走到卫生间只用短短十秒，而在我家得用上整整一分钟，这样的不同让我坐立难安。

杰米怀疑得没错，我家的卫生间根本没在翻新，浴缸里的垃圾都快堆成山了，就算想翻新，都找不到下手的地方。我从五六岁起就没再泡过澡，只能在浴室角落那个狭小的塑料间里淋浴，那里也是整个房子里为数不多的、尚未被邦妮侵占的地方之一。有时候我会想，自己以前最喜欢的那个洗澡玩具是不是还压在浴缸那堆垃圾下面？那条可以上发条的小丑鱼是不是还挂着傻乎乎的笑容，耐心地等待着重见天日。

我背着书包，刷完牙，洗好脸，然后又小心翼翼地穿过二楼平台，朝我房间走去。

我站在房门前，看着门上齐胸位置用塑料钩挂着的手绘木牌，上面写着"罗的房间"。这个牌子从我记事起就挂在这儿了。我用食指描绘着上面的名字。

罗的房间。

这是我的卧室。

也是我的避难所。

我从背包里拿出钥匙打开门锁。

这个门锁比门新多了，是我两年前才装的。因为邦妮以前总趁着我上学的时候，偷偷往我房间里塞她那些垃圾，我实在忍无可忍，只能出此下策。

踏进房门的那一刻，我立刻觉得心里平静多了。

和装门锁差不多时间，我用那年爸爸给的生日零用钱把整个房间刷成了白色。我的床单被套也是纯白色的，上面放着鹅卵石灰和鸭蛋青相间的靠枕和一条柔软的羊毛毯。我的书桌和床头柜表面整洁得一目了然；除了房门右边的墙面上挂了一面全身镜外，其他墙面上空无一物。我的房间空旷、整洁、清净，待在这里，就像在肆虐的风暴下躲进了唯一免受波及的风暴眼里。

　　我机械地换上睡衣，给枕头喷上薰衣草味的助眠喷雾，然后爬上了床。往常这个时候，我都会先看会儿书，但是今晚我什么都不想做，只想直接蒙头大睡。我关上灯，然后躺平，手臂压在羽绒被上。我听见邦妮又把收音机打开了，20 世纪 60 年代的流行歌曲顺着楼梯渗进我的房间。天知道她什么时候才能听够了去睡觉，这个夜猫子不到清晨是不会困的，每天都睡到中午才会醒。

　　我从床头柜的第一层抽屉里拿出耳塞戴上，过了很久之后才睡着。睡着后，我又梦到了那个我做过无数次的梦。

　　在梦里，成堆的废纸将我活埋。

4

我去楼下吃早餐的途中，顺着半开的客厅门往里看了看。邦妮正躺在手扶椅上打呼噜，她的脑袋微微朝前垂着，露出深色的发根，针织的毛毯皱巴巴地堆在她脚边。

我叹了口气，轻手轻脚地走过去，捡起地上的毯子，轻轻地盖到她的膝盖上。她的鼾声很轻，甚至还有些好听。卸掉了脸上浓重的舞台妆后，她的表情看上去放松了很多，显得比平时更年轻可爱，和醒着的时候简直判若两人。

我看着她的睡颜，郁结了整晚的怒气慢慢消散。她到底是怎么做到的，竟然能在这张又破又硌的椅子上睡着。我真希望自己能把她抱到卧室去，但是哪怕我有力气扛她上楼也没用，邦妮之所以睡在这儿，而不去卧室，理由是显而易见的。

我把她膝盖上的毯子压紧，然后吻了吻她的脸颊，嘴唇下的皮肤细腻冰凉。

"晚上见。"我在她耳边轻声说。

邦妮在睡梦中嘟囔了几声，然后转头继续睡。

我每周六的上午都要去发传单，就是把本地的外卖和洗衣店广告塞到别人家的信箱里。领传单的总部在镇商业街的一家宠物店楼上，不过我觉得，用"总部"称呼那个堆满乱七八糟东西的地方实在是有点儿对不起这个词。

"早安，罗。"艾瑞克跟刚到的我打招呼。

"早安。"我从他办公室的门外探出头，也跟他打了个招呼，他面前的办公桌上堆满了各种文件。

"再过几天，你就要放暑假了吧？"

"是啊，周三之后就放了。"说完，我问他，"来杯茶吗？"

"我正想跟你说这个呢。"

我笑着从一堆垃圾里抽出他那个《复仇者联盟》的马克杯，然后走进狭小的厨房。在那里，楼下宠物店里的鸟叫声比水壶烧开的提示声还大。我正在盒子里找茶包时，朱迪也匆匆进来了。她穿着一件露脐装，两边肩部装饰着大绒球，下身配了一条闪电印花的紧身裤，脚上的旧球鞋也是金色的。

"你在泡茶吗？"她问道。

"是啊。要来一杯吗？"

"当然，一百个要，你真是太贴心了。"

说完，她整个人瘫在了椅子里，额头抵在满是茶渍的餐桌上。她浅金色的大波浪长发盖在脸前，像道门帘似的。

"你昨晚是不是出去约会了？"我边调侃她边把茶包扔进东拼西凑的马克杯里。

"不是的，大侦探。"她有气无力地说，"是昨晚乔治家有学生之夜派对。我要三勺糖，谢谢。"

我往她的马克杯里加了满满三大勺糖，然后把杯子推到她面前。

"谢谢亲爱的。"她有气无力地去摸杯子，"你简直就是个小天使。"

"你也得吃些东西才行，我去咖啡店给你买个培根三明治怎么样？我们出发前还来得及。"

朱迪用力摇了摇头："我不能吃，罗，一吃就会吐的，我肯定。"

"你吃点儿东西会舒服多的，现在你得补充盐分。"

朱迪抬头看向我，她脸前的头发乱糟糟的，厚厚的睫毛膏一晚没卸，已经结了块。"你知道吗，罗，你这个年纪真的不该这么懂事。"说完，她歇了歇，灌了一大口茶，"我 20 岁，你才 14 岁，应该是我来教你如何对付宿醉后的症状，而不是反过来。"

"那你至少吃些饼干，"我不理她的话，把那个旧凯利恬糖果罐打开递给她，里面装着办公室共享的饼干，"补铁的。"

朱迪笑着拿了块奶油味的，然后边把它泡进茶里边说："罗，你觉不觉得，自己以后一定会是个好妈妈？"

"我没觉得。"说完，我转过身去泡艾瑞克的茶。

十分钟后，我站到了太阳底下开始工作。我负责投送的那片小区在公园附近，那里的街道宽阔，两旁绿树成荫，里面的房子不但盖得很大，而且房子附近的小路都宽得可以当四车道用。

我喜欢这份工作，喜欢户外新鲜的空气，哪怕外面天寒地冻或者大雨倾盆，我也愿意来。我享受这样宁静的时刻，在大多数人还赖在床上的时候，我可以四处活动。我喜欢在发传单的时候透过那一扇扇窗户欣赏别人房子里面的样子，在那些宽敞的客厅里，贴着漂亮墙纸的墙壁上会装饰着各种壁画，人们或靠或坐在错落的坐垫上，有的在喝酒，有的在玩游戏。我常常看着这样的场景，想象着他们各自都有着怎样井然有序的人生。

然而今天虽然阳光明媚，天空碧蓝如洗，但我却格外心烦意乱，甚至连这一路上我最喜欢的那几站——刷着金黄色大门的乔治时代的别墅，充满艺术气息、有着优雅圆弧形窗户的联排别墅，还有角落那处带有独立角楼的维多利亚时期的房子——都没心情欣赏。我不由自主地在脑海里重演着昨晚的事情，一想到我对杰米说的那些蠢话，我就恨不得有条地缝让我钻进去。我一会儿生气杰米为什么非要送我回家，一会儿又气自己竟然就这么轻易地同意了。我的一时松懈就导致了这么大的危机。真是太恐怖了。

不过事情已经发生了，多想无益。我要做的是从中吸取教训，以后不再犯同样的错误。我以后绝对、再也不会把自己置于昨晚那种窘迫的境地了。

我快走到家门口的时候才注意到阿卡迪亚大街 46 号的门口停着一辆醒目的红色货车，车身侧面写着"艾迪斯索恩搬家公司"。

46 号的房子已经空置很久了，它的上一任住户是个叫特里的老爷爷，他去年圣诞节后搬去了养老院。我喜欢特里，因为对大多数人来说，如果自家隔壁有个我们家这样的邻居，恐怕早就过不下去了。但是特里非但从无怨言，还允许我随时借用他的工具箱和割草机。每年的复活节，特里都会送我一个巧克力蛋，圣诞节他还会送我一个吉百利的精选巧克力礼盒。当他搬走的时候，我除了难过，更多的还是担心，不知道以后来的人会是怎么样的，因为我知道并不是人人都会像特里那么包容。过去这段时间里，有很多人过来看过房子，但是 46 号一直都空着，没租出去。

不过今天终于有人住进来了。

我悄悄溜到我家和 46 号前花园中间的树丛后，隔着重重枝叶观察着对面的动静。我看到搬家工人从车上卸下了一些不配套的家具、几个大纸箱和几个黑色的大袋子，除此之外就没有别的东西了。他们的东西少得让我难以置信，我不禁想如果我们搬家的话，光房子里的那些垃圾就得装几辆车？两辆、三辆还是五辆？恐怕都不够。

几分钟后，一辆前保险杠凹进去的黑色 SUV 停在了搬家车的后面，车里下来了一个男人和两个男孩。那两个男孩一个看上去10岁的样子，另一个看上去跟我差不多大。他们三个都如出一辙地有着乌黑茂密的头发和橄榄色的皮肤，而且都一副愁眉不展的样子。

那个男人打开后备厢，从里面拎出了一个巨大的行李箱。那个箱子看上去就不轻，落地的时候发出砰的一声。他喘了口气，然后抽出拉杆，拖着箱子往前门走。他身后跟着那个年纪小点的男孩，他拖着一个阿森纳的背包。那个年纪大些的男孩拿了个黑色运动包挎在肩上，长长的包带随着他的走动而打在小腿上。他的另一只手里抱着一个吉他盒，上面还贴着贴纸。他长得有篮球运动员那么高，他除了脚上那双脏兮兮的白色高帮球鞋外，全身都穿着黑色。但他的五官立体又精致，看上去就像古时候那些身穿长礼服的俊秀绅士。

我目不转睛地望着他。

他走到46号前门的时候顿了顿，似有所感地往后看了一眼。我紧张得屏住了呼吸，生怕被他发现。幸好他的目光很快又落回了眼前的房子上。透过额前的黑色发丝，他上下打量了一番46号，随后摇摇头，走了进去，大门在他身后合上，发出沉闷的响声。

在我们家后花园杂草丛生的草坪中间，邦妮正躺在一把生锈的太阳椅上。特里走后，就再也没人借我割草机了，这里的杂草已经长得和太阳椅差不多高，一眼望去，邦妮就像是浮在一块绿色的毯子上。房子的后门开着，里面传来收音机的声音，阿黛尔正用她的烟熏嗓凄凄地唱着《爱人如你》。

天气还没热到能晒日光浴，但邦妮只穿着一件红色比基尼躺在那儿。那套比基尼至少小了两个号，她丰满的胸部感觉随时要从那两片薄薄的三角布料里漏出来。

"邦妮，"我喊她，"邦妮，你醒着吗？"

"嗯……"她应了一声,接着翻了个身趴着,小小的三角泳裤随着她的动作而卡进臀缝里。

"你看到了吗,隔壁有人搬进去了。"

"是吗?"她头枕在前臂上,懒懒地嘟囔了声。

"是一个男人带着两个男孩。"

"没女人吗?"

"我没看到。"

"哦……"

"无论如何,我们都得花点精力稍微收拾一下我们的房子了。"我继续说。

"为什么?"

"因为他们可能不会像特里那样,不在意那些东西。"

"什么东西?"邦妮问我。

她的语气顿时让我怒从中来:"你觉得他们会在意什么?住在我们隔壁,这样的隔壁。"我指着我们的房子说。

"我没看出来有什么问题啊。"邦妮用一种理直气壮的口气说。

"你当然看不出来。"我语带嘲讽。

邦妮用手肘撑起身体,扭头看向我,她脸上戴着一副心形边框的墨镜。

"你没有衣不蔽体,不是吗?"她说,"所以你到底在不满什么?我知道我们房子里的东西是多了点儿,但是有时候你的反应好像我往楼梯上插刀片了似的。"

"可是万一他们去举报怎么办?"

"谁?"

"新邻居啊!"

"他们要向谁举报?"邦妮一副不可置信的样子。

"还能是谁,社会救助机构啊。"

光是大声说出这个名字，就让我紧张得手掌发麻直冒汗。

"嘿，犯什么傻呢。"邦妮嗤笑了一声，"告诉他们又能怎么样？"

他们能怎么样？第一步，就是我被他们送去和爸爸、梅兰妮一起住，留邦妮一个人在这儿。有次我跟爸爸一起去怀特岛度假，等我回来的时候，整个房子彻底乱成了一团，连后门都差点儿打不开了。我只走了几天，就成了这个样子，如果我离开几周、一个月或者一年，这里得成什么样？我脑海中出现了邦妮被一堆垃圾埋得只剩脚露在外面的样子。

我的喉咙仿佛被什么东西堵住了，泪水开始在眼眶里打转。我赶紧眨眨眼，试图在邦妮发现前把眼泪眨掉。不过事实证明我多虑了，她早就趴了回去，把头埋在交叠的前臂里。

"有时候你就跟你父亲一个样儿，"她的声音闷闷地传来，"总喜欢担心这担心那。其实根本没必要这么紧张兮兮的，他们只是租客而已，你等着看吧，搞不好过几个月，他们就搬走了。"

就在这时，她扔在草地上的手机振了起来，屏幕在微弱的音乐声中闪烁。她的手机铃声是葛罗莉亚·盖罗版本的《我会坚强》。

我弯腰捡起手机递给她，来电显示是个陌生的号码。

"你好，我是邦妮·斯诺！"她掐着嗓子，做作地冲电话那边说。

哪怕已经离婚六年多了，她还是不愿意恢复自己婚前的姓氏。

"星期六，11号吗？稍等一下，我去查查日程表。"她激动得声音发颤。

说罢，她把手机按在胸前，看向我。

"看到没，"她扬扬得意地说，"没有经纪人，我一样能行。"

说完，她跳下太阳椅，身体打着节拍，一扭一扭地向房里走去，留下我一个人呆呆地站在院子里，发愁地啃手指甲。

发愁是我的生活常态。

5

周三是这个学期的最后一天。像以前一样，今天学校不上课，而是组织大家在课上玩游戏或者看电影。

今天的英语课上，玛丽老师让我们玩"我演你猜"的词语游戏。她选了两个队长出来，让他们各自去选班上的同学组队。

我是倒数第二个被选上的。

对此我已经习以为常了，因为上体育课的时候，无论是组队打篮球、板球，还是棒球，我也都是最后被想到的人。我不介意别人这么对我，也不觉得自己很可怜，我只是觉得，不到万不得已或者真的只有我一个人站在他们面前的时候，他们很难注意到我而已。

等轮到我的时候，我让一个叫萨拉的女生替我去了，而且不出意外地，没人发现有什么不对。反正另一队最终都以 21 ：8 的绝对优势取得了胜利。

好不容易挨到下午 3 点 30 分，所有人都兴冲冲地扯掉领结往校门外冲，只有我还在不慌不忙地清理储物柜，直到周围的人都走光了。我可以理解他们的兴奋，但是却无法感同身受。对他们意味着自由的暑假，在我看来，和坐牢没什么两样。

在离我几米远的地方，三个和我同年级的女生正商量着一起去"摇一摇"，那是一家开在商业街的奶昔店。

她们里面有个叫爱丽丝的女生，小学跟我是一个学校的。以前我们在一起玩过，我甚至还参加过两三次她的生日派对。不过自从升到中学后，我们就再也没说过话了。

"快点啊，索菲娅，"爱丽丝催促着，"我们再不走就抢不到座位了。"

她的朋友索菲娅正在打包体育课的装备，她的背包已经塞得满得不能再满了。

"你要不要装些到我包里？"名叫夏芝娜的第三个女孩向她建议。

"我觉得确实有这个必要。"索菲娅回道。

我看着她们说说笑笑地帮索菲娅分东西，从她的臭球鞋说到等会儿要去买什么口味的奶昔。"我要奥利奥的！""你怎么老是喝奥利奥！""你还说我，你自己不也是一直喝巧克力的吗！"

我想象着她们会突然发现我的存在，然后邀请我加入她们，接着，我们四个会一起挤在奶茶店的座位上，凑着脑袋在一起聊天、讨论暑假要干什么。

"总算好了！"爱丽丝的声音把我从幻想拉回现实。

我瞬间觉得自己刚才的想法简直蠢透了，爱丽丝可能连我叫什么都忘了，怎么还会叫我一起。而且就算她真的邀请我了，我也不可能去，那对我来说太冒险了。

索菲娅的体育装备终于打包好了，她们手挽着手朝出口走去，丝毫没发现我的存在。

当我踏出教学楼的时候，学校里的人都走光了。我独自朝校门走去，脚步声在空旷的校园里回荡。

我没有按照往常的路线直接回家，而是朝商业街的方向走去。"摇一摇"的门口已经排起了长龙，哪怕隔着一条马路，我还是一眼就看到了坐在窗边的爱丽丝、索菲娅和夏芝娜，她们还是抢到座位了。夏芝娜说了句什么，引得她们一起大笑起来。然后我看到她们沿着塑料椅往前挪，给也是我们年级的同学腾位子。

突然，爱丽丝的头转向我的方向，我们的目光一瞬间撞到一起。我胸口一窒，慌忙从外套口袋里掏出手机假装接电话。

"喂，哪位？"我举着手机说。

我紧张得声音发抖，哪怕我知道爱丽丝根本听不见、也发现不了我是装的。

我一直把手机放在耳边，直到走远一些。我偷偷地回头看了一眼，发现爱丽丝早就没往我这边看了。

根本没人注意到我。

6

"你今天怎么没开那辆大家伙？"我在周日的早上边上车边问爸爸。

像往常一样，为了确保不看到他以前的家，他把车停在了好几户远的地方。他自己的车是辆坦克似的四驱越野，不过今天他开的是梅兰妮的车。那是台亮红色的迷你库珀，前大灯上装饰着塑料睫毛，车后窗上还贴着"公主驾到"的标语。

"梅拉（梅兰妮的昵称）要用大车去拿蛋糕。"爸爸边说边发动车子，"那是你给伊西准备的礼物吗？"他用下巴指了指我腿上的塑料盒。

"不然这还能是我给夏洛特公主准备的吗？"我边说边翻白眼。

"罗茜！"他充满警告意味地喊我。

罗茜是我出生证明上登记的名字，不过从我有记忆起，所有人都叫我罗，只有爸爸（以及梅兰妮和伊西）还固执地叫我罗茜，简直别扭死了。我才不是什么罗茜，那一点儿也不像我。

"抱歉，"我老实认错，"我只是觉得你明知故问。"

"就算是明知故问，你也不能是这种态度。"

"我们要去哪儿？"沉默了几分钟后，我发现路线不太对。

爸爸住在奥斯布罗附近的白桥镇上，但是我们现在却在往白桥镇的反方向开。

"当然是去蹦床公园。"

"什么蹦床公园？"

"就是你知道的那个蹦床公园。"

"等等，我不明白，伊西办的不是烤比萨派对吗，怎么又去蹦床了？"

"先去蹦床公园玩，回来再烤比萨。"

"你之前怎么不告诉我还有蹦床，你只说了烤比萨。"

我终于知道为什么爸爸今天跟小孩似的穿了一身运动服，平时周末，梅兰妮都是给他穿休闲裤和 T 恤衫的。

"我没带蹦床的衣服。"我闷闷地说。

爸爸听见后，朝我身上看了眼。我今天穿了条宽松的牛仔背心裙，脚上是一双黑色胶底人字拖。这是我为数不多的几条裙子之一，我之所以穿它，是为了防止梅兰妮又拉着我、一副惋惜不已的样子叨叨"怎么一点都不爱打扮"。每次周末，她看到我穿着日常的牛仔裤和大 T 恤衫，就喜欢这么说。

"好吧，我也不知道能怎么办了。"爸爸说，"掉头回去是不可能的，如果我们比客人还晚到的话，梅拉会生气的。"

"那就这样吧。"我咕哝着闭上眼睛，头靠在车窗上。

我们到的时候，梅兰妮和伊西已经在大厅里等着了。伊西今天穿着一件粉色亮片连帽衫，衣服上别着一个"10 岁"的大徽章，她一头亮晶晶的金发整齐地扎成一个马尾垂在脑后。

"我们在这儿！"梅兰妮远远地冲我们喊。

她挥手示意我们过去，左手腕上的潘多拉手链甩得叮当作响，上面的每一粒珠子都闪闪发亮。梅兰妮·斯诺今天的打扮无可挑剔，从手上的法式美甲到蓬松的金色波波头，哪怕穿着运动服和球鞋，她看上去也清新又靓丽。

"你今天真漂亮，罗茜。你总算是愿意穿裙子了！不过这条裙子要再收点腰，就更好了。"

梅兰妮走到我身前，环着我的腰把裙子扯紧了些。她的手指滑过我的皮肤，让我全身都绷得紧紧的。

"你看，"她满意地说，"这样就更好看了！等我们回家，就给你找条皮带扎起来……"

"你不是打算穿成这样去蹦床吧？"伊西上下打量了我后，黑着脸说，"你打算让所有人都看到你的内裤吗？"

"我不去，就在下面看。"我回道。

"说什么傻话呢，今天可是来给伊西过生日的！"梅兰妮不赞同地说道，"而且我们连你的票都买好了。"

说完，她跑去服务台那儿挤到队前，然后没一会儿，就兴高采烈地拿着一条肥大的红色短裤回来了。

"这是从失物招领的盒子里借的。"她说着，把短裤递给我。

"我老婆真是太聪明了！"爸爸兴奋地亲了亲梅兰妮的额头，然后看向我，"说谢谢，罗茜。"

我盯着手里这条超大号的短裤难以置信："这要我怎么穿？"

梅兰妮满不在乎地喷了一声："哎呀，这个时候就别矫情了，把腰带系紧，没问题的。"

如果爸爸这时候能注意到我的表情有多难看，他就不会同意这么做的。然而他惯会忽略那些让他觉得不舒服的事情，哪怕它就发生在他眼皮底下。

我刚跳了三下，那条短裤就滑了下去。这个状况让伊西和她那些恐怖的小伙伴们笑疯了。

"她裤子掉咯！她裤子掉咯！"我在她们不停的嘲笑声中提起裤子，艰难地把裙子扎进裤腰里。

"我的天哪，罗茜！"梅兰妮惊呼着跳过来帮我扎紧腰带，她把带子系得太紧了，勒得我像穿了个束腰似的，"你刚才就没好好系紧。"

这时，我突然听到隔壁蹦床传来一阵窃笑声，那里有一群跟我差不多大的女孩正在交头接耳。我顿时羞得面红耳赤。

"别系了。"我恼羞成怒地推开梅兰妮。

"罗茜，你干什么去？"我从蹦床的台阶下来，往更衣室走的时候，听到爸爸在身后喊我。

"没事，她就是有点闹脾气了。"我听见梅兰妮跟他说，"让她去吧。"

我把脱下来的短裤还到服务台后，走进了咖啡厅。我数了数身上的钱，哪怕在这里买包薯片都还差 3 便士。我只能坐下要了杯免费的白开水，然后开始看昨天的报纸。

第十一页上有则新闻让我如坠冰窟。上面说在威尔士的一间别墅里，有个老太太被埋在了她捡回来的垃圾下面，验尸报告表明，发现的时候，她已经死了超过四年。警方还在别墅里找到了老太太的女儿，当时她已经严重脱水，几近休克。我一字不落地把这个新闻看完，胃里一片翻江倒海。

爸爸把车停在家门口时，我还没从那个新闻里回过神来。我们回的是他和梅兰妮、伊西的家。下车的时候还不到下午 2 点，而我却觉得已经过了好几年那么久。

刚才在路上的时候，其实我很想让他送我回去看看邦妮怎么样了，不过我知道要是说了，肯定会惹他不高兴。但凡跟梅兰妮和伊西有关的事，只要我表现出一点置身事外，他都会大为光火。

他总是喜欢说："罗茜，她们是我的家人，所以也是你的家人。"

没错，他们确实像是一家人，不过那个家里可没有我。无论爸爸怎么动之以情，这一点我真的假装不了。

在他们家里，我也没法儿表现出好像在自己家的样子。他们的房子是一栋崭新的对称结构的小楼，里面用的都是保温效果很好的双层玻璃和奶油色的地毯，厨房里的白色家电干净得发亮。伊西的游戏室在客厅隔壁，她那些数不清的玩具全都整整齐齐地收纳在一个设计精巧的柜子里。现在我对这些已经习惯多了，不过时不时地，那种命运不公的不忿还是会从心里冒出来，强烈得让我喘不过气。

两难之下，我只能给邦妮发了条短信。

罗：我刚到爸爸家，你还好吗？

爸爸家的房子正门上装饰着粉色的气球，上面还贴着银色的庆生横幅。梅兰妮已经脱下运动服，换上了一条印花连衣裙，外面还围着一条粉色的围裙。她的打扮就是爸爸理想中贤妻良母的样子。趁着孩子们在花园里撒欢儿的时候，她要把烤比萨用的材料一一备好。

"罗茜，你想跟伊西和她朋友们坐一起吗？"她指着餐桌那边的一个位置，问我。

她虽然是在问我的意见，但潜台词很明显就是：你等会儿就和他们坐在那儿，别讨价还价。

梅兰妮的身后挂着一块板子，上面列着所谓的"斯诺家庭法则"，里面都是些"多拥抱""多笑""心怀梦想"之类的话。

老天，我实在太讨厌那块牌子了，里面全是些没用的废话。我想把它砸得稀巴烂，或者在上面用大大的鲜红色字体涂上"废话"两个字。不知道我真这么做的话，后果会怎么样？梅兰妮肯定会被气哭，她连发现有人偷摘她的杜鹃花都会哭。而爸爸肯定会大发雷霆，骂我没礼貌、忘恩负义，然后为了脆弱可怜的梅兰妮，当场把我赶出去。

　　趁着伊西拆礼物的时候，我溜到楼上的卫生间冲了个澡，然后准备去客房小睡一会儿。

　　爸爸和梅兰妮一直坚持说那是专门给我留的房间，里面确实有一个抽屉，装着我的备用内衣裤、袜子、睡衣和校服，但除此之外，这里根本没有我更多的东西。反而是梅兰妮收藏的迪士尼系列水晶球和她的按摩用品占满了整间屋子。她几乎收藏了迪士尼出过的所有水晶球，上次数的时候足足有二十七个。梅兰妮正在接受按摩师的培训，我不在的时候，这里就是她的工作间，角落里立着她的折叠按摩椅，床头的架子上整齐地摆着各种精油和一摞毛茸茸的棕色毛巾。大多数时候，我都会被按摩精油的味道熏得难以入睡，不过今天我几乎是头刚碰到枕头，就立马昏睡过去。

　　"罗茜，罗茜，醒醒。"

　　我睁开眼睛，看到爸爸正弯着腰在我上方，左手摇着我的肩膀。

　　"几点了？"我边问边揉了揉睡出来的眼屎。

　　"6 点多了，派对刚结束，你错过了伊西切生日蛋糕。"

　　他显然对此很生气，他的嘴紧紧抿成了一条线，插着手臂，抱在胸前。

　　我也突然怒从中来："错过了又怎么样，这又不是她的婚礼。"

　　爸爸颓然地叹了口气："罗茜，别这样说话好吗？"

　　"我怎么了？"

　　"别这样说话带刺，这不是你的性格。"

　　呵，才怪，这才是我最真实的性格。

　　"我过一会儿就送你回去。"爸爸接着对我说。

　　"好的。"我立马起身就要下床。因为起得太快，我伸脚去够拖鞋的时候，大脑有瞬间供血不足。

　　"不过走之前，"爸爸盯着我头上那堆水晶球说，"我想先和你谈谈关于期中旅行的安排。"

"爸爸，我已经考虑过几个地方了，我想去自然历史博物馆，那里有个很棒的野生动物摄影展。"我对他说。

听到我的话，爸爸迟疑了下，然后不自然地用手捋了捋头发。他灰褐色的头发又硬又毛躁，这也是他唯一遗传给我的特征。每年 10 月的期中旅行是我唯一能和爸爸独处的时光，今年原本要去伦敦的行程正式取消后，我就开始在找别的地方。

"我很抱歉，罗茜，但是这次我不能陪你去了。"他艰难地开了口，"11 月是我和梅拉的结婚六周年纪念日，你知道的，迪士尼对我们俩来说是一个有特殊意义的地方。"说这话的时候，他冲着那些水晶球抬了抬下巴，"所以，我们想带着伊西一起去一次，但关键是，我们也只能期中旅行的时候去。"

"迪士尼你们已经去过很多次了。"

在楼下的壁炉台上摆着一堆他们仨和米老鼠的合影，都是在佛罗里达的迪士尼拍的。

"但是这次我们想去巴黎的迪士尼。"

"是吗？"我面无表情地说。

"我本来想带你一起去的，但是我知道你一点儿也不喜欢那些。"他又抬头瞄了眼那些水晶球，眼睛不安地转了转。我明白他的言下之意，不过我现在没心情配合。

爸爸伸手捋了捋我睡乱的头发，我强忍着才没把他的手拍开，不然就又要被他说我态度有问题了。

"我真的很抱歉，"他又说了一遍，"下次我们再一起去……"

"随你便吧。"

爸爸叹了口气，"罗茜，你懂事点好吗？"

"这话你怎么不对伊西说？她今天疯疯癫癫了一整天就够懂事了

吗？！"我忍不住了。

"她今天过生日，这不一样。"

"凭什么不一样？你就只会叫我懂事，这是什么双重标准？还是说，我们在你心里本来就不一样？"

我和爸爸怒目相视，空气里仿佛能闻到火药味。

"我不跟你吵。"短暂的对峙后，爸爸语速飞快地说，"十分钟后下楼，到时间送你回去了。"

说完，他也不管我气成什么样子，转身就走。我强忍着的泪水在房门关上后落了下来。

7

"罗，是你吗？"当我想方设法穿过厨房的时候，听到了邦妮的声音。

不然呢，除了我，还会有谁来？我真想冲她吼回去。

"罗？"邦妮又尖着嗓子喊了一声。

"是我回来了。"我扯着嗓子回她。

"你过来一下好吗？"

我叹了口气。现在我只想上楼，回房间里边看油管边吃伊西的生日蛋糕，那一大块蛋糕是我走的时候梅兰妮硬塞到我手上的。

"罗！"邦妮又在喊了，"你听到了吗？"

"听到了！"我喊了回去，"马上就来，你能不能有点儿耐心？"

我艰难地穿过厨房和门厅，然后推开了客厅门。

"你看在播什么，"邦妮兴奋得两眼发亮，"是我们的最爱哦。"

我看向电视机，屏幕上的画面定格在了《音乐之声》的片头字幕。

"电影已经开始有一会儿了，"邦妮说道，"所以我按了录播，然后暂停在这儿等你。"

"我不确定有没有心情看电影。"我委婉地拒绝着。

邦妮的脸立马失望地耷拉了下来。

"你知道的，这个电影很长。"我找了个理由。

"可是现在才7点30分，"邦妮立马指出，"而且你明天早上也没什么事，又不用早起。我觉得我们可以来个电影之夜，再点些中国菜的外卖或者比萨什么的，或者我直接去小吃店买些回来也行。"

她的手垫在大腿下面，抿着嘴，满脸期待地等着我的回答。

我回头看了眼电视机。我已经很久没看过《音乐之声》了，虽然我们有这部电影的碟片，但是早就不知道塞到哪个角落去了。在我还很小的时候，我会和邦妮一起唱这部电影里的歌曲，邦妮唱玛利亚的部分，而我则负责所有冯·特拉普的孩子的部分。纷至沓来的回忆让我心酸得湿了眼睛。

"来吧，"邦妮温柔的声音仿佛带着诱人的力量，"我们都好久没一起看电视了。"

我想到了威尔士那对母女的新闻。

"那好吧，"我听见自己说，"就去买鱼和薯条吧，这个便宜。"

"你说了算。"邦妮兴奋地从椅子上跳下来。

趁着她去买吃的，我赶紧在邦妮的椅子前清出一块能让我坐的地方。我搬开一摞旧报纸的时候，看到了这周的电视杂志。上面《音乐之声》的播出时间用红笔圈了出来，竟然是下午3点。中间这好几小时，邦妮一直都暂停着在等我。这个认知让我突然心疼起她来。

邦妮就是这样的人，上一秒钟能让你气得恨不得拿东西砸到她头上，但是下一秒钟又能让你心疼得不行。

邦妮没一会儿就回来了，她买了一份炸鱼薯条、两块涂着厚厚黄油的烤面包、两根烤香肠、两个我拳头那么大的腌洋葱，还有两罐汽水。我们俩根本吃不完这些，不过看在她那么开心的分儿上，我忍住了没说什么。

"准备好了吗？"当我们端着盘子坐好后，邦妮问我。

"好了。"

随着邦妮按下"播放"键，没一会儿，电视里就流淌出熟悉的音乐，听得我心口发胀。

我很快就沉浸到熟得不行的电影情节中，乱糟糟的客厅和堆得到处都是的垃圾袋和废纸箱开始慢慢消失。虽然我做不到像以前那样跟着一起唱出来，但是我情不自禁地随着音乐，边哼边用脚打拍子。

当冯·特拉普家的孩子齐声唱到"别了，再会"的时候，我把盘子放到一边，靠在了邦妮的腿上。我靠下后，邦妮用厨房纸把手上的油擦干净，然后解开了我扎了一整天的辫子。

"可以吗？"她轻轻地问。

我点点头。

邦妮开始梳理我的头发，就像曾经这个房间还很整洁的时候，我们一起看电视时她常做的那样。她一边用手指把我的长发从头梳到尾，一边按摩着我的头皮，不知道用了什么方法，她手上的轻重永远都拿捏得恰到好处。这样的情景已经很久没出现过了，我觉得自己仿佛穿越了时空，回到了邦妮和我还亲密无间的日子，那时的邦妮每天都会给我惊喜。她会在天还没亮的时候把我叫起来，然后开车带我去奥尔顿塔游乐园门口，等着开门后，第一时间进去。我们还一起在客厅搭过一个秘密基地，然后整个周末都挤在里面狂吃薯片和糖果。那些日子简直就像发生在另一个世界，发生在另一个邦妮和罗的身上。

"生日过得怎么样？"趁着电影进行到安静些的场景，邦妮突然问道。

"还行。"我说着，肩膀不由自主地绷了起来。

"我只是觉得，你刚回来的时候脸色不太好。"

"我有吗？"

我很意外邦妮竟然会注意到我。她大多数时候对身边的事物都视而不见，包括我在内。

"不明显，但是有一点。"她说，"出什么事了吗？"

我脑子里有两个声音在打架，一个鼓动我向邦妮抱怨爸爸不陪我去期中旅行的事，哪怕我知道她听后，反而会兴高采烈（因为这下她有机会赢爸爸一次了）；但是另一个占了上风的声音告诉我，不要再去想这件事了，就当什么都没发生过吧。

"我就是觉得有点儿烦。"最终我还是忍住了，"今天来了很多小孩，一直吵吵闹闹的……对了，我想起来了，我还带了蛋糕回来，你要来点儿吗？"

"是梅兰妮做的吗？"邦妮问。

她惟妙惟肖地用梅兰妮的声音念出了她的名字。

尽管邦妮只见过梅兰妮一次，却能把她嗲嗲的语调学得分毫不差，让我忍不住笑了出来。

"不是，是她在网上订的，应该还挺贵的。"

"我就知道她不会做，去吧，拿过来尝尝。"

我把蛋糕从包里拿出来，打开上面包着的盒子，然后分了一半给邦妮。

我就着剩下的蛋糕咬了一口，味道简直好得让人生气——入口的奶油甜而不腻，连糖的分量都恰到好处——怎么会有这么好吃的蛋糕。

"你觉得好吃吗？"我问邦妮。

"超级难吃，你觉得呢？"邦妮一脸认真地说。

"我就没吃过比这更难吃的蛋糕了。"

说完，我们放声大笑，邦妮高亢的爆笑声和我清脆的傻笑声此起彼伏。

　　这个笑话并没有那么好笑到让人停不下来，但是能够一起大笑的感觉实在太好了，我们心照不宣地把这样的时光拖得长些，再长一些。当我们终于停下来的时候，邦妮俯身勾住我的脖子，带着她温暖香甜的气息亲了亲我的头顶，随后，她一只手搭在我的右肩上坐直了身体。几秒后，我也伸出左手环住了她的右肩。

　　我保持着这个姿势直到电影结束，仿佛这样就能把这些美好的时光牢牢抓住，直到永远。

8

　　暑假的前几周对我来说简直度日如年。失去了学校这个去处，待在家的每一分钟都变得格外煎熬，而这样的日子还要再持续好几周。我仿佛在沙漠里跋涉的旅人，找不到出路，前景渺茫。大家都知道，朋友和钱至少要有一样，假期才会让人心生向往，而我恰恰两者都没有。我劝自己别多想，毕竟我对哪一样都无能为力，可是面对这样毫无期盼的生活，我真的很难做到不难过。

　　更雪上加霜的是，最近还一直在下雨，搞得我除了卧室和社区图书馆以外，哪儿也去不了。要不是还有隔壁的新邻居来分散我的注意力，我肯定早被憋疯了。

　　时隔多日后，我们隔壁又住人了，这让我有些不习惯。以前的特里是一个生活很规律的人，他大部分时间都喜欢待在客厅听第四电台的广播。而新搬来的这家人虽然并不吵闹，但是行为却总是出人意料。他们刚来的那几天，我总是被一些突然的声音吓到，有时是上楼重重的脚步声，有时是他们砰的关门声，还有烤面包机冷不丁的啪嗒声和洗衣机突然开启的嗡嗡声。

　　我密切监视着他们的一举一动，时刻警惕他们是否有任何要投诉或者抱怨的苗头。虽然到目前为止，他们还没有过任何表示，不过等他们受够了隔壁住着我们这样的邻居，抱怨是迟早的事。哪怕现在大多数时间他们都自顾自的，从来也不往我们房子多看一眼，但我还是没法儿完全放松警惕，依旧尽我所能地观察着。

　　在他们搬进来两周后，我对新邻居的情况做出了如下总结：

　　1. 我的新邻居姓霍恩比。

　　2. 年纪小的那个男孩叫费恩，他哥哥叫诺亚。

　　3. 霍恩比先生喜欢喝啤酒（从公共垃圾桶的空瓶子来看，他常喝葛兰思或百威）。

　　4. 霍恩比先生有时候会穿着西装出门，但常常没几小时，就会松着领带、肩膀耷拉着回来。除此之外的时间里，他都待在一个超大的电视机前看球赛，那个电视机大得能让人从月球上直接观看。

　　5. 他们经常叫外卖吃（吃得最多的是比萨，其次是中国菜和印度菜）。

　　6. 诺亚住的房间和我只有一墙之隔（阿卡迪亚大街 46 号的房子结构和 48 号是完全一样、呈镜面对称的）。

　　7. 诺亚和他爸爸的关系不好。

　　"你有没有把我放在眼里，我正在跟你说话，谁允许你走了！"霍恩比先生又在那儿吼了。

　　"我想走就走，你管不着！"诺亚闷闷地吼了一句，他压抑的声音里也饱含怒气。

　　"这里是我家，你要在这里住，就得听我的。"接着又是霍恩比先生的大吼大叫。

　　他话还没说完，诺亚就砰的一声甩上了卧室门，声音大得连我的房间都跟着抖了一下。

　　在这个雨水依旧不断的周五下午，我正待在卧室里，用我那台破得不行的笔记本电脑看《蓝色星球2》。听到响声后，我按下"暂停"键，一群宽吻海豚定格在屏幕上，我溜到墙边听接下来的动静。几秒后，隔壁传来了巨大的重金属摇滚乐声，不过我知道这样的声音不会持续很久。我对他的操作已经很熟悉了，两三首歌之后，诺亚会把音量调到正常，然后换成其他的音乐，那种音乐没有那么吵，里面有吉他的伴奏和伤感的歌词，听上去让人感到悲伤。

　　我耳朵贴在墙上，耐心地等着。我听到诺亚在房间里走来走去，地板被他踩得嘎吱作响，突然，他猛地坐到床上，床垫被压得咯吱一声，随后传来他把脑袋靠在墙上的声音。我完全能想象出他现在的样子：仰着头看着天花板，两条大长腿舒展地悬在床边。我调整姿势，也学着他的样子靠在墙上。我们俩隔着一堵墙，背对背靠着墙，近在咫尺，却不相见。诺亚的痛苦和愤怒从他身后的墙壁渗透过来，和我的情绪交织在一起。

　　天气在接下来的一周开始转晴，我终于能出去透透气了。我想去远点儿的奥斯布罗公园转转，或者去镇东边的那片茂密树林里走走。

　　当我走在路上的时候，我想到了诺亚。我不是故意去想他的，但是他总是不经意间就出现在我脑海里。我想象着如果我们在路上碰到，我该说些什么，而他又会怎么回；我们会用怎样的表情看向对方，我们聊天时候的笑声会是怎样的。不知不觉，我已经为我们碰到后该怎么说话打了好几小时的腹稿，直到我觉得挑不出任何问题。

　　有很多次在路上，我都看到学校里那些我认识的人和别人成群结队地走在一起，好像就没有独自一人的时候。每当这个时候，我们都会假装没看到对方。不过也有可能他们没有假装，而是真的没注意到我。有时候，我能一个人一言不发地待上一整天，这样的状态有些时候没关系，而有些时候却会让我思绪纷杂得想要放声大叫。

当邦妮想起来的时候，她问我去了哪里。

"我去公园了。"我告诉她。

"和谁一起去的？"

"就是一些同学。"

大多数家长这个时候都会接着问一些细节，比如那些同学叫什么、你们去干了什么之类的，但是邦妮从不这么做，她只会点点头，似乎很满意我拙劣的谎话，然后接着就去做她自己的事情。邦妮给她的歌手朋友们列了一个名单，但上面的信息从未变过，虽然她掩饰得很好，但我觉得其实她跟我一样没有朋友。

这周除了去公园和树林，其他时候，我继续监视着霍恩比一家。在周四下午，我听到后门被人敲响的时候，紧张得差点儿心脏病发作。敲门的很可能是霍恩比先生，他一定是来向我们发出投诉的，甚至可能更糟，门口来的可能是社会救助机构的工作人员，他们会戴着胸牌，手执记录本，口气严厉地要求和"邦妮·斯诺太太"说话。好在最后我开门发现，那只是个送水果的快递员，邦妮又在亚马逊上买东西了。自从我们一起看了《音乐之声》后，家里的气氛变得缓和了很多，但是当我看到邦妮乱花钱买的大包小包之后，这样的氛围一下子消失殆尽。我和邦妮大吵了一架，这次我真的气狠了，哪怕已经过了两天，但我想起来还是气得发抖。

"亲爱的，你没事吧？"周六上班前，朱迪关心地问我。

"我没事啊，怎么了？"我边说边摇了摇饼干桶，然后从满是碎屑的桶里挑出块碎了的巧克力饼干。

"嗯，我也说不上来，"朱迪懒懒地靠在冰箱上，她的紧身牛仔裤在膝盖的位置破了两个洞，露出她圆圆的粉色膝盖，有人用黑色圆珠笔在她左膝盖上画了朵向日葵，"就是感觉你最近有些不太一样。"

"我没事，可能就是最近有点累吧。"我下意识地说。

"但是现在放暑假，你不是应该有大把时间睡懒觉才对吗？"朱迪很意外。

"我不太喜欢睡懒觉。"

关于这点我没撒谎。虽然多亏了那把锁，邦妮的垃圾没法儿再堆进我房间，但我还是时刻有种被垃圾压着的感觉。所以一旦我醒了，想到门外堆着的那些东西，就没法儿再躺回床上继续睡下去。

"你知道吗，我很担心你。"朱迪接着说。

"担心我？为什么？"我心里一紧，如同每一次有人对我投来过多关注时一样。

"呃，我也不知道，"朱迪说，"就是你有时候看上去一副暮气沉沉的样子。你觉得吗，摩西？"

"觉得什么？"摩西刚刚走进厨房，他边打哈欠边伸了个懒腰，身上的 T 恤衫随着他的动作缩了上去，露出他毛毛的肚皮。

摩西长得又高又瘦，他刚刚 30 出头，为了养活妻子和四个孩子，同时打了五份工；就这样的生活，他还能每天都乐呵呵的，简直让人难以置信。

"我刚才说，罗看上去一副暮气沉沉的样子。"朱迪重复了一遍，"如果你已经七老八十，那这样也就算了，但是罗你才 14 岁啊，你的人生才刚开始，怎么一点朝气都没有？"

我无言以对地耸耸肩。事实上，有时候我觉得自己简直像是活了 100 多岁那么累。

"我告诉你为什么会这样，"摩西开口，"因为我们罗的身体里住着一个成熟的灵魂。"

"谢谢你，摩西。"我向他投去感激的微笑。

"成熟的灵魂也该时不时有些生活的乐趣吧。"朱迪对他的回答并不买账。

"我有乐趣的。"我连忙说道。

朱迪双手叉腰看着我,仿佛在说"不承认就算了"。

"真的!"我强调。

"那是什么时候?你说说看,你和朋友都一起做过什么?"

"你指的是什么?"我一边装傻,一边飞快地开动脑筋。

"就比如你平时空闲或者放学后都做些什么?"

"哦,就是大家都会做的那些啊,看电影、滑冰、逛街……"我煞有介事地说。

当我嘴里编着那些活动时,我也在脑海里回想上一次我跟朋友做那些事是在什么时候。然而我发现,除了邦妮和爸爸以外,我真的从来没有跟任何人做过我说的那些事。我浑身像被针扎了一般难受起来。

"好了,我不是要让你证明什么,"朱迪手捂着心口,对我说,"我只是想说,在短暂的一生中,能享受到的快乐是有限的,所以千万别放弃争取属于你的那一份。"

"我会记住的。"说完,我把杯子里剩下的茶倒进水槽,然后去拿我的小推车。

我知道朱迪是出于好意,但是事情没有她想的那么简单。我在很久之前就下定决心,从此不再跟任何人走得太近,因为我实在承担不起那样的风险。而且哪怕现在我改变了心意,也已经太迟了,所有人都已经离我而去。

传单发完后,我把推车还回办公室,然后在回家的路上去街角的小卖部买了根冰棍,边走边吃。

我快走到房门口的时候,发现冰棍快化了,黏糊糊的红色液体滴到了路面上。我赶紧仰起脑袋，用嘴去接往下流的冰棍汁，凉凉的冰沙滑进喉咙。

"你好。"

听到声音的瞬间，我倏地摆正了脑袋。

是他。

诺亚·霍恩比。

我紧张地屏住了呼吸。

他就站在离我两米远的地方，穿着宽大的黑色短裤和洗得发白的黑色 T 恤。再走近些，我看到了曾经想象过的在这种情景下的细节：他的睫毛又黑又长，眼睛的颜色是甜蜜的巧克力棕，他左边的眉毛上有个小小的缺口，脸颊上还有一些淡淡的痘印。我观察得不能再仔细，甚至连他皮肉下的骨骼是什么样子都快被我看穿了。

"滴到衣服上了。"他指着我说。

我低头，果然看见灰色 T 恤上有三个红点，看上去像血迹似的。

"哦，好的，谢谢。"我边说边擦了擦衣服，结果把污渍弄得更大了。

在我预想的对话情景里，我应该表现得更口齿伶俐些才对。

"你住在这里，对吧？"诺亚说着，用下巴指了指我家。

我真希望这时候路上能有条缝让我钻进去，我很想否认，但怎么可能呢？我现在就站在大门口。

"我一直看你从这里进出。"他彻底打破了我最后一丝侥幸。

"是的。"我轻轻地说。

我自以为隐蔽地溜进溜出原来早就被他发现了，这让我很难为情；但是他竟然会关注我的进出，这个认知又让我感到莫名兴奋。

"我和妈妈住在这里。"我低着头说，"我的意思是，这里是她家。"

我还想再说些什么，好让他知道这个房子现在这样跟我一点关系也没有，但是我不知道该怎么开口，而且万一他不相信该怎么办。

"你的卧室是不是在后面？"他问道。

"呃，是的。"

"我的也是。"

他还想说些什么，刚开口，就被一个充满怒气的声音打断了，那个声音从房子里传来，喊着他的名字。

"我爸爸喊我了，"他红着脸说，"我得先走了。"

"好的。"

"对了，我叫诺亚。"他边说边倒着往家走，他的鞋带松了，拖到地上。

我知道。我在心里默默地说。

"我叫罗。"我大声对他说。

"罗，"诺亚像是练习发音似的重复了一遍，"这是什么词的简称？罗恩还是罗薇娜？"

"是罗茜。"我难为情地承认。

他歪着头打量了下我："你看着和这个名字一点也不像。"

我微微仰起头，很满意他的结论："我也这么觉得。"

"诺亚！"那个声音又响了起来。

诺亚冲我抱歉地皱皱脸，然后脚下一扭跑开了，没一会儿就消失在了那扇开着的大门后。我呆呆地站在原地，还没从刚才的事情里回过神来，任由手里的冰棍融化，流得我满手都是。

9

　　暑假的最后一个周六，我下班回来发现诺亚正站在 46 号门口，他穿着 T 恤和居家短裤，脚上踩着一双特别可笑的咕噜牛拖鞋。

　　今天一直都在下雨，尽管我打着伞，但球鞋和牛仔裤都已经湿乎乎的。看着几米之外的诺亚，我肯定他全身都湿透了。

　　看到我后，他举手打了个招呼，然后僵硬地扯出一抹笑容。

　　我犹豫了一下，然后朝他走去。

　　"好巧啊。"他开口。

　　"是啊。"我回道。

　　他的头发一缕缕地贴在额头上，打湿后显得比平时更黑。

　　我们都不知道该说什么，气氛有些尴尬。

　　"你的拖鞋不错。"我终于打破沉默。

　　干得不错，罗，放轻松。

　　"这不是反话，我真心的，"我飞快地继续，"我知道这听上去像是反话，但真的不是。你的拖鞋很棒，我是说，大家都喜欢看《咕噜牛》，但是拖鞋却从来只有成人大小的。"

天哪，罗你够了，快闭嘴吧。

"这是我收到的礼物，"诺亚说，"是我爷爷送的。"

"这个礼物不错，你爷爷真有眼光。"

接下来又是一阵尴尬的沉默。

"顺便说下，我被锁在外面了，"这次是诺亚先开口，"所以你千万不要以为我傻得穿拖鞋在雨里散步。"

"怎么会？"我奇怪地问他，"你忘带钥匙了？"

"我出来倒垃圾，结果出来之后，门突然关上，然后还自动锁住了，我之前也不知道会这样……"

他的 T 恤上印着《星球大战》的卢克·天行者，图案已经有些褪色，卢克的五官变得惨白。湿透了的白色 T 恤紧紧贴在诺亚瘦削的身上，他的胸膛、肚脐甚至肋骨的轮廓都在几乎透明的布料下隐约可见。

天哪，我都有点不好意思看了。

"你爸爸去哪儿了？"我看着他的脸问。

"他和我弟弟看电影去了。"

"你知道他们还要多久回来吗？"

"他们大概一小时前走的，所以至少还要一小时才会回来吧，不过如果他们看完之后还吃饭的话，可能就要更晚……"

他冷得打了个哆嗦，手臂上的汗毛冻得都立了起来，像是一根根被吸铁石吸得立起来的铁屑。

"你听我说，我知道我的请求很突兀，但你能不能让我去你家里待一会儿，等到他们回来就好？我刚才去过 44 号，但是他们家没人。"他可怜巴巴地说。

他的请求把我吓坏了。我能承认住在那个房子里，但这并不代表我能心脏强大到邀请别人进去参观，谁都不行。自从爸爸搬走后，诺亚是这些年来除了我和邦妮以外唯一踏进过我们院子大门的陌生人，前几年倒是也有过管道工人进来修热水器，不过那次的经历简直糟糕透了。

"我不会给你添麻烦的，"诺亚接着求我，"我是说，如果你有事的话，就不用管我，只要让我进去待一会儿就好。"说着，他转头冲着臂弯打了个喷嚏。

"保重。"我轻轻地说。

他打完喷嚏后，转头面向我，不好意思地吸了吸鼻子，一滴雨滴恰好从他鼻尖上滑下来。

我不知该如何是好。如果我拒绝，他肯定会觉得我冷酷无情，但是我真的也没法儿同意他进来。让诺亚走进那个塞满了垃圾、被我叫作家的地方，这个念头我简直想都不敢想。万一他把看到的情况告诉他爸爸，那会怎么样？他爸爸可能会自作主张地去联系社会救助机构……

快想想，罗，该怎么办。

突然，我有了一个大胆的计划。

"好吧。"我犹豫地开口。

"真的吗？"诺亚急切地说，"我是说，你确定可以的对吧？"

"当然，这不是什么大事。"

"太好了，谢谢你。"

我们一前一后地绕到房子侧面，路面的水泥板在雨水的冲刷下显得光滑透亮。我紧张得全身发抖，心里默默地祈祷千万别被他发现。

走到门口后，我把背包放在台阶上，打开了前面的口袋，然后假装伸手去找钥匙，其实它就在我发抖的手下。

开始吧，第一步。

"我的天哪，怎么会这样，"我夸张地叫道，"我也没带钥匙！"

我做出一副局促不安的样子，我的声音听上去就像在演戏一样，假得不行。

幸好这时天空突然闪过一道巨大的闪电，亮得像把整个天都劈成了两半，接着便传来轰鸣的雷声。突变的天气转移了我们的注意力。

"哇哦。"诺亚轻叹。

一片巨大的青灰色乌云出现在我们头顶，整个后花园都笼罩在它的阴影下，电光石火间，硕大的冰雹就哗哗地砸了下来。

接着是第二步。

"去工具房里！快！"我叫道。

我带他冒着冰雹穿过杂草丛生的草坪，一路上不断有冰雹砸在我的雨伞和背包上。

工具房的门锁锈住了，我费力地拉了两下才打开。

"快进来。"我冲诺亚说道。

在很久之前，这个工具房是属于爸爸的。不过里面也没藏什么特别的设备，我记得以前这里有一个木质的操作台、一把老旧的扶手椅、几本书、一个便携式取暖器和一盏电池驱动的照明灯。

进来后，我立刻把门合上，透过窗上雾气蒙蒙的防风玻璃，我们心有余悸地看向室外。草坪上已经铺了一层白白冰雹，雨势也逐渐变成了滂沱大雨。

"简直像是世界末日。"诺亚说话的时候，他的左肩擦过我的右肩。

"是啊。"我附和着，被擦过的那块皮肤像是起火般发烫。

我们继续望向窗外，我满心以为他会对这个房子说些什么，但是他却什么都没说。我想他一定在考虑该怎么开口，毕竟任谁看到眼前这种环境，都会有很多想法吧。

"呃，不好意思，这里没地方坐。"我边说边把雨伞收起来立到角落里。爸爸搬走的时候把他的椅子和其他东西一起拿走了。

"坐地上就好，"诺亚扑通一声盘腿坐在了斑驳的地板上，"能有地方避雨，我已经很满足了。"

我靠着墙，在他对面坐了下来，屈着膝用下巴抵着膝盖。以前我曾经希冀过这个工具房里会留有爸爸的气息，不过这里除了一股浓郁的木材味道，什么都没有。

诺亚也出神地望着天花板，一阵沉默。

"他们去看什么电影了？"我找了个话题。

"你说什么？"诺亚像是刚回神。

"你爸爸和费……"我及时住了口，没有说出费恩的名字，"你爸爸和弟弟，他们去看什么电影了？"

"哦，他们去看皮克斯的新片了，你知道那部片子吗，就是讲那只老鼠的？"

我根本不知道，但还是装模作样地点点头。

"你不想跟他们一起去看吗？"我问他。

诺亚用力地摇摇头，头发上的水甩得到处都是，像一只在甩水的大狗。"呃，你介不介意我把鞋脱了？"他指了指自己湿透的拖鞋。

"当然不，你快脱了吧。"

他感激地笑笑，然后脱掉了鞋。他的脚也很瘦，脚趾又细又长，脚背上还有穿人字拖晒出来的痕迹。

"我暑假去法国度假了。"他发现我的视线后，解释道。

完了，他该不会以为我有什么奇怪的恋脚癖吧。

"你和谁一起去的？"我强迫自己不再往下看。

"和我妈妈、弟弟，还有我妈妈的一个朋友。"诺亚顿了一下，说道。

"那里好玩吗？"

"还可以吧。不过我在那里也没干什么，妈妈和她朋友去蔚蓝海岸的沙滩喝酒，我就每天待在酒店的泳池边消磨时间。"他说完笑了笑，那笑容里有藏不住的忧伤。

接来下又是一阵沉默，这已经成了我们特有的相处模式。

"你暑假去哪儿了？"诺亚过了一会儿问我，他一边问，一边扯了扯贴在身上的湿 T 恤，卢克·天行者的脸都被他拽变形了。

我摇了摇头。

"怎么会？"

"我们就是……没出去。"

哪怕在爸爸还和我们住在一起的时候，邦妮也从没和我一起在暑假出去过。我找不到任何我们一起出去玩的照片，那种我们一起去海边度假的场景对我来说太模糊了，就像是梦里发生的事。

"我听到过她唱歌。"诺亚突然说。

"谁？"

"你妈妈。"

"哦，是吗？"我不自觉地用手掐住了大腿。

"她唱得很好听。"

我点点头。就是因为她还有这仅存的优点，有时我才会看在她才华的分儿上，很快原谅她。

"她应该去参加专业的演出。"诺亚接着说。

"她就是专业的歌手。"

"真的吗？"他满脸惊讶，"真是太酷了。"

"还好吧。"

从我记事起，邦妮每个周末都有演出。爸爸搬走后，每逢周五到周日，她就会把我轮流托管给那些跟她一样在这个圈子里混的女人，那些叫曼蒂、谭雅还是秀娜什么的阿姨只会把我往电视机前一放，然后让我用汽水和薯片吃到饱，那些重口的咸醋味薯片味道大得冲天。有几次她实在找不到人，就会偷偷地把我带进后台，让我跟着她。我坐在舞台的侧面，透过破旧的天鹅绒台幕看着她在台上放声高歌，她的歌声情感充沛，又有感染力，仿佛她就是为了歌唱而生。当我满 11 岁后，邦妮就开始留我一个人在家，演出的间隙，她会打电话来检查我是否按时睡觉，不过后来她就对我彻底放心了。

"我妈妈是个税务会计。"诺亚皱着鼻子说。

"那你爸爸呢?"

"他……现在正在找工作。"

霍恩比先生那些毫无规律的进出终于有了解释。

接下来又是长长的沉默。

外面的冰雹已经停了,雨势也小了下来,雨水落在工具屋的毛毡顶上发出嗒嗒的声音。

诺亚无聊地扯着 T 恤上的线头。

现在该怎么办?

我在屋子里四处打量,希望能找到话题。突然,我的目光落在了那个货箱上,我站起来走到箱子旁朝里看,里面装着一个塑料喷壶、两三副破旧的园艺手套、一罐白漆,以及最底下的那个长方形盒子。

"你会下象棋吗?"我问诺亚。我把盒子拿出来打开了一眼,是一副用纸板和塑料做的象棋。虽然一看就是便宜货,但好在棋子都是全的。

诺亚摇了摇头。

"要不要我教你?"

我跪在地上把棋盘铺好。诺亚转了个身对着我。他的头发已经干了,造型奇怪地堆成两簇立在他的脑袋上,看上去像是长了一对犄角,不过并不难看。

"你的象棋是谁教的?"我摆棋子的时候听到诺亚问。

"我爸爸。"我说,"但是我也很久没下过了。"

诺亚简直是个象棋天才,一学就会。我们在下棋的过程中逐渐放松下来,聊得越来越多。我们从各自最喜欢的歌曲、最想去的地方说到最喜欢哪个口味的甜甜圈,甚至我们还讨论了网上广为流传的那个无聊问题——到底该选择对付一百只鸭子大小的马，还是一只马那么大的鸭子。

这样的聊天真的很有趣。

这是真正属于生活的乐趣。

我们开始下第三局的时候，听到了诺亚的爸爸的喊声。我飞快地爬起来开门，发现外面雨已经停了，太阳也从云中露出了脑袋。

"诺亚！诺亚！"霍恩比先生大声地喊着。

我低头看向诺亚，发现他正漠然地抿着嘴。

"我爸爸回来了。"他声音平淡地说。

随着他站起身来，刚才那些美好的气氛就像咒语失效一样，噗的一下被打回原形。

我泄气地蹲下身，准备收拾棋盘。

"等等。"诺亚阻止了我的动作，他把重心换了只脚支撑，然后顿了顿说，"我们能不能就照现在的样子把它留在这里？这样下次过来，我们就能接着下了。"

他说下次。

他还希望有下一次。

我激动得手脚发麻。

"好的，没问题。"我努力用平常的语气问他，"下次你打算什么时候来？"

"这确实是个问题，我明天就要回学校了。"他说道。

"你周日回学校？"

"我上的是寄宿制学校。"

"好吧。"我仿佛被当头浇了盆冷水。

"那你什么时候回来？"我不死心地问。

"大概期中的时候吧。"诺亚说。

期中是 10 月底，还要再等好多好多周呢。

"我们相互留个电话号码吧，"诺亚提议，"这样我们就好约时间了。"

"好的。"我尽力克制住别让自己看上去太兴奋，然后把我那个又老又旧的手机递给他，让他把号码存进去。

"诺亚！"霍恩比先生的声音已经怒气满满了。

"我得走了。"诺亚把手机还给我，然后套上他那双湿透了的拖鞋。

我们一起从工具房回到了花园。

"快看。"诺亚说着指了指天上。

有一抹浅浅的彩虹从云里探出来。我们就这么安静地看着，直到它完全消失。

现在我们就站在后花园里，可诺亚对这个房子的状况还是只字未提。我知道这不可能，但他的表现就像是看不见这些似的。

"再次感谢你收留我。"他对我说。

"不客气。"

"那，10月见？"

"10月见。"我向他肯定地重复道。

"诺亚！"霍恩比先生暴怒的声音突然从篱笆那边传来，吓得我们打了个哆嗦。

"我得走了。"诺亚最后说道。

说完，他转身离开。

秋收

我气冲冲跑上楼梯的时候碰倒了两边摞得老高的纸堆，它们在一阵摇晃后，轰然倒塌，漫天的废纸顺着破旧的地毯从楼梯上倾泻而下，如同一场纸构成的雪崩。

Autumn

10

开学的第一天，学校的走廊里挤满了互相拥抱、尖叫连连的学生，他们夸张得像是在重演柏林墙被推倒的那一刻。

我在去报到点名的路上，碰到一个九年级的女生一边尖叫着"天哪，我想死你啦！"一边抱起她的朋友转了个圈。

幸亏我及时靠边站住，紧贴在墙壁上，才没被那个女生在空中乱飞的腿给踢到。

我十年级的班主任是卡梅伦老师。我到的时候，她已经坐在教室里了，眼镜架在鼻尖上，正在埋头处理一堆文件。除了我，教室里还没有别的学生过来，这正好可以让我好好地挑个座位。如果运气够好，班上的人数是单数的话，我就又可以自己一个人坐了。我飞快地扫视了一圈，选中了一个前排靠窗的位置。我正打算过去坐下时，卡梅伦老师抬头看了我一眼。

"错了，你走错位置了。"她用她那标志性的沙哑嗓音说道。

"什么？"我没反应过来。

她不耐烦地叹了口气："你没看到那些名卡吗？"

直到这时，我才注意到每张桌子上都立着一张小卡片，看着跟婚礼现场的餐桌席卡似的。

"座位是按姓氏的字母顺序排的，"接着，她不耐烦地说，"从 A 打头的开始，已经从前往后依次排好了。"

我退回了原位，然后开始回想跟我同年级的人里面有谁的姓氏是"S"开头的。

S，S，S。

突然，我想到了一个名字。

艾默生·萨克斯比。

我顿时心里一沉。

我从小学的时候起就认识艾默生了，他说话的嗓门很大，还特别好动，总喜欢在座位上上蹿下跳的；他还喜欢讲些无聊的笑话、模仿放屁的声音来搞笑。我知道他人不坏，但一想到整个学期都要坐在他旁边，我顿时愁得不行。

我在教室的最后一排找到了写着我名字的卡片。

上面是卡梅伦老师用古典的花体字写的"罗·斯诺"。我已经做好了会在旁边看到艾默生名字的心理准备，但是当我再仔细一看，旁边的卡片上是一个完全不同的名字——"坦维·莎尔"。

我的眉头皱了起来。

坦维·莎尔是谁?

我毫无头绪地坐到了座位上，这时班上的其他同学也陆续走进了教室，他们对这样的座位安排也都怨声载道。

"老师，您开玩笑的吧!"瑞恩·阿塔尔嚷嚷着。

"我从来不开玩笑。"卡梅伦老师用平板的语气回道，她甚至连头都没抬一下。

等到上课铃都响了，坦维·莎尔还是连人影都没出现。她是不是不会来了，还是卡梅伦老师搞错人了，写了一个错的名卡？那这样的话，我又能一个人占着整张桌子了。这么想着，我的心情放松了不少，我把坦维的卡片挪到一边，然后把自己的东西铺满了整个桌面。

就在卡梅伦老师点名点到一半的时候，教室的门被突然撞开，一个瘦得跟纸片似的女孩冲了进来，差点儿一脑袋撞上坐在第一排的瑞恩。她梳着细细的黑色辫子，一双大得有些突兀的棕色眼睛炯炯有神。

"对不起老师，我迟到了。"这个女孩气喘吁吁地说，"我刚才迷路了。"

只见卡梅伦老师脸上一贯严厉的表情以肉眼可见的速度变得柔和。"没关系，坦维，"她温柔地说，"欢迎回来。"

欢迎回来？

"你的座位在罗旁边。"她指着我的方向说。

坦维背着一个超大的背包，一蹦一跳地沿着过道朝我走来，直到这时，我才想起来这个名字为什么会这么熟悉。随着周围响起交头接耳的声音，显然大家也都认出她是谁了。

没错，是她。

是那个坦维·莎尔。

她挣脱了死亡的缠绕，回来了。

在两年前 12 月的某个早晨，天冷得刺骨，整个七年级的学生都被临时召集到学校的大礼堂集合。我之所以会对那天的天气印象深刻，纯粹是因为有人那天在礼堂一扇结了霜的窗户上画满了生殖器，引得大家都嘻嘻哈哈地指指点点。当校长希伯特老师和年级主任刘老师走上台的时候，他们的表情沉重又哀痛，让大家立马安静了下来。他们彼此交换了个眼神后，向大家宣布了一个坏消息：七年级 D 班的坦维·莎尔在经过一系列的检查之后，被确诊患上了癌症。

听到这个消息，很多人都哭了出来，但是我没有。不是我没有同情心不可怜她，而是看到周围那些人难过得不能自已的样子，实在太奇怪了。我敢保证他们中大多数甚至都没见过坦维，但是现在却能哭得仿佛出事的是自己最好的朋友。

在那之后的好几天里，坦维的病情成了学校里的热议话题，无论是在操场还是食堂，都能听到他们的讨论。有人甚至提出要为她举行捐款活动，不过最后也没什么实质进展。没过多久，坦维的事情就逐渐被大家忘在了脑后。天气特别冷的时候，我偶尔会想起她，好奇她后来怎么样了，病情是否好转。不过我所知道的只有学校再也没有召集过我们，坦维从此也再没回过学校。

她曾经在死亡的边缘徘徊。

直到现在，重获新生。

我看到一个生机勃勃的坦维在我旁边坐下。她的肩膀消瘦，整个人看上去像个小巧精致的洋娃娃，她那双纤细的手腕我只用拇指和食指就能轻易扣住。她的夹克外套崭新笔挺，但是穿在她身上显然太大，她整个手掌都遮在袖子下面，只露出一点点指尖。外套里面她配了一条长到小腿的裙子和宽松的衬衫。她看上去更像个七年级的小女生，完全没有十年级的样子。

"我刚才迷路了。"趁着卡梅伦老师继续点名的空隙，她小声对我说，"学校跟以前完全不一样了！"

这是当然的。坦维离开后，学校在我从八年级升到九年级的那个暑假进行了彻底的翻新。

我的目光在她脸上逡巡，试图找到一点大病初愈后的样子，然而她的目光炯炯有神，脸颊上还微微带着健康的红晕，除了个子小了点以外，她和正常人一般无二。不过我也不知道她的身高是因为癌症的缘故，还是纯粹是遗传的关系。

坦维拿起我的名卡看了看。"我还记得你。"她说着放下名卡，从满满当当的书包里拿出文具盒扔在桌上。她的文具盒是红色塑料材质的，拉链上还挂着一个凯蒂猫，放在我纯金属的文具盒旁边，对比鲜明。

我眨了眨眼，觉得她肯定记错人了。

"不可能，你搞错了。"我对她说。

"你的意思是？"她歪着头看向我，脸上挂着抑制不住的高兴。

"你肯定把我认成别人了。"我说。

"没有啊。"

我眉头紧锁。

坦维笑着把头转回去，然后用她跟小孩一般大的手拽着我的胳膊说："你真的不用怀疑，我记得班上的每一个人。"

我小心地把她的手挪开。

"我可以证明给你看的，"她接着说，"你随便在教室里选个人，无论是谁，我都能马上说出所有我记得的和他相关的事。"

"不，不用了，谢谢。"我兴致缺缺地说。

"保持安静！"卡梅伦老师在前面大喊了一声。

"来嘛，你就选一个吧。"坦维压低了声音，悄悄冲我说道，"拜托了。"

"我都说不要了。"我冲她嘘声，示意她安静。

"好吧，那我就自己选了。"坦维无视我的不配合，滴溜着眼睛开始四下搜寻。

"好了，就她吧。"她指着席恩娜·布莱克说，"那是席恩娜·布莱克，她的嘴巴有河马那么大，对花生过敏。七年级的时候，她模仿金·卡戴珊给儿童救助组织募捐。当时她在裤子后面塞了个垫子，而且为了让特雷·摩根来演坎耶，她给了他 5 英镑。"说完，她得意扬扬地看着我。

"席恩娜的事情尽人皆知好吗。"我客观地指出。

"那你再选个别人，"坦维兴致勃勃，"选个难点的。"

"听着，我对你说的那些没兴趣。"

"别呀，就选一个嘛。"坦维完全不在乎我的态度。

"我没跟你开玩笑，我真的一点兴趣也没有。"

"不如就贾斯丁·诺瓦卡吧，"坦维对我的拒绝视而不见，自顾自地说，"好的，让我想想啊。有次他在集合的时候流鼻血，还晕倒了。他在艺术方面很有天分，总是喜欢穿奇怪的袜子。不信你看。"

果然如此，贾斯丁脚上的袜子一只是纯红色的，另一只上面印着荷马·辛普森的图案。

"现在我要说说你了。"坦维继续，"你叫罗·斯诺，你……"

"别说了。"我立马打断她。

"为什么？"

"我跟你说了，我没兴趣。"

还没等我说完，坦维已经说起了我的事。

"你叫罗·斯诺，"她丝毫不受影响地接着说，"你喜欢把头发编成辫子，午餐盒里总有小贝勒的奶酪粒，打篮球的时候打的是边卫。哦还有，你妈妈特别漂亮。其实你也很漂亮，不过和你妈妈风格不同。"

"你怎么认识我妈妈的？"我的声音骤然尖锐起来。

"啊，其实也不算认识。我只是记得有一次开家长会她来过，她看上去真的既风趣又迷人。"

想到那次家长会，我猛地打了个冷战。当时邦妮要赶着去一场 60 年代主题的演唱会，所以她穿着演出服就来了：紫色迷你短裙、过膝高筒靴，脸上化着浓浓的舞台妆，头发夸张地盘成蜂巢状。当时有个家长问邦妮是不是要去参加化装舞会，结果她当场笑得像猪叫似的，搞得所有人都看着她。真讨厌，坦维竟然也记得这件事。

坦维拉过背包放在腿上，"要薄荷糖吗？"她边问我边拉开了书包前面的拉链。

我看到那里面装满了散装的薄荷糖。

"不用了，谢谢。"我说道。

坦维耸耸肩，一次往嘴里扔了两颗。

卡梅伦老师刚刚点完名，坐在我们前排的艾默生就迫不及待地从椅子上转了一百八十度，手肘搁在我们的桌上，改成面朝我们而坐。

"你没事了吧，坦梅？"他问道。

"我名字是坦维好吗，"坦维回道，"维持的维，坦维。我已经没事了，艾默生，谢谢你的关心。你要薄荷糖吗？"

艾默生贪心地抓了一大把塞进嘴里，像是含了一嘴的大理石子，脸都被撑变形了。"不瞒你说，"他一边嘎嘣嘎嘣咬着嘴里的糖，一边说，"之前我还以为你已经，你懂的。"他做了个鬼脸。

坐在艾默生旁边的艾比·里克斯听到这话，忍不住用手捂着嘴笑了笑。我替坦维向他翻了个大大的白眼，艾默生有时候就是个棒槌。

"我没懂你的意思。"坦维边说边摆弄着铅笔盒上的凯蒂猫，每次她摸上去的时候，凯蒂猫就会发出一闪一闪的粉色光芒。

"你该懂的啊，"艾默生不自在地调整了下坐姿，"我的意思是，你那么久都没消息，我们难免会这么以为。"

"我不懂你的意思。你到底想说什么，就直说吧。"

我偷偷瞥了眼坦维的脸色，她的表情特别自然，反而是艾默生发现坦维真的要让他亲口说出那些话后，脸色立马难看起来。

"就是那个。"他哼哼唧唧地看着坦维眉毛上方三寸的位置，不敢跟她对视。

艾默生的喉结动了动，紧张地咽了咽口水后，终于用像蚊子哼一样的声音说道："我们以为你死了。"说完，他脸色涨得发紫。

"天哪！"坦维拍着额头说道，"你是说这个啊。原来你以为我早就咽气、闭眼、一命呜呼、死翘翘了，总之，就是没想过我还会回来，对吧？"

坦维说完后，周围都安静了下来。坐在附近的同学早就停下了手上的事，竖着耳朵在听他们说话，眼睛不停地在他们之间转来转去，像在看温布尔顿的球赛似的。

突然，不知道哪里咔嗒响了一声，坦维像是被按了开关似的哈哈大笑起来，她趴在桌上，边笑边拍艾默生的手臂，搞得他不知所措地狂眨眼睛。

"傻瓜！我逗你玩呢！"她一副得逞的样子。

"哦，我就知道，呵呵……"艾默生尴尬地干笑了两声，他的嘴里还包着一半没来得及咽下去的薄荷糖。

"天哪，你真该看看你刚才的脸色，"坦维继续拍着桌子笑道，"简直就像快要哭出来了！"

"那边出什么事了？"卡梅伦老师大叫了一声。

"没事，老师。"艾默生紧张地回了句。

卡梅伦老师眯了眯眼睛，然后把他叫去了教室前面。

艾默生走后，我拿出一盒荧光记号笔，开始在课程表上标出我选的课程，这个课表还是刚才艾默生放在我桌上的。

"不是吧，"坦维细细的食指戳了戳我的课表，"除了体育课，我们就没有一门课是一起的。"

我看了眼她的课表，她选的全是些很难的课。

"能回来上学真是太好了，"坦维接着说，"我开心得都不知道该怎么跟你说。我在家都快憋疯了。你知道吗，我的癌细胞七个月前就没了，但是我爸妈就是不放心，非拖到现在才同意我回来上学。"

她说这话的时候语气轻快得不可思议，仿佛患癌三年给她带来的困扰仅仅是不能上学。

"这些可以借我用用吗？"她指着我的记号笔问。

"可以，用完别忘记把盖子盖回去就行。"

趁着坦维在那儿纠结选什么颜色的时候，我试着回想她在生病前跟谁玩得比较好。我不是很确定，不过隐约记得她以前好像经常和一个金发的女生一起玩，但那个女生八年级只上了一半，就全家移民去澳洲了。

第一节课的下课铃响了起来，我开始收拾我的笔。不出我所料，坦维用完之后把笔盖乱盖了一通，粉色盖了黄盖子，黄色盖了绿盖子，全都乱了。我叹了口气，把它们一股脑塞进包里，打算晚点再整理。

我起身准备走的时候，坦维把她的课表伸到我面前："你可不可以告诉我 16-1 教室在哪里？我要去那里上设计和工艺课。"

"那个教室在艺术和设计大楼里，你跟着标志走就好。"

"好吧，你接下来要去哪儿？"趁我不注意，她抽走了我手上的课表，"嘿，你的艺术课在 16-2 教室啊，那太好了！我跟着你就行了。"

是吗，这可一点都不好。

今天的走廊里比平时更热闹，老师们也刚度假回来，顶着有点短过头的新发型和黝黑肤色，大喊着让大家别堵在走廊里赶紧走，顺便再检查每个学生的着装是否规范。坦维蹦蹦跳跳地走在我旁边，她的个头儿将将到我下巴的位置。她一路上说个不停，主要都是在表达她有多饿，哪怕她早饭吃了四块维他麦配香蕉和一杯草莓味的雀巢巧拌拌。

"你觉得巴格肖特老师怎么样？"坦维看着她的课表问我，"他还是跟三年前一样恐怖吗？"

巴格肖特老师是继卡梅伦老师之后学校里教龄最长的老师，而且跟她一样，他立场鲜明地执行着古板的教育原则。一旦他凶起人来，声音大得周围几个教室都能听见，而且他从不避讳自己有多么可惜不能再体罚学生。

"不知道，我从来没上过他的课。"我说。

"你可真幸运。"坦维说，"有次我因为说话，被他直接从课堂上赶了出去，当时我真的被吓到尿裤子，虽然只有一点，但实在是太可怕了。"

天哪，这个姑娘真是什么都敢往外说。

"你要是觉得烦了，就直接告诉我。"当我们走下楼梯，穿过一扇双开门的时候，坦维语气轻快地跟我说，"我已经很久没跟老师、家人和医生以外的人聊天了，兴奋得有点收不住。"

我在一间教室门口停了下来，朝她指了指门上 16-1 的牌子。

"这就走到啦，真是太谢谢你了。"坦维高兴地说，"要是我自己找，估计一辈子都找不到这里。"

"不会的，你自己也迟早能找到的。"说完，我掉头就走，不给她机会再问我任何问题。

当我坐在长凳上，边吃午餐边纠结现在给诺亚发短信会不会太早的时候，我听到有人在叫我的名字。

我抬起头，看见坦维挥着手朝我走来，脸上挂着大大的笑容。

"原来你在这儿啊！我一直在到处找你呢！"她兴奋地说。

"找我干什么？"我奇怪地问，毫不掩饰我的错愕。

她笑呵呵地往我手上塞了个纸盘，里面装着一块煎饼。

"我没让你帮我买东西。"说着，我把盘子还给她。

"我知道啊，傻瓜，这个算我的谢礼，谢谢你之前当我的向导。"

"那我也不要，真的，你拿回去。"

"喂，你别那么有负担啊，"坦维把我的手挡了回来，"我只是请你吃块煎饼而已，又没请你去迪士尼玩。"她咬了口自己手里的煎饼，然后另一只手抓着我的胳膊，发出满足的惊叹："我的天哪，罗，就是这个味道，让我日思夜想，比美梦还诱人的味道！"

不得不说，奥斯布罗中学的煎饼确实大名鼎鼎，口感又软又糯，光里面加的枫糖浆就值 50 便士。我手里的煎饼已经被糖浆浸透，盘底黏糊糊地贴在我手上。

"纸巾在那里，"坦维用下巴指指她外套胸前的口袋，然后说，"挪一下，给我点位置。"

最后，我别无选择地往旁边让了让，彻底屈服在煎饼的诱惑之下。

"学校真的太让我意外了，"坦维嘴里鼓鼓囊囊地说，"我知道学校会变得很现代化，但是没想到变化竟然会这么大，完全找不出原来的样子了。嘿，我跟你说件很诡异的事吧。"

"我可以选择不听吗？"我谨慎地回道。

"你可真幽默。"坦维拍着我的胳膊笑。

"我没开玩笑。"

她好像没听见我的话似的，斜着身体凑近我，膝盖都挨到了我的大腿。我想把身体离她远点，但是我已经坐在长凳的边缘，退无可退了。

"好了，事情是这样的，"坦维神神秘秘地跟我说，"其实我心里一直都觉得自己迟早会回学校，哪怕在我病得特别严重的时候。那个时候，爸爸、妈妈整天以泪洗面，觉得我没救了，但是我心里却一直有种感觉，觉得我不会就这么结束的。你能明白这种感觉吗？"

我当然不能，我怎么可能明白呢？

"但是每次当我想到回来的时候，脑海里出现的都是老学校的样子，不是现在这个。"坦维用没拿煎饼的那只手戳着凳子，继续说道，"所以现在我真的回来后，这里让我感觉就像到了另一个平行世界似的。我这样是不是有点傻？"

"嗯，有点。"

"你要不要这么诚实！"坦维笑着用手肘轻轻顶了我一下。

我们的聊天被突然出现的玛丽莎·罗斯戴尔打断了，她像是凭空出现一般扑到坦维面前，把坦维吓得手里一抖，盘子里的煎饼差点儿掉到身后的草丛里。

"我的天哪，真的是你！"玛丽莎尖叫着把坦维从凳子上拉起来，紧紧地按在自己丰满的胸前，"你还活着！"

坦维一边越过她的肩膀朝我比"救命！"的口型，一边拍着她的背说："是呀。玛丽莎，你这几年还好吗？"

"别管我了，"玛丽莎激动得深吸了口气后，松开坦维，手紧紧地握着她的双肩，一边摇着坦维的肩膀，一边强调地问："你还好吗？"

我趁机溜之大吉。

"我先走了，你们俩好好叙叙旧吧。"说着，我站了起来。

坦维睁大了眼睛看着我，仿佛在说"别扔下我"！

但我装作没看到的样子。如果坦维·莎尔的目的是想找一个朋友，那玛丽莎·罗斯戴尔是个比我合适得多的人选。

11

　　放学后，坦维等在校门口，想要和我一起回家。尽管她最后放弃了，但是我在回家的路上还是感觉很不安，时不时地要回头检查身后。

　　我快走到阿卡迪亚大街的时候，手机响了起来，当看到诺亚的名字出现在屏幕上时，我激动得心跳漏了一拍。他只发了条很简短的问候：你好啊，今天在学校过得怎么样。但是我完全不在意，立马回复了他。就这样，我们一来一往地发了几分钟信息。其实我们也没聊什么特别的内容，就是相互说了下各自在学校的情况而已，但我却有种说不出的感觉，好像有什么事情真的开始了。

　　我在厨房烧了锅开水，正准备往锅里下意大利面的时候，邦妮摇摇晃晃地从后门走了进来。她今天穿了一条扎染的摩洛哥式长裙，脚上是一双镶着假宝石的人字拖，头上还戴着一顶塌塌的草帽。她看上去红光满面、两眼放光，再配上她手里拎着的鼓鼓囊囊的购物袋，不用说，她刚才购物去了。看到她这副模样，我的好心情瞬间消失。

　　"嘿，你回来啦。"她边说边把那几个袋子往餐桌上一堆，完全不顾上面已经堆得跟小山似的。

我等着她接下来能问问我开学第一天的感受，但是哪怕我身上穿着明晃晃的校服，她也完全没想起来我已经开学了这件事。

“袋子里是什么，邦妮？”我只能换了个话题，尽量语调平稳地问她。

“哦，都是些吃的，”邦妮用手捋了捋头发，含糊其词地说，“现在利德超市有些东西在搞大促销。”

我看向其中一个袋子，里面那堆瓶瓶罐罐让我十分无力：“青豆和米我们都还有，”我指着里面的六桶东西，说道，“还有这些酱油，我们得用到什么时候？这里起码有十瓶了吧。”

“我喜欢把中餐外卖里的虾片蘸酱油吃。”邦妮噘着嘴说。

“那买一瓶就可以了。”

“但是第二瓶半价。”

“那也买两瓶就行了啊。”

“等两瓶用完了之后再买，不就没有打折了吗？”邦妮啧了一声，冲我摇摇手指，“亏我还以为你挺聪明呢，罗·斯诺。”

谁告诉她我聪明的？我一直都把成绩单拿给她看，但是我怀疑她从来都没仔细看过。如果她真的认真看过我的成绩单，就该知道我所有的科目都是普普通通的平均水平，从来没有哪一科特别优秀，也没有哪一科特别差。

这时，我看到有条香烟摆在了至少六盒什锦水果罐头上，“你不是说要戒烟的吗？”我拿起来问她。

“我正在慢慢戒呢，”邦妮说着，一把抽走我手里的烟，紧紧护在胸前，“这一条够我抽上一个月了。”

呵呵，是吗？我光是上周就至少给她清了五次烟灰缸。

我接着看另一个袋子，发现里面装满了各种问候贺卡。厌恶的情绪开始在我心底翻涌。我抓了一把卡片在手里翻看，上面印着什么“祝贺你通过驾照考试”“深深地为你的损失感到难过”，甚至还有一张“光明节快乐"！

"邦妮，这次这些卡片又是给谁的？"我觉得自己越来越难保持冷静了。

"就是给些朋友的。"邦妮又开始含糊其词，随手拿了瓶酱油看上面的标签。

"哪些朋友？"

邦妮和我根本就没几个认识的人。邦妮早就和亲人断了联系，她所谓的朋友不过是那些跟她一起唱歌的女人，她们在她的生活中像过客般来去匆匆。我根本不知道她还能和谁有特别的联络。

"我还不知道。"邦妮说。

"那你为什么要买它们？"

"因为说不准什么时候，它们就能派上用场呢。"

我翻过一张贺卡，看了眼价格："这张卡片竟然要3.75英镑！"

"啊，是吗？"邦妮轻描淡写地说道，"那它里面肯定有很多装饰，是不是很好看？"

如果邦妮真的把这些贺卡送出去，或者哪怕把它们仔细收好放起来，我也不会对她有这么大意见。但是她从来都做不到，她只会随便找个地方，把它们往哪儿一扔，和那些她时不时往家里捡的垃圾一样，根本不管它们的价格。

我把剩下那些卡片的价格都看了一遍，加在一起算了下："邦妮，你光买贺卡就花了40多英镑。"

"我都跟你说了，有备无患。"说着，她从我手里抢过那些贺卡，然后塞回袋子里。

"这些东西你是用现金还是刷卡买的？"

"刷卡的，怎么了？"

"这周五我们就要扣水费了，再加上你买的这些东西，到时候就超过我们的透支额度了。"

天哪，我真的太讨厌自己现在的语气了，听上去就像个唠叨的中年大妈。所有的事情都乱了套。我只有 14 岁，我才是那个应该被告诫不要乱花钱的人，该去关心账单的人应该是邦妮，不该是我。一股熟悉的愤恨又涌上了我的心头。

"好了，别这么紧张兮兮的行不行？"邦妮笑吟吟地说，"反正买都买了。而且，我这周连着有三场演出，周五、周六和周日。还有，皮普下周也会过来，到时候我们会重新合作，你等着看吧。现在，我们的讨论到此为止，我的小便快憋不住了。"

她说完，也不等我反应，把那包卡片往地上一扔，就哼着歌跑进了门厅。

我死死攥着拳头，难过得想大叫。我恨不得把那些酱油通通摔到外面的水泥地上。

但是我知道我不会、也不能这么做，因为这样做了之后，最后去清理那些的人还是我，所以，何必呢？

锅里的水烧开潽了出来，发出"吱吱"的声音，我在心里恨恨地骂了一句，赶紧关小了火。

我听到邦妮毫无顾忌地在那边放声高歌，唱的是《牧师之子》。我把通向门厅的门关上，隔绝了她的噪声后，伸手从牛仔裤后面的口袋里拿出手机。

在听完三遍不同的语音菜单后，电话那头终于通过了密码验证，转到了人工服务。

"你好，"我操着一副成熟的嗓音冲电话那头说道，"我叫邦妮·斯诺，我想再提高下银行卡的透支额度。"

12

"这里！这里！"坦维大叫着。

在过去的四十分钟里，她像只兴奋的小狗，一直伸着手在篮球场跑来跑去，哪怕她根本都挨不着球。作为一个能躲就躲、根本不想碰球的人，我看着都替她累得慌，实在不理解她到底在高兴什么。

贝罗老师一吹响结束哨声，我就扯掉了身上的号码牌，冲向更衣室，无视坦维在我身后喊着"罗！罗！你等等我！"

说真的，她到底什么时候才能意识到我不想理她，不再来烦我了？每天下午放学，她都跑过来说要和我一起回家，然后每一次都被我断然拒绝。可是就算这样，她也丝毫没表现出受打击后该有的样子，如果真的要说有什么，那就是她反而变得更积极了。

今天也不例外，就在我系鞋带的时候，坦维又缠上了我。

"罗！"她喊我。

我抬起头，发现她在那边乱七八糟地脱衣服。她的运动服脱了一半堆在脖子上，裤子也是脱了一半，一条腿套在紧身裤里，另一条腿光在外面，都起了鸡皮疙瘩。

"你需要帮忙吗？"我的语气里毫无热情，希望她能明白我其实一点也不想招惹她。

不过这显然没用。

"太需要了。"坦维丝毫不见外地挤到我旁边的凳子上，她细细的大腿紧挨着我略粗的腿，我觉得她真的严重缺乏"私人空间"意识。"你等会儿能带我去21-4教室吗？"她接着说道。

"应该不能，我中午还有事情。"

我知道这么说很不友好，但是对坦维来说，"客气疏远"根本没用。我只能表现得更直接，好让她知难而退。

"啊，拜托你了！"坦维合着手求我，"你要是不帮我的话，我可能转悠半天都找不到。"

"你就不能找别人带你去吗？"我使劲指了更衣室，那里面全是人，"比如说玛丽莎？"

坦维靠着我，她带着煎饼香甜的呼吸暖暖地打在我的脸颊上："我和你的事用不着麻烦玛丽莎呀。"她的话让我挑了挑眉，坦维竟然说不想麻烦玛丽莎？

"我保证这是我最后一次让你带路！"坦维拍着胸脯说道，"我真的太没方向感了。求求你了，罗，你就好事做到底吧！"

21-4教室在音乐教学楼，如果走得快的话，我送坦维过去要不了五分钟。但愿这次之后，她能信守承诺，以后找个新向导陪她。

"好吧，那行吧。"我说道，"不过你得保证，这真的是最后一次。"

"我向上帝保证！"坦维夸张地说道。

现在快到午餐时间，大家都往餐厅的方向涌去。当我们逆着人流往外走的时候，坦维一路上就像个八卦记者似的对我问个不停。你最喜欢哪部电影？——我不知道。你喜欢猫吗？——我过敏。你觉得艾默生·萨克斯比可爱吗？——不可爱。

"那你喜欢谁呢？"当我们走进音乐教学楼的时候，坦维突然问我。

"什么？"

"你知道我在问什么，说说看，你喜欢谁？"

"我谁也不喜欢。"我说这话的时候，脑海里不由自主地想起了诺亚。

自从周一和他联络后，我们又通了几十条短信，我们聊的几乎都是各自的课业和喜欢的电视节目。

"什么？"坦维惊讶地说，"这不可能。"

"但事实就是如此。"

"如果你告诉我你喜欢谁，我也告诉你我喜欢谁。"

"真的没这个必要。"

"好吧，那让我来猜猜看，嗯，是凯伊·克拉克吗？还是特雷·摩根？希欧·戈尔德？要么就是瑞恩·阿塔尔？雅各布·夏皮罗？杰米·贾侬？"坦维问了一长串名字，全是我们年级那些长得最好看的男生。

然后她兴奋地喘了口气。

"看吧，我就知道你心里有一个人！"她自我感觉特别良好地嚷嚷着。

"我不知道你在说什么。"我结结巴巴地回道。

"哦，是吗？那为什么我说到杰米的时候，你会脸红？"

"我没有。"

"没有才怪，你明明就脸红了，"坦维得意地说，"你的脸刚才红得就跟脑充血似的！不过你放心，我嘴巴很牢的，绝对不会告诉别人。"

"你给我听好了，我谁都不喜欢！"我气急败坏地说。

"明白，明白。"坦维说完，就咬着嘴笑眯眯地看着我。

"我真的不喜欢！"我忍不住喊了起来。

"是，是，我完全相信你不……喜欢！"说完，她咯咯地笑了起来。

天哪，她真是太讨厌了。

"快看，我们又有新成员了！"

这个声音让我和坦维同时转过了头。

是教音乐的米尔福德老师，他搓着手，从 21-4 教室里探出身来，像个抓小孩的人贩子。

"快进来吧。"他站在门口招呼我们进去。

这个时候我才看到，在他身后的门上贴着一张海报，上面写着：

唱诗班
活动时间：每周五中午
欢迎新成员加入！

我明显地后退了一大步，说道："我不是来参加唱诗班的。"

"啊，这真是太让我伤心了。"米尔福德老师立马身形一晃，双手捂着胸口，夸张地喊道。

"你就来参加看看吧，罗。"坦维晃着我的胳膊说，"肯定很有意思的。"

我难以置信地瞪着她："但是我已经参加过一项课外活动了。"

"没事呀，你可以再多参加一项啊。"她没心没肺地说。

"这样吧，你这次就当是来体验的。"米尔福德老师趁机说道，"如果你试过之后真的不感兴趣，下周不来就好。我保证不会生你气的，哪怕生气，也不会气得很厉害。"

"但是我不会唱歌。"我继续找理由。

"那你就更该来参加唱诗班呀。"米尔福德老师见招拆招。

"就是！"坦维也跟着起哄，然后把我一下拉进了教室。她的手劲大得出乎我的意料。

我试图把她甩开，但是坦维死死地抓着我不放。

"你放手，"我压着声音冲她吼，"我不参加。"

"你就试一次。"坦维看上去神情自若，而手却像钳子似的抓着我不放。

"但是我不想试。"

我们的动静引得教室里的人纷纷看过来。

"好了，这边从左到右，依次是高音部、次高音部、中音部、次中音部和低音部。简单来说，就是从高音到低音。"米尔福德老师忽略我们俩的争执，指着一排摆成半圆形的椅子对我们说道。在椅子的中间摆着一台立式钢琴。"如果你们还不确定自己的声部也没关系，音域也不是一成不变的。"说到这儿，他停顿了一下，然后叉着腰看向我们："所以两位同学，你们想好要不要参加了吗？"

坦维和我还站在教室的正中间，她的手紧紧地抓着我的小臂，哪怕隔着外套和衬衫，我都能感觉到她的手指掐进了我肉里。

"我们参加，"坦维笑得一脸灿烂，然后盯着我说，"对吧，罗？"

教室里突然安静了下来，几乎整个唱诗班的人都在看着我们。

"对不对啊，罗？"坦维顶着"我想杀人"的目光又问了一遍。

"对。"我小声地应了句。

听到我肯定的回答后，坦维终于松开了我的胳膊。

"明智的决定！"米尔福德老师高兴地说，"如果你们还不确定自己属于什么声部的话，我建议你们从高音部开始，这是每首歌里唱得最多的声部，先看看你们唱的感觉怎么样。"说完，他让我们在两张空椅子上坐了下来。

我坐下来的时候，脑子还是蒙的，想不明白事情怎么会变成这样？坦维坐在我旁边，完全无视我的恼怒，一边开心地哼着歌，一边把脱下来的外套搭到椅背上。

米尔福德老师卷起衬衫袖子，坐到了钢琴前。"欢迎大家。"他说道，"我很高兴今天有这么多新成员加入。现在，让我们先来做些唱歌前的准备活动。"

他所说的准备活动其实就是唱音阶、说绕口令和调节呼吸，跟邦妮每次演出前在家里做的那些差不多。我心不在焉地跟着他们一起做，眼睛一直盯着米尔福德老师头上的时钟。坦维在我旁边放开了喉咙大声唱着，不过唱出来的东西一半都没在调上。我偷偷瞥了她一眼，不明白她明明唱得这么难听，怎么还能一副陶醉其中的样子。太匪夷所思了。

准备活动做好后，米尔福德老师给我们每人发了张乐谱，上面是一首 70 年代的流行歌曲《信靠我》。

"这首歌最后有一小段独唱，"他说道，"有谁愿意试试吗？"

坦维不嫌事大地用手肘推了推我，想让我上去，但换来了我猛烈的摇头。我恶狠狠地瞪了她一眼，警告她收敛些。

"为什么不去？"她小声问我。

"我宁愿上刑，都不愿上去。"

她咯咯地笑了出来，显然又误会我在开玩笑了。

最后，一个叫贝莉的女生举起了手，她是唱诗班的老成员之一。

"太棒了。那么贝莉，我们一起从头来一遍吧。"米尔福德老师高兴地说。

米尔福德老师把这首歌按声部做了分配，然后用钢琴为大家伴奏，直到他觉得各个声部都掌握了合唱的要点。我继续混在大家中间，小声地唱着，乐得我的声音被其他人掩盖。

"好了，现在让我们大胆地试一次，把这首歌从头到尾完整唱一遍！"米尔福德老师说道。

我们第一次的合唱效果比我预想中要好得多，我惊讶万分。毋庸置疑，我们的演唱并不完美，但是我不得不承认，里面有些地方听着真的相当不错。更让我惊讶的是，唱完后带来的那份满足感就像是费尽心思终于完成了一幅复杂拼图一样，让人特别有成就感。

"同学们，你们今天的表现为这学期开了个好头！"米尔福德老师说着，即兴弹奏了一段结束曲，然后说道，"我们今天的排练也要到此为止了。"

"这么快啊……"唱诗班里至少有一半的人意犹未尽地感叹道。

我抬头看到墙上的时间后，也吓了一跳，没想到不知不觉就到点了。

"我们下周再继续。"米尔福德老师安抚着大家，"顺便也请大家帮忙整理一下，把凳子都摆回原位。"

"老师，这些谱子要怎么办？"坦维挥着手里的乐谱问。

"哦，那就看你们是怎么想的了。我今天的表现足够吸引你们下次再来吗？"

坦维兴致盎然地点点头。

"那么，到下次上课之前，你先坚持练习上面的内容。抱歉，还没来得及问你叫什么？"

"我叫坦维·莎尔。"坦维高兴地回道。

"真是个好名字，欢迎你加入唱诗班，坦维·莎尔。"说完，他转向我，"不好意思，还有你，你叫什么？"

"罗·斯诺。"我不情不愿地说。

"你刚才感觉怎么样，罗·斯诺？"

"还可以吧。"我耸了耸肩，回道。

"那你下周五还准备来吗？"米尔福德老师挑了挑眉问我。

"老师，我下次应该不会来了。"说完，我拿起书包，然后头也不回地走出了教室。

"等等我！"坦维在我身后大喊。

我反而加快了脚步，但是没过一会儿，还是被坦维追了上来。

"你真的不喜欢唱诗班吗？"她跑到我旁边问。

"你为什么听上去很意外的样子？我不是早就跟你说过，我不想参加。"

"但是你明明唱得很好啊。"

"你瞎说什么。"

"我认真的，"坦维坚持不懈地说，"你下周必须得再来唱诗班，你有这么好的天赋，不来参加简直就是……就是犯罪。"

"没什么是我必须得做的。"

"噢，拜托了，罗！求求你来吧！"

"呃，那我再考虑考虑吧。"为了让她别再来烦我，我只能先应付过去。

"你今天放学后有什么安排吗？"坦维终于换了个话题，"要不要来我家？"

"去你家干吗？"我警惕地问。

"来我家玩呀，我们一起看电视什么的。昨天我妈妈去购物，买了好多好吃的零食回来，搞不好还有奶油曲奇味的哈根达斯呢。"

我不知所措地眨了眨眼睛。从上小学开始，就再也没人邀请过我去他们家玩。

"我去不了。"我对坦维说。

"那明天呢？"

"什么？"

"你要明天来我家玩吗？据说，明天还挺热的，我们可以把充气泳池拿出来玩水。"

"我周六得去工作。"我说道。

"你有工作？"

"是啊。"

"你在哪儿工作呀？"

"我的工作是发传单。"

"太酷了！你一般都去哪里发？"

"公园附近。"

"那要不你周日来？"坦维又换了个方案，"我们可以一起写作业，写完了，再一起看个电影怎么样？我知道我哥哥网络电视的账户密码，里面有好多片子都可以看。"

"抱歉，周日我家里有事。"

"你也有个大家庭吗？"坦维听到后，眼睛都亮了。

"不完全是。"

看得出来，坦维希望我能解释一下那是什么意思，但是我当然不会这么做。

"现在我们去餐厅吧？"快走到楼下的时候，坦维问我。

离下午的点名开始还有十分钟时间，足够我们跑去餐厅随便买点什么吃的。

"我自己带了三明治。"我拒绝了她的邀请。

学校的餐厅不允许外带食物进去，更何况对她刚才把我诓去唱诗班的事，我还没消气呢。

"哦，那好吧。"坦维难掩失落地对我笑笑，"那我们点名的时候见了。"

"嗯，回头见。"我轻轻地回了句。

说完，我转身离开，坦维炙热的目光让我觉得如芒在背。

13

从唱诗班回来后，我就出现了幻听。《信靠我》这首歌像印在脑子里似的，一遍又一遍地循环着，丝毫没有停下来的意思。我用尽各种办法，可是怎么都没法儿让它停下来。

我把这一切都怪在坦维·莎尔头上。

转眼就到了周六早上，我已经在街上发了两小时的传单。今天的天气正如坦维所说，真的很热。我拖着小推车走在路上的时候，汗湿的 T 恤衫黏黏地贴在背上，让我很不舒服。

希望树大街的马路又宽又长，两旁种满了樱桃树，是我派发路线上最漂亮的一条街。每到春天的时候，两旁的树上会开满樱花，一阵风吹过，花瓣纷纷落下，就像婚礼上撒的彩纸屑似的，给路面铺上一层粉红色的地毯。

哪怕幻听还没消失，我也觉得这是我这些天来最放松的时候。躲了坦维整整一周，这段时间让我有一种说不出的疲惫，也让我格外珍惜这片刻的闲暇时光。与其担心坦维什么时候又会突然跳到我跟前，我真的宁愿去发这整整一推车的传单。

我差不多发到街中的时候，听到了一个熟悉的声音在叫我的名字。

不是吧。

拜托，不要是她，千万不要啊。

我慢慢地转过身。

我刚刚投过传单的那栋房门大开着，坦维正从门里向我跑来。她穿着一身奶牛印花图案的连体家居服，脚上穿着一双独角兽拖鞋。

我的心彻底沉了下去。

老天，你到底为什么要这么对我？

"那次你说在公园附近发传单的时候，我就感觉我家这条路应该也在你的范围里。"说完，她咧着嘴冲我笑了笑。

等等，她该不会整个早上都在等我过来吧？

"这真是太奇怪了，我之前竟然从没碰见过你，"坦维接着说，"你说是不是？"

"是啊，真是太奇怪了。"我讷讷地说。

"你上次说做这个工作已经多久了？"

"我没说过。"

"那你现在还剩多少传单要发？"她探过头，试图看我推车里还剩多少。

"还剩很多，"我把推车挡在身后，说道，"其实我现在就该抓紧往前走了。"

"我帮你一起发吧？"

"你穿成这样不合适。"

"那你等我换件衣服，一会儿就好。"

想到她体育课前后换衣服的速度，我对此深表怀疑。

"真的不用了。"我认真地对她说。

"为什么不啊？我们一起发多好玩呀，而且也比你一个人发快多了。"

"谢谢，但是真的不用了。"

"好吧，那你发完后来我家，好吗？"坦维又提议道，她一蹦一跳地走到我旁边，拖鞋上独角兽的银色小角随着她的步子在那儿左摇右晃，"我妈妈每周六上午都会做薄饼，里面放香蕉和花生酱的那种法式薄饼哦，好吃得让人连舌头都想吞下去！"

恰好这时，我的肚子发出了咕咕的叫声，我立马掩饰地轻咳了几声，不想再给坦维更多的理由。我越来越清晰地意识到面前这个女孩无法正常领会一般人说的"不"是什么意思。

"不用了，谢谢。"可我还是得对她说。

"那你下周再来？"

"下周我应该也不会来的，坦维。"

"好吧，反正你现在也知道我家在哪儿了，你想的话，就随时来。"

告别坦维后，我继续往前走，任由她充满期待的声音回荡在耳边。

下班后，我赶回家吃了个午饭，稍做休息后，就往洗衣店走。那里是我每周必去报到的地方。家里的洗衣机坏了后，邦妮不愿意花钱修理，搞得我在过去三年里的每周六下午都要去一趟露娜洗衣店。

露娜洗衣店的装修风格还停留在 20 世纪 70 年代，玻璃店门上挂着粉红色的尼龙灯招牌，但是那个招牌上从来就没有两个以上的字母能同时亮着。店里的洗衣机全是俗气的薄荷绿色，每次洗到最后一圈的时候都会发出猛烈的轰隆声。地面上铺的黑白格子油地毡已经旧得有点起皮了，曾经可能白到发亮的油毡已经快成灰色的了，上面还有明显的划痕。

店里照旧只有我一个人在。这里偶尔才会有人过来送洗衣物，每次他们拖着脚步推门时，门铃发出的响声都显得格外凄清。大多数时候，除了个别忠实的老顾客光顾以外，这里几乎被我一个人承包了。

我把从家里拖来的两大包衣服倒进了洗衣机里。跟往常一样，邦妮把她的脏衣服往浴室地板上一扔，任由它们堆得像小山似的等我去收。而我也像往常那样一直拖着不去。其实我真的不想去管那些脏衣服，想让它们就这么堆着，直到邦妮再也没有干净的衣服换为止。然而我知道自己最后还是会去收的，因为如果我真的不管了，邦妮也不会觉得穿脏衣服有什么大不了。哪怕我心里一直觉得就该让她试试那样的滋味，但是我更清楚那样的后果显然是我无法承受的。

等洗衣机的滚筒转起来后，我爬到一台洗衣机上面坐了下来，然后背靠着木质的墙裙，拿出了手机。

我调整到最舒服的坐姿，来回翻着我和诺亚最近的短信记录。我们之前都没怎么聊过私人话题，直到最近，他开始跟我抱怨起他爸爸。而我在意识到这个变化前，已经开始跟他一起抱怨起我爸爸（不过有些内容的措辞我反复斟酌过）。最怪异的地方在于跟他这样聊完后，我感觉更自在了，仿佛什么重要的改变在不经意间已经悄然发生。

我津津有味地嚼着谷物棒，正打算把和诺亚的聊天记录再看一遍的时候，一张人脸突然出现在店门的玻璃上，那张脸哪怕挤得变了形，我也不会认错。

是坦维。

我怎么会在同一天里碰到她两次？这对我来说可不是什么好兆头，事情变得越来越棘手了。她来这里干什么？这里离希望树大街十万八千里远。

见我注意到她后，坦维站直了身体，隔着玻璃，她欢快地笑着冲我挥了挥手。在她身后停着一辆橄榄绿色的轿车，上面坐着两个男人和一个女人，应该都是她的家人。

别进来，坦维，求你千万别进来。

坦维走了进来。

"罗！"她兴奋地跟我打招呼，"我真的没跟踪你。我们恰好开车经过，我从车窗里看到你，就马上让他们停车了。"

她进来的时候，我还坐在洗衣机顶上，嘴唇上沾着谷物棒的渣子。我赶紧用手背擦了擦嘴，然后爬下了洗衣机。

"你在这儿干什么？"坦维指着那排烘干机问。

"你觉得我还能在洗衣店里干什么？"我语带讥刺。

坦维听完，咯咯地笑了，然后奇怪地问："但怎么是你做这些？"

这是个好问题，我也怀疑大部分人在 14 岁的时候都只用过自己家里的洗衣机。她的提醒让我心里仿佛被针扎过。

"因为我妈妈身体不太好。"我撒了个谎。

我的话让坦维脸色大变，她关切地问道："啊，怎么会这样！她生什么病了？严重吗？"

"哦，感冒而已，不严重的。"我连忙补救，"她就是不太舒服，所以这周没法儿来洗衣服。"

"那就好。"她接着说道，"我要跟你声明一下，今天这身绝对不是我平时的风格。"

她穿着一条樱桃粉的纱丽裙，外面罩了件洗得有点褪色的牛仔夹克。

"我怕你觉得奇怪，所以先跟你说下。我们要去我祖父家参加派对，庆祝他们的金婚纪念日。你知道吗，他们已经结婚整整五十周年了，真是太难得了。"

我不知道我的祖父母是什么情况。爷爷、奶奶这些年都住在西班牙，而邦妮的父母，也就是我的外公、外婆，我从来都没见过。据我这些年的观察，他们应该早在我还没出生前就和邦妮断绝了联系。

"那个，你是不是该回去了，他们都在等你？"我边说边看了眼窗外，坦维的家人正在外面愉快地聊着天。

"哦，没关系的。"坦维说着，向他们挥了挥手。

他们也笑着挥了挥手。

"我就说吧！"她笑得满脸灿烂。

我心里一抖，每次面对别人的父母都会让我格外紧张。

坦维打开了一个空置的洗衣机，往里看了看，"你觉得我能钻进这个滚筒里吗？"她问道。

"我不知道。"我的注意力都在她的家人身上。

"我觉得我可以的，但是如果我钻进去，你能不能保证别把我锁在里面？"

"别闹了，坦维，你的家人还在等你呢。"

"哎，没事的，"她不在意地挥了挥手，"时间还早呢。所以你保证哦？"

"保证什么？"我没反应过来。

"保证你不会在我进去后锁门。"

"我没那么过分。"我对她的担心有点无语。

"我就是问问。"坦维说完，脱下牛仔外套塞到我手上。

她往洗衣机里钻的时候一直在咯咯笑。

"我的天哪，这里面真暖和！"她惊讶地喊着，然后对我说，"罗，你帮我拍个照吧，我的手机在外套的口袋里。"

我叹了口气，拿出了她的手机。

"密码是 241217。"坦维接着说道。

在我输密码的时候，坦维拉上了洗衣机的门，把脸贴在上面，她的呼吸打在玻璃上，弄出一片水雾。

她的样子让我忍不住笑了出来。我的笑声也让坦维更起劲了，夸张地摆出自己被卡在里面的姿势。

"救救我啊！"她喊着，"救命啊！"

就在她演得兴起的时候，洗衣店的门铃突然响了。

　　我忙转身看去，进来的是琳达，她也是洗衣店的常客之一。她挎着一大篮子脏衣服，摇摇晃晃地朝我走来。

　　"这周过得怎么样，罗？"她说着，把篮子往店中间的长凳上一放，然后打开了一个空置的洗衣机门，"时间过得太快了，一眨眼就又过了一周。"

　　闭嘴吧，琳达，求你别再说话了。

　　这时，琳达看到了还待在洗衣机里的坦维。

　　"你这次还带了个小伙伴一起？"

　　坦维从洗衣机里爬了出来。"你好，我叫坦维。"说完，她向琳达伸出手。

　　琳达被她一本正经的样子给逗笑了，伸手跟她握了握，回道："我叫琳达。"

　　"其实她正准备走来着。"我把坦维的手机和外套塞回她怀里，"对吧，坦维？"

　　坦维不解地看了我一眼，不过出人意料地，她似乎明白了我的意思。

　　"那我们下周学校见。"她来回看了看我和琳达后，说道。

　　"好的，学校见。"说完，我转身低下头，眯着眼睛假装在那儿研究烘干机上的按键，虽然我早就对上面的每个操作步骤烂熟于心。等到店门上的铃声响起，确定坦维已经走出去后，我才抬起了头。

14

回避坦维已经成了我每周的日常工作。她显然很清楚我的课表安排，搞得我不得不在每次下课后都以百米冲刺的速度跑出教室，以此躲开她的围追堵截。我也不知道她究竟对我这样的表现生不生气，因为她从未对此做出任何反应，甚至我们在点名的时候碰到，她也从不质问我为什么一直找不到人，反而一直是一副乐呵呵的样子。我真的很好奇，自己身上到底有什么地方让她那么感兴趣？在我看来，她对我的好感实在来得莫名其妙。

周五体育课结束后，坦维终于在我回更衣室的路上堵到了我。"去唱诗班吗？"她问我。

好吧，是时候表明态度了。

"我之前说过会考虑的，现在我考虑好了，决定不参加。"我决绝地说。

"你明明唱得那么好，为什么不去啊！"坦维叫了起来。

我勉强笑了笑，没说什么。说实话，我一点也不相信她的音乐审美。

"那你一会儿打算干什么？"坦维接着问。

"就像以前一样，在外面找个地方吃午餐。"

"但是要下雨了。"

她的话仿佛一个开关，说完，天就黑了下来，顷刻间下起瓢泼大雨，还好我们跑得快，才没被淋成落汤鸡。

回到更衣室后，我迅速换好衣服，趁着坦维背对着我的时候溜了出去。出来后，我朝着数学教室走廊的尽头走去，那里有一个鲜少被用到的残疾人专用盥洗室，也是我在雨天最喜欢的午餐场所。然而当我转动门锁，打算推门而入的时候，发现门从里面锁上了。我失望地皱了皱眉，随即把耳朵贴在门上听里面的动静。门里传来的微弱音乐声和咯咯的笑声让我明白，里面的人一时半会儿是不打算出来了。

真倒霉。

我转身看向窗外，豆大的雨滴在玻璃上滑过，形成一道道水痕。或许在这儿将就一下也不错。我轻轻跳上窗沿，拿出了我的三明治。"喂！"就在我撕开三明治包装膜的时候，突然听到有人大喊了一声，震得空旷的走廊里都有了回声。那个家伙身上戴着蓝色肩带，再配上这副嚣张的"执法"样子，一看就是个高中的午餐监察员。

见我看到他了，这个男生继续趾高气扬地吼道："你知道规定的，自己带午餐的，要么在室外吃，要么就去你们年级指定的活动区里吃。"

"外面在下雨。"

"我刚才不是说过了吗，所以你还有指定的活动区可以去。"

我觉得没必要再跟他多费口舌，于是从窗台上滑下来准备离开。他见解决了我后，就开始"咚咚咚"地砸残疾人盥洗室的门，边砸边喊："别以为我不知道你躲在里面！"

我走到活动区门口，透过门上的玻璃看向里面。一如既往，中间的懒人沙发都被那些受欢迎的家伙占了，其他人只能坐在摆在屋子四周的椅子上。杰米也是靠在沙发上的一员，他四仰八叉地躺在一张最大的懒人沙发上，席恩娜靠着他的膝盖，依偎在他腿边。突然，杰米似有所感地抬起头，直直撞上了我打量的目光。和他对视了几秒后，我用最快的速度转身离开，心脏怦怦直跳。

　　我悄悄溜进唱诗班的时候，其他人已经在做唱歌前的准备活动了。看到我不声不响地在坦维旁边坐下，米尔福德老师在钢琴后给我比了个大拇指。

　　"太好了！你来了！"坦维小声欢呼着。

　　"我只是因为下雨没地方去而已，"我不想给她任何希望，"不会有下次的。"

　　我不知道她到底有没有把我的话听进去，不过她脸上那副"没事，我都明白"的笑容让我有点心塞。

　　准备活动结束后，米尔福德老师宣布要让我们学一首百老汇歌剧里的新歌。

　　"上周的《信靠我》你们都唱得很好了，所以我觉得我们可以再上个台阶，今天来挑战一首更有难度的歌曲。我 8 月底的时候在纽约看了这出剧的预演，第一次听这首歌的时候，我就想让你们唱了。"

　　随后，米尔福德老师给我们听了一遍这首歌的录音。他说得没错，这首歌真的太美了，而且听完后，我诧异地发现自己竟然很想唱。

　　米尔福德老师把歌词做了分配，然后从中间的合唱部分开始一节一节地教我们，最后才回到这首歌的开头——那是一段独唱。

　　"有人愿意试一试吗？"他问道。

　　然而没有人回应他。

　　"哎呀，有什么好害羞的！"坦维说着，就兴致勃勃地举起了手。

　　看到她这样，我不由得挑了挑眉。不管怎么说，这个姑娘确实勇气可嘉。

"太棒了，"米尔福德老师合着手，高兴地说，"谢谢，坦维，那我们现在就从最前面开始，慢慢来，不用着急。"他说着，就往钢琴那儿走。

"老师等一下，"坦维在他背后大声说，"抱歉，我举手不是要自己来唱的意思。"

米尔福德老师停下脚步，转过身皱着眉问她："你不是要自己唱？"

"嗯，不是的，"她快声快语地说，"我是想推荐罗来唱这段。"

什么？我惊慌失措地看向她。坦维冲我笑笑，那双棕色的大眼睛里满是笑意，丝毫没意识到自己干了什么。

"这样行吗，罗？"米尔福德老师虽然嘴上问着，但人却直接大步往钢琴走去。

"不行！"我大声说。

"不行？"他停下来，意外地重复道。

"是的，不行。"我又小声重复了一遍，心里紧张得直打鼓。

"你真的不来试一下吗？"米尔福德老师耐着性子再次跟我确认，"你不用觉得有任何压力。"

不用有压力？他在开什么玩笑？整个唱诗班的人都在盯着我，怎么可能没压力。

我坚持地点点头，尴尬得满脸通红。都怪坦维，要不是她这个小不点多管闲事，我怎么会这样。我心里恨恨地想。

"你就试试吧，罗，"坦维不死心地用手肘顶我，"你绝对会秒杀全场的。老师，我绝对没骗您，罗唱得真的特别好。"

我的天哪，我快被她气疯了，真想直接用手掐住她那个小脖子，直接掐死她算了。

"是这样吗，罗？"米尔福德老师侧着头问我，"那我该怎么做才能说服你开口呢？"

他话音刚落，教室里就响起了笑声，我的脸跟被火烧了似的更红了。

"请大家保持安静，"米尔福德老师脸上闪过一丝不满，"你想好了吗，罗？"

我抬起眼睛看向他，然后摇了摇头："老师，我不唱。"

他若有所思地盯着我看了一会儿，最终放弃道："好吧，那贝莉，你愿意来试试吗？"

"你是不是生我气了？"坦维趁着米尔福德老师和贝莉讨论歌曲的时候，小声问我。

"是。"我压着火气回她。

"啊，别呀，"坦维求饶般地说，"我只是想帮忙来着。"

帮忙？让我像个傻瓜似的被整个唱诗班盯着就是她所谓的帮忙？

"拜托，不要生我气了，罗，"她不依不饶，"你生我气的话，我会受不了的。"

"太迟了。"说完，我低头看乐谱，一直到排练结束都没再搭理她。

米尔福德老师一宣布排练结束，我就从座位上跳了起来，然后全程无视坦维的求饶道歉，用我生平最快的速度收拾好东西准备离开。

就在我要跨出教室门的时候，米尔福德老师把我叫住了。

"我能和你简单聊两句吗？"他对我说。

他毫无预兆的要求让我大惊失色。他到底想干什么？

"要我等你吗？"坦维问我。

她有毛病吗？现在我明明气得连她的脸都不想看见。"不要。"我断然拒绝。

"好吧。"她说完，低着脑袋，垂头丧气地走出了教室。

在等其他人陆续离开教室的时候，我在教室后面不安地来回踱步，拼命思考着米尔福德老师到底要留我下来干什么。等人都走光后，米尔福德老师坐到了钢琴前，然后示意我去他旁边坐下。在我坐下后，他一言不发地开始弹起我们刚学完的那首歌的前奏。

"你识谱吗，罗？"他终于开口了。

我点了点头。乐谱在我家里随处可见，我在很小的时候就能看着谱子帮邦妮排练她的演出曲目，她一边唱，我的手指就一边在乐谱的相应位置上移动，确保她唱的歌词和音符一一对应；如果她哪里忘词了，我还会提醒她。

"现在你愿意来唱一下吗？"米尔福德老师问，"现在这里只有你和我在。"

我看向他的身后，教室里确实空无一人。"但您为什么这么想让我唱呢？"我不明白地问。

"我就是想听听你唱歌是什么样的。"米尔福德老师说。

我还是有些犹豫。

"放松点，"他柔声说道，"我保证不会给你压力。"

说完，他开始弹起前奏，这首歌的旋律真的很美。

我直到前奏结束前的最后一刻，都没想好到底要不要唱。当我嘴里不自觉地唱出第一句歌词时，我自己都没想到。

我好不容易唱到了第一节的结尾，以为米尔福德老师会就此打住，可是没想到他要求我"继续往下唱"，就这样，我不知不觉唱完了整首歌。

唱完后，我和他沉默地并排坐着。我把汗津津的手往校服裙子上蹭了蹭，劣质的尼龙布料不太吸水，汗液在我的裙子上洇开，弄湿了一大片。

"你之前唱过这首歌吗，罗？"米尔福德老师缓了一会儿后，问我。

"没唱过。"

"那你之前对这首歌很熟悉吗？我是说，在我们今天排练之前。"他接着问。

"不熟悉。"

我的话让他若有所思地沉默了一下，"罗，我想再让你唱些别的试一下。你可以把 A 大调音阶唱给我听一下吗？"

我瞄了眼身后，再次确认教室里除了我、米尔福德老师和钢琴外，没有第三人在场。于是我深吸了口气，唱起了 A 大调。

米尔福德老师在我开口之后，跟着我的声音开始弹 A 大调，我唱出来的音调和钢琴弹出来的完全一致。

"再唱一下 D 大调。"唱完后，他随即说道。

接着我又唱了 D 大调，米尔福德老师照旧跟着我的声音用钢琴弹了一遍。和之前一样，我唱出来的音调和钢琴弹奏的完全一致。

接下来，米尔福德老师又照着之前的方法让我唱了 G 大调、降 A 大调和升 B 大调。

"罗，"米尔福德老师终于停了下来，他激动得双手握拳放在腿上问我，"你知不知道什么叫绝对音感？"

"您是说电影《完美音调》里面，主角的那种天赋吗？"这部电影还是好几年前我和爸爸一起在电影院看的，不过他看到一半就睡着了。

米尔福德老师笑了笑说："不，不是电影里的那种。"

"哦，那我应该就没在别的地方听说过了。"

米尔福德老师把左腿搭在右腿上，然后转身对我说道："罗，绝对音感指的是一种很罕见的音乐天赋，拥有这种天赋的人能在不依靠任何参考音的情况下，完美地识别或再现给定的音乐。简单来说，就是你刚才做的那些，绝大多数人都无法做到。"

他话里的"天赋"这个词撞得我脑袋里一阵眩晕。我从没想过自己有朝一日还能跟这个词挂上钩。他肯定是哪里搞错了，我就是一个淹没在人群中，普通得不能再普通的平凡人，"天赋"这种东西根本不是我能妄想的。

"老师，您开玩笑的吧？"我很有自知之明地问。

然而他却笑着说："绝对没有，罗，我很肯定你有绝对音感，而且你还有一副好嗓音。"

他的话让我不知所措，只能一动不动地盯着钢琴，直到上面的黑白键在视线中都变得模糊起来。

"你似乎很惊讶。"米尔福德老师发现了我的不对劲。

我耸了耸肩，不知该怎么回答

"你家里有人从事音乐方面的工作吗？"

"我妈妈是，"我不情愿地答道，"她是……她算是个歌手。"

我的话让米尔福德老师眼睛一亮："真的吗？"

"不过她都是去给婚礼或者公共活动之类的仪式上唱的。"

"你跟她一起唱过歌吗？"

曾经有过，不过那得追溯到家里还没变得那么乱，我也还没大部分时间都躲在自己房间里的时候。

"很难。"我说，"因为她比较忙……"

"这样啊。"

这时，下午点名的铃声响了，我顺势站了起来。

"罗，我很高兴今天能听到你唱歌。"米尔福德老师对我说，"真的很高兴。"

"老师，谢谢您。"我小声回道。

"我们下周还会再见，对吗？"

我点了点头，然后拿起包，匆忙跑出了教室。一路上，"绝对音感"和"天赋"这两个词就像弹球机里的弹珠一样，不停在我脑海里回荡。更奇怪的是，我之前明明还在对坦维多管闲事恼怒不已，但现在这股怒气却消失得无影无踪，取而代之的是一股纯粹的兴奋，这种情绪让我觉得既陌生，又高兴。

15

周六早上快走到坦维家的时候，我深吸了口气，低着头半走半跑地冲到了她家门口。就在我把传单往她家信箱里塞到一半时，坦维家的大门突然打开了，她像真人版的玩偶盒子似的从门里面跳了出来。

"早啊！"她兴奋地跟我打招呼。

她今天换好了衣服，灰色的紧身牛仔裤搭配了一件正面印着甜饼怪的T恤衫。她稀疏的头发扎成了两个小鬏鬏挂在脑袋两边，有点像莉亚公主那样的发型。

虽然她的出现并没有太出乎我的意料，但她的出场方式还是吓了我一跳，搞得我手上拿的传单掉到了地上。

我弯腰捡地上传单的时候，听到坦维说："抱歉啊，我不是故意要吓你的。我坐在那儿等了一个多小时，好不容易等到你来了，所以有点激动。"说完，她猛地用手捂住了嘴："天哪，我这么说是不是很像跟踪狂啊？我保证，绝对没有要缠着你的意思！就算有，也只是一点点而已，哈哈！其实我就是对昨天唱诗班发生的事很抱歉，所以今天特地想来跟你道歉的。"

"不用了。"我气呼呼地说完转身就走。

不用才怪，她昨天的行为让我到现在还很愤怒。

"要的，"坦维在身后叫住我，"我也不知道该怎么做才好，我想弥补我的错误，所以给你准备了个东西。"

抵不住心里的好奇，我转过了身，只见坦维手里举着一个柳条编的大野餐篮，这种篮子是圣诞节的时候，有钱人用来装香槟和高档芝士的。

"这是我的求和礼物，"趁我还没有反应，她继续说，"你想看看里面是什么吗？"

"并不想。"

我知道自己这样很无礼，但是发生了昨天的事情之后，我再也不想对坦维有任何内疚之情了。

"里面全是好东西。"她继续说。

"多好都跟我无关。"

"别呀，你就看一眼吧，求你了！"

说完，她飞快地翻开野餐篮的盖子。正如她所说的，里面像个宝藏，堆满了各种好吃的：新鲜出炉的迷你法棍面包、三包不同口味的薯片、各种小罐子装的橄榄和西红柿干、鹰嘴豆沙、巧克力曲奇饼干、珀西猪软糖和好几瓶樱桃汽水。这些还只是表面能看到的，篮子里远远不止这些，看得我肚子咕咕直叫。我早餐只吃了半块奶油饼干，而且那还是我从办公室的饼干桶里淘出来的。

"我想等你发完传单后，拿到公园里一起吃，"坦维边说边把篮子放在了门口的台阶上，"你还剩很多要发吗？"

然后不等我回答，她就凑上来看了看我的推车。

"太好了，你已经发得差不多了！"她喊道。

我正打算反驳她的时候，她一蹦一跳地跑进了房子里，大门外瞬间不见了人影。然后过了不到一分钟，她在 T 恤衫外套了一件浅紫色的卫衣，重新出现在门口，胳膊下还夹着一卷格纹图案的野餐垫。

"我真的没时间去野餐。"我还在嘴硬。

"但是我真的希望你能给我个机会，让我补偿你吧。昨晚我因为这件事，难受得都睡不着觉。"

"真的吗？"

"真的。"她一脸严肃地说，"不信你看我是不是眼袋都出来了。"

我皱了皱眉，因为在我看来，坦维的眼睛毫无疲态。

"求你了，"她继续说道，"你就给我个机会吧，这对我来说真的太重要了。"

她双手交叉做出祈求的姿势，一双大得出奇的眼睛期待地对我一眨一眨，整个人都满怀期盼的样子。她每眨一下眼睛，我就觉得自己又心软了一分。

可恶，这简直就是犯规。

"好吧，"我最终败下阵来，"但是我不能耽误太久。"

"耶！"坦维高兴地叫了起来。她把野餐垫像披肩那样搭在肩上，然后拎起了野餐篮。

她坚持要陪我一起发完剩下那些传单。

"这份工作真是太有趣了。"她从最后一户房子里跑出来，双眼发亮地叫道。

"你可真容易满足。"我受不了地说。

"那是，"她笑嘻嘻地回道，"这可是我的优点之一。"

我瞄了眼身后的街道，有个中年男人在我们身后约五米的地方徘徊。当他看到我发现他后，慌张地瞪大了双眼，猛地躲到了树丛后面。

"听着，"我立马跟坦维说，"虽然不可思议，但我们真的被跟踪了。"

"什么？"坦维听得一愣。

"你看那边。"我向她指了指那人暴露在金雀花树丛外的腿。

坦维看完后，重重地哼了一声，"爸爸，您干什么呀？"她叉着腰，不高兴地说："幸好您是药剂师，不是私家侦探，不然肯定干得一塌糊涂。"

爸爸？

听到坦维的话，那个男人从树丛后走了出来，他投降似的举着手向我们走来。他的个子不高，肚子圆圆的，嘴上蓄着浓密的胡子。

他冲我不好意思地笑了笑。

"罗，这是我爸爸。爸爸，这是罗，就是我一直跟你说的那个女孩。他对我有一点过度保护。"坦维扭头对我说，"这个'一点'经常让我尴尬得无地自容。"

"这是你第一次自己去公园，我不放心才跟着的。"坦维的爸爸解释道。

"爸爸，您别再说了！"坦维捂着脸哀号。

"我没说错啊，芭莎。"

"可事实根本不是这样。我哪里是一个人了，您不是一直都在吗？"她用食指戳着她爸爸的胸口，然后回过头看着我说，"罗，你是从什么时候开始不用爸妈陪着去公园的？"

"呃，我也不记得了，"我边说边想应该说哪个岁数好，"大概从我 10 岁还是 11 岁的样子吧。"

"你看！"坦维转头冲她爸爸说，"您和妈妈是不是反应过度了。"

"我更愿意把这个称为关心。"

"好吧，不管叫什么，你们这么做都让我很反感，而且完全没有必要。我已经 14 岁了，朱丽叶在这个年纪都结婚了！"

"所以也有了之后的故事，你这个比喻用得不太恰当。"她爸爸立马指出。

"如果朱丽叶父母能允许她一个人去公园，而不是整天把她关在家里的话，后来她可能就不会跟罗密欧私奔了，你们有没有想过这个可能性？我和罗正打算去公园的草坪上野餐，如果真的出什么事的话——虽然根本没这个可能——我也带了手机可以随时跟你们联系。"说完，她拍了拍卫衣口袋。

"我们不会去很久的，"我趁机补充道，"我再过一会儿也要回家了。"

坦维的爸爸来回看了我们一眼，"那好吧，"他说道，"千万……注意安全。"

"您就放心吧，爸爸，"坦维一副赶人的语气，"好了，您赶紧走吧，不要再打扰我们啦。"

"很高兴认识你，罗。"坦维的爸爸对我说。

"呃，嗯，我也是。"

"我爱你，芭莎。"他跟坦维告别。

"我也爱你。"坦维说完，不耐烦地挥了挥手。

"'芭莎'是什么意思？"目送坦维的爸爸沿街道往回走的时候，我问她。

"印度语里'宝贝'的意思。"望着她爸爸的背影，坦维翻了个白眼，说道。

今天奥斯布罗公园的人很多，经过坦维单方面的讨论后，我们终于选中了一片网球场边的草坪，那里除了我们，还有两个穿着雪白网球衣的老太太。

"你帮我一起弄下好吗？"选定地方后，坦维对我说。

我们一起把野餐垫铺在草坪上，用鞋子压住四个角，然后开始把野餐篮里的东西往外拿。

"我不知道你喜欢吃什么，"坦维边拿边说，"所以我每样都拿了点。"

"开什么玩笑，这哪止一点。"看着垫子上摆出来的东西，我简直不知该说什么好，那些东西多得足够一大家人吃饱了。

"刚才的事你别放在心上啊。"坦维一边撬鹰嘴豆沙罐头，一边对我说。

"刚才什么事？"

"就是我爸爸跟踪我们的事。就像我跟你说的，他和妈妈对我保护得过头了。"

"这真的是你第一次自己来公园吗？"我问她。

像我这种独来独往了这么久的人，真的无法理解她父母为什么会有那种担心。

"是的。"坦维红着脸承认，"你会不会觉得我很没用？"

"不会啊，有父母关心是件很幸福的事。"

但凡涉及与父母相关的话题，我都觉得自己没什么立场评价。邦妮那种母亲是哪怕我跟她说要加入极端恐怖组织，或者去苏荷区卖身，都会若无其事的。而爸爸也只会在看见我的时候，才会想到管管我。我的家庭环境和坦维的相差十万八千里，根本没有可比性。

"他们一直都对我很保护，"坦维把手里的薯片蘸了些鹰嘴豆沙，然后接着说，"但是自从我得了癌症后，他们就变本加厉了。就像我七年级的时候还能自己去上学，而现在，他们反而坚持要开车接送我。"

"为什么会这样？我是说，他们到底在担心你会出什么事？"

我的问题让坦维嘿嘿一笑，然后兴致勃勃地说了起来："这就要从一些基础的理论说起了。首先，我生的那种肿瘤叫作横纹肌肉瘤，这是一种侵略性很强，也很罕见的癌症。英国每年确诊得这个病的儿童不到六十个，而且大部分患病的都是 10 岁以下的男孩。而我又是其中比较特殊的，是个 12 岁的女孩。根据我当时的肿瘤位置和扩散程度，医生说我只有 40% 的生还率。当时所有的情况都显得对我很不利，不过我今天还是好好地坐在了这里。我的康复在所有人看来都是个奇迹，但是也让我爸妈对我变得特别患得患失，生怕我随时又会复发什么的。"说到这儿，她又蘸了一块薯片，然后问我："你看过《死神来了》吗？"

"你是说那部恐怖片？"

"没错，那是我最喜欢的电影，呃，之一。有好多我都很喜欢。"

"你喜欢看恐怖片？真的吗？"

一直以来，坦维给我的印象都像个迪士尼动画里的主人公，永远都是一副精力充沛、乐观向上的样子。我无法想象她受伤流血倒下的样子。

"对呀，"坦维笑嘻嘻地说，"我超爱看恐怖片的。"

"可是为什么？"我疑惑地问她，"你怎么会喜欢看这种片子？"

"我也不知道，可能就是很喜欢被吓到的感觉吧，"坦维说道，"我喜欢那种肾上腺素飙升的感觉，不过我爸妈要是知道了，肯定会疯掉的。"

"等等，你是说，他们还不知道这件事？"

"当然不知道。你刚刚也看到我爸爸是什么样的了，你觉得他会乐意我看《德州电锯杀人狂》吗？"

"你看的话，他会生气吗？"

"他整个人都会不好的。他一直都觉得《德州电锯杀人狂》的情节太惊悚了。这个不提了，还是说回《死神来了》。里面讲了一个高中生因为预感到飞机要失事，所以阻止他的同学乘机，让大家躲过了空难。但是在那之后，幸存下来的这些人却开始一个个死于各种离奇的事故。"

"所以呢？"我不明白坦维为什么要讲这些。

"所以你看，这件事情就是，"坦维挪近我，说道，"他们本来应该死于飞机失事的，但是由于他们躲了过去，后面才会一个一个被杀，因为他们的时间是从死神那儿偷来的，所以最终还是难逃一死。"

"打住，你不会是想说你本来也应该死掉的，但是你用什么方法骗过了死神之类的吧？这太荒谬了，坦维。"

"是啊，我也知道你说得没错。但是我能理解我爸妈的想法，他们觉得我有些幸运过头了，以至于到现在为止都不敢相信我真的已经脱离了危险。当然，我不是说会像电影里那样，他们不是担心我会突然被菜刀砍死，或者下一秒会被爆炸的碎片割喉。他们只是太不安了，必须随时确认我的安全才能放心，所以刚才我爸爸才会跟着我们。"

从坦维开始讲她的病情起，有一个问题就一直萦绕在我心里。终于，在她说完后，我深吸了口气，问了出来。

"你的病还会复发吗？我是说，那个肿瘤还会再长吗？"

"医生说应该不会了，不过以后我可能会得别的病。可能我的骨头会发育不良，以后不孕不育，心脏和肾脏的功能应该也会受影响，而且得别的癌症的概率也会比普通人更高。"坦维掰着手指一条条地说着，好像她在数自己的购物清单，而不是病情，"还有就是，现在我的免疫力还有点弱。不过那些全都是医生说的'可能''也许'，现在完全没必要去想那么多。我一直都这么跟我爸妈说，可惜他们现在神经兮兮的，完全听不进去。"她说完，翻了个白眼，然后又拿个软糖蘸鹰嘴豆沙吃。

我又调整了下呼吸，接着问她："之前你离死亡有多近？"

我的话让坦维脸色微变，有一瞬间，我也觉得自己的问题有点过分了。

"我曾经有一段时间情况特别糟糕，"她缓缓地开口，"那个时候，我一度在病危的边缘。我爸妈整天以泪洗面，哭得眼睛都肿了还要骗我说是因为花粉过敏。不过哪怕在那个时候，我都没觉得自己真的会死，就像我之前在学校里告诉你的那样，冥冥中，我就觉得自己一定会好起来的。"

"这样啊。"我轻轻地松了口气。

"别一直说我的事了，也说说你爸妈吧。"她舔了舔手指，问我，"他们是那种会过度保护你的父母吗？"

"不完全是。"

"那你可真幸运。"

"或许吧。"

"你有兄弟姐妹吗？"

"不算有。"

我说出这几个字的瞬间就后悔了，为什么不干脆就说"没有"？

坦维歪着脑袋问我："'不算有'是什么意思？"

我就知道她会抓着这个问。

"没什么。"我小口咬着面包说，"其实就是，我爸爸的妻子有一个女儿。"

"所以你有一个同父异母的妹妹？那也不错啊！"

"我们没有血缘关系。"我硬邦邦地说道，"我爸爸和她妈妈结婚的时候，她已经4岁了。"

"所以她跟你爸爸也没关系？"

"从血缘上来说，确实没有。"

"好吧，要面对这些一定很不容易吧。"坦维说着，伸手拍了拍我的膝盖。

她的同情让我觉得很别扭，该是时候换个话题了。

"其实也还好。"说完，我立即问她，"那你呢？有兄弟姐妹吗？"

"我有两个哥哥，"坦维说，"一个叫安尼诗，一个叫德温。安尼诗已经结婚了，德温现在还在读研究生。他为了省钱，现在跟我们住在一起，简直快烦死我了。他刚被女朋友甩，一天到晚不是郁郁寡欢，就是来监视我。他们全都一个样，恨不得时时刻刻把我护在手心里。这种感觉真是太烦人了。"

我曾经给自己幻想过一个哥哥，我叫他杰克。杰克既温柔，又聪明，完全知道该怎么应对邦妮。他跟我是一条战线上的，既强大，又有能力，而且听我的话。只要有杰克在，我就不用担心社会救助机构上门；只要有他在，就没人能伤害我们。

我们的聊天终于转向安全的话题，我不禁松了口气。我们从学校里的事情聊到《神烦神探》的剧情，从怎么做出终极烤芝士三明治讨论到未来的火星殖民问题，我们甚至还讨论了坦维到底该不该剪个刘海。

聊这些其实还挺有趣的。

"你试试在苏打饼干上加一勺鹰嘴豆沙，然后再加几颗橄榄和软糖一起吃。"坦维极力向我推荐，"我跟你保证，绝对是人间美味。"

"你确定吗？这个搭配听着就很恐怖。"

"我知道啊！这正是它的神奇所在。你快点试试吧。"

我满脸不情愿，手上却不由自主地照她说的做了。结果正如我怀疑的那样，味道恶心得难以下咽，我不得不全都吐在了纸巾里。

"坦维·莎尔，你的口味太奇葩了。"我灌了一大口樱桃汽水来盖住嘴里的味道。

"我更喜欢称之为高深。"坦维咬文嚼字地回道。然后她又照着之前的样子做了一个吃，这次还在里面加了一个番茄干和一块布里奶酪。看到我受不了地做了个鬼脸，坦维咯咯直笑。

"我之前说的是认真的。"坦维边说边把一块巧克力曲奇掰成了两半，饼干屑溅得到处都是。

"你指什么？"

"就是昨天，在唱诗班发生的事，我真的很抱歉。"

奇怪，这次她提起的时候，我竟然没有之前那么生气了。

"没……没关系。"我有点语无伦次地说，"其实，也不是没关系，我也不知道该怎么说，反正你以后别再这么做就行了。"

"绝对不会了。"坦维拍着胸口保证道，"当时我就是不想让那个贝莉再独唱了，尤其是知道你明明比她唱得好。"

我不相信地冲她做了个鬼脸。

"你真的比她唱得好！"坦维强调，"她是能唱准音调，声音也还不错，可是这种水平很多人都能做到。但是我听你唱歌的时候，会震撼得鸡皮疙瘩都起来。"

"随你怎么说吧。"

"是真的！不信，你随便唱点什么，我证明给你看。"坦维撸起卫衣的袖子把光溜溜的手臂伸到我面前。

"别闹了。"我挡开她的手臂。

"我没有！我是说真的，你的歌声让我有种触电的感觉。"

"你闭嘴吧，这不可能。"

"这是事实！如果我能有你那样的嗓音，肯定无时无刻不在唱歌，哪怕说话也要用唱的，就像《悲惨世界》里那样。"说完，她从袋子里拿出一块碎饼干举在手里，声音颤抖着唱道："这个饼干很好吃，你觉得呢？"她停在那儿，示意我也用唱歌的方式回答她。

我冲她翻了个白眼。我才不要。

"你难道就不想展现自己的才华吗？"坦维问我。

"不想。"

"什么？"她语带怀疑地问，"真的一点都不想吗？"

"真的一点都不想。"

"有意思。"坦维说着，又拿了块饼干吃，"你知道你像什么吗，罗？"

"像什么？"

"像个洋葱。"

"洋葱？呵呵，真是谢谢你。"

我假惺惺的语气让坦维气得捶了下我肩膀："我这是夸你呢！因为洋葱的表面有很多层，需要人一层一层地去剥开发觉，就像你一样。"

"不，我不是的，"我回道，"我应该是像……"

我在脑子里疯狂搜索着哪种蔬菜最能代表直白坦率。

"……萝卜！"

"萝卜？"坦维难以置信地重复了一遍，然后又着腰坐直了身体。

"没错！"

她摇着头："我必须说，我还没见过谁这么喜欢用根茎植物来形容自己的。"

"我能有什么办法，这是一种典型的萝卜式行为。"

"神经病。"坦维向我身上扔了粒软糖。

那粒糖从我肩膀上弹到了鹰嘴豆沙里，我捻起来，又冲她扔了回去。她试图用嘴巴来接，但是没接住，最后那粒糖掉到了草坪上。然而坦维马上把它捡了起来，看也没看就扔进了嘴里。

"五秒钟定律。"她说完，又向我扔了个马苏里拉奶酪球，不偏不倚地砸到了我的 V 领短袖上。

"坦维！"我被她弄得尖叫着跳了起来，连忙把身上冷得出奇的马苏里拉奶酪球抖掉，看得坦维在垫子上打着滚儿哈哈大笑。

我用薯片挖了一勺鹰嘴豆沙朝坦维泼了过去。我的准头很好，那勺豆沙啪叽一声正中坦维的鼻子。

坦维呆呆地眨了眨眼睛，让我一时吃不准自己是不是做过头了。

坦维蒙了下，慢慢伸出舌头舔了舔鼻尖上的豆沙，然后目光炯炯地看着我。

"好啊，罗·斯诺。"她边说边两手抄起法棍面包，像武士刀似的挥了挥，"这可是你挑起的战争。"

五分钟后，野餐垫上的食物几乎被我们俩毁得精光。我的衣服被樱桃汽水浇透了，黏糊糊地贴在身上；坦维也被我用两大把薯片泼得满头都是薯片渣。我们头挨着头、筋疲力尽地躺在垫子上，胸膛剧烈地随喘气声上下起伏着。

"是你手机在响吗？"坦维用手肘撑起身体，问我。

我坐起来听了听，才确认是我的。我的手机很少会响，以至于我都不太认得那个毫无特色的铃声。

"你好。"我接起电话说道。

"罗，我是艾瑞克，你没出什么事吧？"

"我没事，怎么了？"

"没什么，我就是看快2点了你还没回来，所以打个电话问问。"

"快下午2点了？"我跳了起来，"抱歉，我马上就回来。"

我挂了电话，就开始把我们制造的垃圾装回空篮子里。一边收，一边懊恼自己怎么会把时间忘得这么彻底？如果不是艾瑞克的电话，我还以为现在最多才中午12点。

"你要走了吗？"坦维脸上的失望之色非常明显。

我看着她，眨了眨眼睛，觉得刚刚仿佛做了一个奇妙的美梦，现在，梦要醒了。"我真的得走了。"我说道。

"但是我们还有个巧克力面包没吃呢。"她从篮子底掏出一袋巧克力面包，摸着包装袋对我说："快看，这里面还有咸焦糖奶油夹心呢。"

"抱歉，但是我已经迟到了，真的不能再待了。"我边说边从野餐垫拿回鞋穿上，垫子的那个角被微风吹得卷了起来。

"开心的时候，时间总是过得飞快。"坦维不情不愿地把面包放回篮子里，然后说，"给我几分钟把这里收拾好，我跟你一起走。"

"抱歉，但是我必须现在就走了。呃，谢谢你的款待，我们学校见。"

说完，我头也不回地大步朝公园门口走去。刚才我确实玩得很开心，但是我最不需要的就是新朋友，尤其是一个像坦维·莎尔那样爱管闲事的朋友。

16

周一早上点名的时候，我有点不好意思走进教室。尽管我已经在脑海里反复回想过周六的聊天内容，确信自己并没有对坦维说漏什么特别隐私的事情，但是我走向我们的桌子的时候，神经还是绷得紧紧的。然而坦维似乎并没有发现我的不安，依旧在看到我后喜笑颜开。在我坐到座位上后，她开始对我大说特说起她周末剩下的时间都干了些什么。

就在她说到周末她和德温吵了一架的时候，我被卡梅伦老师叫到了教室前面。她递给我一封信，上面用陌生的字迹写着我的名字。

"这是什么？"我回到座位后，坦维迫不及待地问。

"我也不知道。"我边说边扭动了下身体，好离她远了点，然后用指甲划开了那个信封。

我从里面拿出了一张宣传单，上面还贴着一张橘黄色的便利贴，便利贴上写着：

我觉得这个很适合你！报名时间截止至本周五。

便利贴的下面签着米尔福德老师的名字。

我撕掉便签，把传单拿到眼前，凑近看了看。那上面印着一张照片，里面有十二个穿着正装白衬衫和海军蓝马甲的歌手。他们看上去正在唱一首欢乐的歌曲，因为他们的眼睛里都神采奕奕，张着的嘴也是笑着的。

"大不列颠国家青年合唱团。"坦维在我身后大声读出了几个字。

我立马把传单翻了个面，正面朝下盖在桌子上。

"你不继续看后面的内容吗？"坦维问我。

我耸了耸肩。

"那可以给我看看吗？"

"你想看就看吧。"

她把传单翻过来摊在桌子上。

"大不列颠国家青年合唱团，是世界上最负盛名的青年合唱团之一，"她响亮夸张地读出上面的介绍，"真厉害！哇，还有这个，他们会到世界各地巡演！"她快速浏览完宣传单上的介绍，然后把上面的重要标题大声读出来，比如排练时要寄宿、交通和演唱会如何安排等。"我的天啊，这个看上去太赞了。"她嚷着，"罗，你一定得报名，必须报名！"

"我不想报名。"

"为什么不？"

因为像我这样的女孩是不会参加这种高级合唱团的。如果我真的参加了，以后满世界跑的时候，谁来照顾邦妮，打理房子？如果让邦妮一个人生活，不出几天，她就会被社会救助机构盯上。

"那天我跟你说过的，"我说道，"我对上台表演不感兴趣。"

"但是这是合唱团啊。"坦维把传单在我面前甩得哗哗作响，"是团体演出。"

"那我也不感兴趣。"

就在这个时候，艾默生回过头冲我们说道："女士们，我能说句话吗？"

"艾默生。"坦维谨慎地问道，"你有什么事吗？"

"你们是在讨论国家青年合唱团吗？"

"是的，怎么了？"坦维回道。

"我姐姐以前也申请过。"

"哦，是吗？"坦维边说边用手肘顶顶我。

"是啊，"艾默生接着说，"可惜没选上。"

"你看吧！"我意料之中对坦维说，"申请这个根本就是浪费时间。"

"浪不浪费时间我不清楚，但是我姐姐唱歌的声音就像只被掐住脖子的猫似的。"

艾默生的话引得坦维咯咯直笑。

"萨克斯比同学，请你面朝教室前面坐好！"我们的动静引得卡梅伦老师大喊了一声。

艾默生翻了个白眼，转了回去。

"你至少也该试试。"坦维小声对我说。

"我才不要。"我也小声地回她。

"米尔福德老师都觉得你行的。"

"他可能就是说说而已。"

"他干吗无缘无故跟你说这个？"

"谁知道呢，也许是为了让我周五继续去唱诗班吧？"

"我这么说你别介意，但是我觉得他对你没必要绕那么大圈子。他应该就是单纯觉得你有希望而已。"

"你至少先好好看看这个。"她把传单推到我跟前。

"没这个必要。"我推了回去。

"我的天哪，你怎么就这么固执呢。"

"我这叫认清现实。"

"才怪，你就是固执。"

这时响起了第一节课的铃声，我背起书包，站了起来。

"嘿，你把这个落下了。"坦维挥着手里的传单对我说。

"扔了吧。"我扭头看了她一眼，然后走出了教室。

我把传单的事情抛在了脑后，直到那天晚上我在家整理书包，那张传单从我西班牙语课的文件夹里飘到了地上。

这肯定是坦维趁着下午点名的时候塞进我包里的，这个狡猾的家伙。

我恼火地叹了口气，把它捡起来揉成一团往废纸篓里扔，不过我没扔准，纸团从纸篓边缘弹了出来。我又叹了口气，不情不愿地从床上爬起来，从书桌下把它捡了起来。纸团散开了一点，露出了那张有点皱的照片，合唱团成员们在上面冲我灿烂地笑着。

我本来想直接把它扔进纸篓里的，但是最后脚步一转，回到了床上。我坐在床上，有点难为情地抚平上面的折痕。我警觉地回头看了看，然后立马意识到自己这个动作傻得不行。这都怪坦维·莎尔那个家伙，她经常神出鬼没，搞得我现在总觉得下一秒，她不是从衣柜里跳出来，就是从床底下爬出来，然后得意扬扬地说着"我就知道你会看"！

我面朝着墙壁躺在床上，身体缩成一团，看着这张传单。

我盯着上面闪闪发亮的照片，怎么也无法想象自己像他们一样置身其中的样子。虽然合唱团的成员们外形各异，但是他们的穿戴都出奇一致地整洁。无论是熨得笔挺的衬衫，还是精神清爽的发型，没有一样是我能做到的。他们就跟梅兰妮一样，时刻都能保持着让人耳目一新、完美无瑕的形象。我无论怎么努力都没法儿成为他们那样的人。衣服上松散的线头、脚上又老又破的鞋子，还有油腻腻的额头，我身上每一处都让我感到窒息般的无望，这个世界借着这些，无时无刻不在提醒我——要认清自己的身份。

有那么一瞬间，我想象着自己上网报名参加了面试，但很难想象出那会是个怎样的画面。这种合唱团根本就不是我这样的人能妄想的。只有那种家里送他们去上芭蕾课、钢琴课，父母会检查他们作业、关心他们日常生活的孩子才有资格参加。

比如伊西那种。

更何况参加后排练要寄宿。上一次我不在家的时候，邦妮只用了五天就差点儿把从厨房到客厅的路完全堵死。我不敢想象如果我再晚点回来，家里的情况会变成什么样。

所以说，这个合唱团一点也不适合我。

然而鬼使神差地，我还是拿出了笔记本电脑，在油管的搜索栏里输入了"大不列颠国家青年合唱团"几个字。我也不知道自己到底怎么了，我这么做到底想要干什么？事实上，我知道自己应该马上停下这种毫无意义的行为，把笔记本电脑扔到一边才对。

就在这时，屏幕里开始放起合唱团的演出视频。

电脑里传出的歌声让我再也无法动弹半分，只能呆呆地盯着屏幕。

他们唱得实在太好听了。

"好听"都不足以形容。

简直是叹为观止。

我调高了音量，目不转睛地盯着屏幕。

整个合唱团都穿着他们标志性的海军蓝马甲，站在一个看上去像是巨型音乐厅的舞台上。他们的和声饱满婉转、充满技巧，引人入胜，又惊喜连连，最后的结尾更是凄美得扣人心弦。

当他们演唱完毕后，观众爆发出雷鸣般的掌声，随着镜头拉近到合唱团成员容光焕发的脸庞上，我内心深处涌出一阵莫名的悲伤，这种情绪我之前从未有过。

我又点开了第二个视频，然后是第三个、第四个……

你不能这么做，我心里有个声音在不停地警告我，你不能留邦妮一个人在家，你知道你绝对不能这么做。

与此同时，我控制不住自己一个接一个地看他们的演出视频。

我在看的时候，心里的痛苦丝毫没有消退。

反而越演越烈。

17

这周已经过去了三天，周四晚上，我躺在床上的时候发觉手腕有点痒。

我挠了挠，结果越挠越痒，难受得我没法儿再睡下去。于是我只好打开台灯，就着浅黄色的灯光检查手腕，发现上面鼓起了几个红包。应该是蚊子咬的吧，我竖起耳朵听了听，但除了屋外的雨声，我没听到房间里有蚊子的嗡嗡声。今晚的雨是我喜欢的那种，豆大的雨滴有规律地打在窗户上，发出让我觉得舒服又有安全感的声音，这也是我为数不多喜欢的事物之一。但是今晚，我实在痒得提不起一丝享受的心情。

我摸过放在床头柜上充电的手机，上面显示的时间是凌晨2点28分。我皱着眉关灯，然后躺回床上。我把痒得不行的双手放到羽绒被外，拼命克制自己不要去挠。接下去的几小时，我在床上翻来覆去地换了各种姿势，但就是睡不着；我的手腕又痒又烫，难受得像着了火似的。我一直折腾到天快亮才睡着，但是刚睡着没一会儿，闹钟就响了，我不得不从床上爬起来。

在清晨明亮的光线下，我发现手腕上的包比昨晚红肿得更厉害了。

虽然还是痒得不行，不过好在那些红包有校服的衬衫袖子遮着，大家看不到。

然而等我到了学校后，我发觉脖子也开始痒了起来。我趁着点名前跑到厕所里检查了下，发现我脖子后面也起了跟手腕上一模一样的红包。我别无他法，只能解开平时一直扎着的辫子，把头发披在脑后挡住脖子。

我知道我发型上的变化逃不过坦维的火眼金睛。

"你的头发！"我坐下后，她在我身旁惊呼道，"你的头发可真好看！艾默生、艾比，你们看罗的头发是不是很好看？"

艾默生和艾比转过身。

"是的。"艾比耸了耸肩，说道。

"嗯，挺好看的。"艾默生看都没好好看我，就说。

坦维是在逗我吗？我从厕所出来后，冒着小雨从院子一路跑进教室，现在我的头发应该乱得跟触电似的，翘得乱七八糟才对。

"真羡慕你的头发，又多又密，"坦维还在那儿滔滔不绝，"不像我，稀稀拉拉的。去年我头发开始长回来之后，就一直又软又细，跟小孩的头发似的，你看！"她指着自己的发际线说，"难看死了。"

我从没想过坦维在治疗癌症的过程中，还曾掉过头发这件事。我想象着她坐在惨白的病床上，头上只剩下零星几撮头发，一双惊恐不安的大眼睛挂在她小巧的脸上，显得比现在更不协调的样子。

"你今天怎么披头发了？"坦维问我。

我压下心里翻江倒海的情绪，故作镇定地说："没什么特别的原因，就是想换个风格而已。"说这话的时候，我脖子痒得发烫，于是我只得把手插到大腿下面以防自己忍不住要去挠。

等到上第三节体育课的时候，外面还在下雨。

这样的天气让我想起了和诺亚一起被困在工具房里的那个下午。到这个周末为止，离我们上次下象棋才过去三周的时间，但是我却觉得仿佛已经过了很久似的。我们每天都会用短信聊很久，但是这种感觉和当面说话还是不太一样。

"今天我们去体育馆打躲避球。"贝罗老师话音刚落，就引起哀声一片。

我也是哀号中的一员，躲避球是我最讨厌的项目。

趁大家不注意的时候，我面对着墙壁在更衣室里飞快地换好了衣服，然后在白色的网面运动衣外套了一件深绿色的卫衣，把我的手腕遮得严严实实。

"你穿这么多，一会儿要热死的。"坦维看着我说。

我们的体育馆几乎没有通风的窗户，是整个学校最闷热潮湿且气味难闻的地方。

"其实我还挺冷的。"我边说边假装打了个哆嗦。

我的表现让坦维担心地变了脸色："你是不是生病了？"

"可能吧。"我顺着她的话说。

"快点集合了，同学们。"贝罗老师合掌说道，"时间宝贵，所有人都赶紧取下饰品，把头发扎起来。坦维，你还在磨蹭什么？"

坦维到目前为止只脱掉了外套、上衣和一只鞋。

"老师，我在叠衣服。"

"你追求细节的精神非常值得表扬。但是现在不需要追求完美，我需要你效率优先，换句话说，你能不能快一点？"

"好的老师。"坦维说完，稍微加快了动作。

看到坦维动起来后，贝罗老师转向了我："你应该知道体育课的要求，快把头发扎起来。"

"老师，我没带皮筋。"

"我这里有！"坦维说着，从手腕上摘下一个扎头绳，像中大奖了似的在手里晃了晃。

你可真是什么都要插一脚。

"谢谢。"我冲她扯了扯嘴，然后在老师接受的范围内扎了一个松松的马尾。

五分钟后，我背靠着体育馆的墙壁站着，等包括坦维在内的其他同学换好衣服出来。我把痒痒的大腿贴在冰冷的瓷砖墙面上，感觉稍微舒服了一点。

等等，我的腿从什么时候开始痒的？

我低头小心翼翼地检查了腿后，发现膝盖后面也像手腕那一样长出了红包。

我吓得心脏怦怦直跳，现在我很确定，这绝对不是蚊子叮的。

坦维从更衣室出来的时候连鞋带都没系好，她腰上低低地挂着大了一号的运动裙，蹦蹦跳跳地回到了体育馆里。"你没事吧？"她突然停在我面前问道，"你脸色看着很差。"

"我没事。"我躲着她的眼睛，回道。

贝罗老师在这个时候也大步走了进来。她嘴里含着哨子，哨子的另一头用彩虹色的绳子穿着挂在她脖子上。走到场馆中间后，她吹了一声哨子，示意所有人到她那里集合。

坦维听到哨声后，自然而然地跑到了人群前面。我也逼着自己离开了墙壁，站到了队伍的后面。当贝罗老师在讲解什么叫"进攻型投掷"的时候，我听到身后传来了窃窃私语。我回头看了一眼，是席恩娜·布莱克、凯茜·哈里斯和佩琪·威尔金森，她们三个不知道什么时候站到了我身后。我背上瞬间冒出了豆大的冷汗，我甚至都能感觉到汗水顺着我的背流到了裙子的腰带上。

"你腿上的是什么？"席恩娜问我，"你不会是得麻风病了吧？"

"这个应该不会传染吧。"佩琪说着，夸张地哆嗦了下。

"行了，你们嘴别这么欠。"凯茜打断了她们。

这时，贝罗老师吹了声哨子，吓了我一跳。"你们有什么问题吗？"她不满地说道，"没有的话，就请好好先听我讲解。"

"有的，老师。"我突然喊了一声，"我身体不舒服。"

贝罗老师翻了个白眼："又要倒下一个了是吧？好，你先去那边长凳上坐着，我等会儿就过来。"

无视席恩娜和佩琪继续在那儿说三道四，我沿着体育馆的边沿走到了长凳那儿，然后在靠近消防出口的位置坐了下来。除了我以外，这里还坐着两个女生。一个叫莉娜·洛马斯，她只要一上体育课，就来例假，七年级之后，我们就再没见她穿过运动服。另一个女生是贝卡·德西瓦，她正拿着一节脏兮兮的纸巾在那儿擤鼻涕。

在体育馆的另一边，坦维一边等着别人找她组队，一边又蹦又跳地向我挥手示意。

"你没事吧？"我看懂了她的嘴型。

于是我又假装抖了抖身体，估计世界上没有比我更拙劣的演员了。坦维看到我的反应后，同情地瘪了瘪嘴。没过一会儿，她就被乔治娅·珀内尔叫去一起组队打比赛。

比赛开始后，贝罗老师走到了我面前问道："你是哪里不舒服？换衣服的时候我看你还好好的。"

我背对着莉娜和贝卡站了起来，向她撩开了右手的袖子。

"我的腿和脖子后面也长了这种红疹。"我低声对她说。

"我觉得你该去一趟医务室。你现在就去收拾东西，直接过去。"贝罗老师边说边向后退了一小步，虽然并不明显，但是我绝对不会看错。

"现在就去？"我问道。

"现在就去。"

邦妮来接我的时候已经过了午餐时间，下午的课都已经开始了。

"你把车停哪儿了？"在我们穿过安静的走廊，快走到出口的时候，我问邦妮。外面的雨已经停了，但是天色还是灰蒙蒙一片，让人感觉阴沉沉的。

"我停在了离这儿两三条街远的地方。"邦妮抱怨道，"你们学校的停车场早就满了，根本找不到车位。"

真是谢天谢地。

邦妮今天的打扮端庄得一反常态：下半身是简单的牛仔裤和靴子，上身穿着系带风衣，里面配了件紧身的黑色高领毛衣。不过她挂在左手臂上的那个手提包还是泄了她的底。那个包塞得鼓鼓囊囊，里面的东西把包扣和缝线处都撑变了形。

"你们学校的护士叫我过来接你的时候，我还以为你有什么生命危险呢。"她笑嘻嘻地说。

我气得头脑发涨。是啊，邦妮是真的觉得这很有趣。

邦妮的车停在了一条陌生的小路上，这里停着的车子都有着干净的后挡风玻璃，里面的座位上也没有塞满乱七八糟的东西。在这些正常美观车子的对比下，邦妮的车看着比平时更糟心了。

"这里面让我怎么坐？"怒气开始在我心里发酵。

邦妮的车子里堆满了乱七八糟的东西，从旧报纸、吃剩的快餐盒、塑料瓶到各种演出服饰上的小玩意儿、羽毛扇和怪模怪样的鞋子；这些东西几乎堆到了车顶，让人难以看到车里的样子。

"哦，稍等一下。"邦妮表现得仿佛第一次知道车里那些东西的存在。

只见她突然打开了后排车门，里面的东西哗的一下漏到了地上。邦妮毫不在意地喷了一声，然后边哼着歌边把那些垃圾捡回去。这时恰好有个男人牵着狗路过，他看到邦妮的行为后，惊讶地瞪大了眼睛。然后他又看了我一眼，皱了皱眉。

与我无关，我真想冲他大喊。要过这种生活的是她，不是我！

不过我知道就算解释了也没用，只要我还和邦妮生活在一起，我们就会被视为一丘之貉。

"好了，你现在可以进了。"邦妮直起身体对我说。

她仅仅挪开了后排座位上的一小部分东西，空出了一个刚好够我坐下的位置。我坐在一摞不知道什么年代的杂志上面，脑袋将将蹭着车顶，膝盖紧紧缩在胸前抵住下巴；我的姿势简直比马戏团里的小丑还可笑。我抽出座位上的安全带想要扣上，但是发现卡扣的位置已经被垃圾彻底埋住了。最后我只能用手拿着安全带斜放在身前，假装系了的样子。

"大功告成！走咯。"邦妮说着，发动了车子。

她怎么好意思做出这副得意扬扬的样子？

18

我们坐在候诊室的塑料椅上等医生过来。邦妮手里拿着本过季的《美丽家居》在那儿翻。

美丽个鬼家居，我真想把她手里的杂志一把抢过来扔到房子外面去。

突然，她小声对我说了句："你看那儿。"

"哪儿？"我问道。

"墙上面，"邦妮指着墙上的医务人员信息对我说，"艾丽医生是代班医生。"

"那又怎么样，代班医生不也是医生吗？"

"是吗？"邦妮抱起手臂放在胸前，一副不太放心的样子。

"我相信艾丽医生的水平。"

"那就看看再说吧。"邦妮翻着杂志说。

没一会儿，我们就见到了艾丽医生。她是位年轻的女医生，梳着乌黑亮丽的波波头，脸上带着亲切的笑容。我一下就喜欢上了她。

"你哪里不舒服？"我们坐下后，她问道。

我默默地伸出了手腕。艾丽医生检查完后，立马给出了诊断。

"你这是疥疮。"她说道。

"疥疮?"我下意识地重复,我从来没听说过这种病。

"疥疮是一种传染性的皮肤病,"艾丽医生解释道,"是因为有一种很小的螨虫在皮肤里打洞寄生导致的。这种很小的螨虫就叫疥螨,它们会吃人的皮肤角质组织,然后用前肢穿透表皮层,在皮下开凿一条与体表平行的隧道用以产卵。"

"你怎么看出来的?"邦妮在旁边问道。

艾丽医生往我左手腕上涂了些墨水,然后再擦掉。"看到了吗?"她指着我手腕上那道擦不掉的墨迹说,"那就是疥螨挖的隧道,也是它们的洞穴。这也是疥疮最典型的病症。"

我感到了一股发自骨子里的冷意。

"不过你也不用太担心,"艾丽医生接着说,"生疥疮确实不好受,但是治疗起来也简单。通常情况下,外涂一种特制的苄氯菊酯药膏就能治好。"说完,她转过椅子,开始对着电脑敲键盘。

"我怎么会感染上这种病的?"我问她。

"这种皮肤病的传播途径有很多,"艾丽医生边打字边说,"最常见的方式就是通过直接的皮肤接触,所以通常容易在家庭或者恋人之间传染。不过就算是通过皮肤接触感染,那也得接触的时间足够长才行,一般来说,至少需要十五至二十分钟的直接接触才行。"

我瞥了眼邦妮,她从头到尾都埋着头在那儿翻手提包。她的包里照例塞满了各种垃圾:坏掉的钢笔、早就失灵的手机充电器、一堆用过的脏纸巾、找不到盖子的润唇膏、吃完了的薄荷糖盒,还有一张皱巴巴的、正面印着一只咧嘴兔子的复活节贺卡。

"你身上有没有痒过?"我问邦妮。

邦妮猛地抬起头:"什么,你刚才在跟我说话吗?"

"我在想,我到底是从哪儿感染上这个的。"

"从哪里感染的重要吗？"邦妮立马说道，"反正医生都说了，有药膏可以治好的。"

我努力回想着我上一次跟别人发生长时间的皮肤接触是在什么时候，包括邦妮在内，我想了一圈也没想到。

突然，我记起来了。

看《音乐之声》的那次，我搂了邦妮近一晚上。

但那已经是一个多月前的事了。

"疥疮的潜伏期可长达八周，"艾丽医生仿佛知道我在想什么似的，接着说道，"所以，有可能是你很久之前感染上的。"

果然如此。

"让我看看你的手腕。"我对邦妮说。

"什么？"

"卷起袖子让我看看你的手腕。"

"为什么？"

"我就是想看看。"

"你犯什么神经。"邦妮眼里闪过一丝慌乱，"别耽误医生的时间了。"

"别这么说，"艾丽医生主动说，"其实也确实应该让我看看。我刚才还没来得及说的就是，其实我们建议跟患者发生亲密接触的人一起用药，即使他们还没有任何病症，也可以当作预防。"她说着，把椅子转到了邦妮面前，"斯诺太太，如果您不介意的话，还是给我看看吧，"她指着邦妮的手腕说，"不管怎么说，还是确认一下比较好。"

邦妮张了张嘴，似乎有什么难言之隐，最终她还是不情愿地脱掉了外套，一言不发地卷起了左手的毛衣袖子。

虽然颜色比我手上的浅一点，但邦妮手腕上毫无疑问长着一模一样的红疹。

"谜底揭晓了。"艾丽医生幽默地说了句，随后接着问道，"斯诺太太，您这种症状持续多久了？"

"这我怎么知道。"邦妮拉下袖子，不耐烦地回道，"没多久吧，我都没怎么注意。"

你就装吧，我心说。

你就继续装吧。

"你那是什么表情？"邦妮看到我的脸色后，恼羞成怒，"我只不过之前以为这是湿疹而已！"

"您的病历里似乎也没有关于湿疹的就医记录。"艾丽医生眯着眼盯着电脑屏幕说道。

"可是明明该有的。"邦妮气呼呼地说。

她又在撒谎了。邦妮的健康状况堪称奇迹，一直都出奇地良好，她根本没什么就医记录。

"在没有药物治疗的情况下，疥螨最长可以在人体内存活两个月。"艾丽医生向她解释道。

"但是邦妮，我是说我妈妈，她又是从哪里感染的呢？"我接着问。

这件事情决不能姑息，我必须搞清楚源头在哪里。

"这就很难说了。"艾丽医生回道。

"那个，有没有可能是因为房子里太脏引起的？"我问出口的时候，满脸涨得通红，颜色都快赶上我手上的疹子了。

我的话引起了邦妮的警觉，她像只被惹急的兔子似的，眼神尖锐又警惕地盯着我。

"房子太脏？"艾丽医生微微皱眉思考了一下。

"我就是假设一下，有没有这种可能？"我急忙补充道。

"嗯，那是非常有可能的。"艾丽医生来回打量了眼我和邦妮，接着慢慢说道，"在不卫生的环境下，疥螨的繁衍会比正常环境中容易得多。"

艾丽医生说到这儿，停了一下。

"你这么问是有什么特别的缘故吗，罗茜？"她温柔地问道。我从她棕色的眼睛里看到了满满的关心和如水般的温柔，但是除此之外，还有一闪而过的怀疑。

那抹怀疑闪过的时候，恰恰被我看在眼里。

"没什么特别原因，我只是有点好奇而已。"我脱口而出，希望借此打消她的疑虑。

然而我的话并没有奏效，艾丽医生的眉头皱得更紧了。

"所以，现在怎么办？"我有点结巴地问道，"您刚才提到有种很管用的药膏对吗？"

"我会给你开个处方，"艾丽医生仍旧皱着眉说，"除此之外，你的床上用品、睡衣和毛巾都要用至少 50 摄氏度的热水清洗。如果有哪些东西不能洗的话，就把它们放到一个塑料袋里隔离七十二小时，这样也能杀死上面的疥螨。另外，为了以防万一，我建议你们把整个房子都用吸尘器好好吸一遍。"

我们房子里连走路都困难，怎么可能用吸尘器呢？心力交瘁的泪水瞬间充满了我的眼眶。

"你没事吧，罗茜？"艾丽医生看着我问。

我眨了眨眼睛，把眼泪逼了回去。我必须赶紧振作起来，绝对不能因为我一时的情绪失控而让艾丽医生看出什么。我最不需要的就是艾丽医生出于好意而把我的情况报告给社会救助机构。

"没，就是，您刚才一下子说了那么多，我听得有点蒙……"我随口编了个理由。

"要不要我帮你把那些注意事项写下来？"艾丽医生温柔地问我，然后扫了眼邦妮，她已经没盯着我，转而在那儿玩手机了。

"不，不用了。房间吸尘，50 摄氏度水洗，其他的东西用塑料袋隔绝七十二小时，我记住了。"

"没错，就是这些。"艾丽医生赞许地说。

"呃，那我还能上学吗？"我问这话的时候，眼里的泪水已让我看不太清艾丽医生的脸了。够了，不要哭，不要哭出来。

"你真的没事吗，罗茜？"艾丽侧着头怀疑地问。

她的话让邦妮玩手机的手也顿住了。

"我没事，"我强忍着眼泪说道，"我就是觉得，得了这种疥疮，很难过……"

艾丽医生冲我同情地笑了笑："别难过，我知道你很不好受，但是现在病因已经确诊，你今晚就可以开始上药，等到周一，你就能正常去上学了。不过有一点我还是得提醒你，你身上的瘙痒症状可能会持续两周的时间。"

说完，她把两张打印出来的处方单递给邦妮。

"这样就好了，对吧？"邦妮说着，把它们塞进外套口袋。

"是的，我这边没别的事了，"艾丽医生说完，话锋一转，"倒是您，还有没有别的事要跟我说呢？"她对邦妮说这话的时候一直看着我。

"没有了，谢谢。"邦妮说完，就大步往外走，"走了，罗。"

我跟着站了起来。

"罗茜，你呢？"艾丽医生轻轻地问我，"还有什么别的事想说吗？"

我咽了咽口水。

"不用急，你再好好想想。"她补充道。

我脑海里闪过片刻的犹豫，真的有股冲动想要把一切对艾丽医生和盘托出，让我一直以来承受的那些伤痛、愤怒和心力交瘁，包括我刚才强忍回去的泪水一起都倾泻而出。然而当我回过神的时候，却觉得嗓子里像是塞了团棉花，什么也说不出来。我觉得自己仿佛正站在一座摩天大楼的房顶，看着底下川流不息的马路，楼顶的大风吹乱了我的头发，也吹得我摇摇欲坠。

到底跳还是不跳？

"你想到什么了吗，罗茜？"看我半天没反应，艾丽医生催了催我。

她的声音把我猛地拉回了现实。我刚才到底在想什么？

"没……没什么了，谢谢您。"说完，我拿起书包，跟在邦妮身后慢慢走了出去。

我和邦妮一言不发地回到了车上。

"多久了？"上车后，我立马问道。

邦妮没有回我，径自发动了车子。她打开收音机，ABBA 的《滑铁卢》立马占领了我们的耳朵。我把收音机关掉，又问了一遍。

"邦妮，到底多久了？"

"什么多久了？"邦妮说着，点了支烟，车里开始变得烟气缭绕。

"你得疥疮多久了？"我边说边摇下车窗。

"没多久。"

"到底多久了？"

"我不知道。"

"邦妮！"

"你管这个干什么，医生不都说了，这个病很容易治好。"

"但是这个病根本都不该得！"

"够了，你少管我，我又不是小孩子。"

"那我也不是大人！你以为我愿意管你那些乱七八糟的事吗？"

然而事实却是，我的整个人生几乎都在替邦妮收拾烂摊子。

"邦妮，有人看见我长疥疮了。"我声音颤抖地告诉她。

"谁看见了？什么时候？"

"和我一起上体育课的女生。"想起席恩娜和佩琪看到我腿上疥疮时的嫌弃表情，我羞耻得浑身发冷。这种感觉比疥疮带来的瘙痒更让我难受。

邦妮叹着气，对我摇了摇头："你知道自己有个什么问题吗，罗？你太在意别人的看法了。"

"是啊，我不像你，眼里永远只有自己，没有别人！"我没好气地说。

"我也不知道这个会传染！你别说得好像我故意要传染给你似的！"

"这不是重点，你明明知道我什么意思。"

邦妮又不耐烦地叹了口气："我很抱歉，罗。这样行了吗？"

但是她的抱歉根本一点用都没有，因为我知道她根本不会为她的歉意付出任何实际行动。邦妮嘴里的"抱歉"就是一句轻飘飘的废话，毫无意义。这个词的用法在她看来就跟说"吃饭""睡觉"差不多。

邦妮发动车子，倒着开了出来，倒车的时候差点儿蹭到停在旁边的车子。

外面又下起了雨，阴沉灰暗的天色恰如我现在的心情。我脑袋抵在车窗上，看着雨滴打在玻璃上划出一道道水痕，努力让自己不要哭出来。

等我把换下的床单被套拿到洗衣店洗好回来，然后再尽可能地把房子里能打扫的地方打扫完后，时间早就过了我平时睡觉的时间。诺亚发短信来问我今天过得怎么样，但这么丢脸的事我根本没法儿告诉他。

我放下了手机，轻轻坐到堆满了东西的浴缸边开始看苄氯菊酯药膏的使用说明。根据上面的要求，我脱光了衣服，把全身涂满又稠又黏的药膏，我的身体在寒冷和怨恨的夹击下不住地颤抖。

这一切都是邦妮造成的，但是她可恶得连打扫都没帮我一起做。白天我在车上拒绝接受她的道歉后，她回来的一路上都在生气。等我们从药店回到家，她立马就跑进了客厅，然后砰的甩上门，在里面把电视和收音机的音量调到最大，简直就像个喜怒无常的小孩。

　　我恨你，我边给脚趾缝里涂药膏边在心里恨恨地说。

　　"我恨你。"我给腋窝和手肘涂药的时候忍不住大声喊了出来。

　　喊完后，我哭了出来，炙热的泪水落在身上，烫得我全身都抽搐了起来。

　　"我恨你。"我一边用棉签给手指和脚趾涂药，一边哽咽地喊着。

　　我的哭声越来越大，眼泪越流越多，怒气更是越来越重。能这样释放愤恨和伤痛的感觉真的很好，但是这还远远不够，我压抑得太久了，我需要更多的释放。

　　"我恨你。"我穿上睡衣后，接着喊，衣服粘在我涂满药膏的身上。当我突然意识到，无论我喊得声音多大，都不可能盖过楼下客厅里那些吵闹的噪声后，我深深地吸了口气。

　　"我恨你！"我开始喊得一声比一声响，"我恨你！我恨你！我恨你！"

　　等我终于发泄够了瘫倒在床上的时候，整个人已经累得筋疲力尽。我心里的怒气还没平息，但是我感觉自己已经能稍微冷静一点了，呼吸也开始变得平缓。

　　我打算关灯的时候，看到了书桌上那张皱皱巴巴的大不列颠国家青年合唱团的宣传单。我一直都想把它扔掉，但是拖到现在还没扔。我下床拿着那张传单回到被窝里，盯着那上面一个个面带笑容的脸庞。

　　如果是邦妮的话，她会怎么做？其实想都不用想，我很清楚她会怎么做，在她的世界里，谁都没有她自己重要。而我呢，我一直都在为了保护她和这栋垃圾堆一样的房子而活着。凭什么我就不能顺着心意为自己活一次呢？

　　我看了下时间，凌晨 11 点 52 分。我一鼓作气，从床下拿出笔记本电脑、开机，然后在给自己找到退缩的借口之前，输入了合唱团的网页地址。

19

这周的前两天我都过得很平静，这主要因为坦维周一和周二都在校外参加地理实践课。

"你想不想我啊？"周三早上点名的时候，她回来了。

"想死了。"我面无表情地说。

"我就知道。"她笑嘻嘻地回道。

"对了，你上周五出什么事了？"她突然问我。

"周五？"

"对啊，就是上体育课的时候。"

"哦，痛经而已。"我的语速快了很多，"当时痛得很突然。"

"真可怜。"

我身上的红疹已经消了一些，但还是痒得不行。

我打起精神准备应付她问我为什么周六没出现（我周末实在没精力应付她，所以特意绕过了希望树大街），不过幸好她并没有问，而是跟我滔滔不绝地说起了实践课上发生的八卦。

周五的早上，我洗漱完在房间里吹头发的时候，听到了一阵敲门声。

我关上吹风机，把它放到床上。

"进来吧。"我说道。

邦妮轻轻地推开房门，走了进来。她穿着豹纹印花的真丝睡袍，脚上踩着一双粉色的毛绒拖鞋，打扮得和我色彩单调的房间格格不入。

这一整周我都没怎么跟她打过照面，每次去厨房和浴室我都算着时间去，就是为了回避她。我能感觉到她其实也在躲着我，所以每次在客厅，她都把门关得死死的。

她打量着我窗明几净的房间，我的桌面和墙面上没有任何多余的东西，明晃晃的阳光直直地照进屋里。

"有什么事吗，邦妮？"我用毫无起伏的声音问道。

"哦，有你的信件，"邦妮看上去有些尴尬，这可真是百年不遇，"这个看上去挺重要的，所以我觉得最好直接拿上来给你。"

说完，她递给我一个信封，我接过后，直接扣在了身旁的被子上。邦妮还站在那儿欲言又止的时候，我突然反应过来，她似乎是来跟我讲和的。

可惜她的诚意太少，也太迟了。

我拿起床上的吹风机继续吹头发，吹风机在耳旁发出的轰鸣声勾起了我很久以前的回忆。在我还很小的时候，邦妮常常会在寒冷的冬夜晚上掀开我的被子，用吹风机对着床单猛吹，直到吹暖后，再让我睡进去。那时她用的吹风机特别旧，电源线的外皮都磨破了，每次吹的时候都会发出让我害怕的嘎吱声。邦妮为了分散我的注意力，还专门发明了一个"吹风机舞步"。

想到这儿，我瞥了眼邦妮，那些美好的回忆随之烟消云散。我眼前的这个女人虽然长相一样，却再也不是过去那个会逗我笑到肚子疼的人了，我没法儿把她们当成同一个人来对待。

邦妮似乎也明白了我的意思，最后她环顾了一圈后，走了出去，轻轻地带上了房门。

我等到她下楼后，才翻开那个信封，邮戳旁边那个大不列颠国家青年合唱团的标志让我惊讶地眨了眨眼睛。

我心跳加速地打开了信封，然后飞快地看着里面的内容。

他们安排了我下周六去面试。

体育课结束后，这次不用坦维多说，我直接和她去了唱诗班。这次米尔福德老师再问有谁愿意唱新学歌曲的独唱时，坦维冲我比了个缝上嘴巴的动作，然后把手塞到了大腿下面。

排练结束后，我让坦维自己先走，我本以为她会不同意，没想到她不但同意了，而且还跟我约在点名的时候见。

我逗留在教室的后面，等着其他人全部离开。

"很高兴又见到你了，罗。"米尔福德老师看到我后，高兴地说，"上礼拜你没来，我还以为是我把你吓跑了呢。"

"哦，上周我生病了。"我下意识地把手缩进运动服的袖子里。

"抱歉，我才知道。你现在感觉好点了吗？"

"已经好多了。"

"那么，你今天留下来是有什么事吗？"

我把那封面试通知递给他，他看完后，脸上露出灿烂的笑容。

"你去报名了呀。"他高兴地说。

"是的……"

"我很高兴你能去报名。"

"但是我不确定会去参加面试。"我突然说道。

米尔福德老师的眉头皱了起来："为什么？"

"我就是觉得，这个好像不太适合我。"

"那你当时为什么要报名？"

因为当时我太生气了。

因为当时我太难过了。

因为我当时想顺着心意为自己活一次。

但是现在一周过去了，我心里的愤怒已经变成了内疚、怀疑和害怕。

"我也不知道。"我讷讷地说。

"你知不知道，如果不是觉得你很有可能被选上的话，我是不会鼓励你去报名的。"

我不置可否地耸了耸肩。

"你觉得这个哪里不适合你了？"

"参加这个的应该都是那种家境很好的小孩吧？"

"你觉得我家境好吗？"

"我，不知道。"我结结巴巴地说。

米尔福德老师笑着对我说："罗，我是在桑德兰条件最差的社区里长大的。你要知道，在我的整个成长过程中，环境从来没有好过。但是这并不影响我参加合唱团。"

"你也参加过国家青年合唱团？"我意外地问。

"是啊，整整七年。那是我人生中最美好的一段时光。"

"真的吗？"

"比珍珠还真。我也是在那里遇见了很多志同道合的好朋友。"

"合唱团里的其他孩子家境也不好吗？"

"家境不好的确实是少数，大部分还是很好的。但是家境如何根本无关紧要，合唱团是独立于家庭和学校外的世界，在那里，人人都用实力说话。那里也没有什么阶级之分，每个人都是整体中的一员。"

我从没想过合唱团会是这样的。那如果我参加的话，就不用像在学校里那样害怕被人发现邦妮的事了。我也能有机会在一个没人认识我的地方，用我喜欢的形象重新开始我想要的生活了。这个认知顿时让我兴奋不已。

"但是，合唱团的学费会不会很贵？"我不确定地问。

"没有你想的那么贵。而且针对家庭条件困难的学生，他们还会给助学金。我就是靠着这个才上完的。别太杞人忧天，你要相信船到桥头自然直。现在我们的首要任务就是参加面试，你得准备一首拿手曲目才行。你现在有什么想法吗？"

"天哪，我什么想法也没有。"我被问蒙了。

"我们只有一周的准备时间，所以最好选一首你已经很熟的歌来练习。你现在脑海里有没有想到哪首歌？"

我茫然地摇了摇头，脑袋里一片空白。

"不需要很复杂的歌曲。现阶段的面试主要是考察音准、音色这些。你喜欢哪种曲风？"

"有很多。"我不确定地说。

米尔福德老师点了点头，鼓励我继续说下去。

"呃，卡朋特的、多莉·艾莫丝的、凯特·布希的、弗利特伍德麦克的……"我一一向他列举，这些歌都是我从邦妮那里听来的，我是听着邦妮唱他们的歌长大的。

"很好，这些都很不错！里面哪首是你最喜欢的？"

"我也不知道……呃，应该是卡朋特的《雨天和星期一》吧。"

曾经有一段时间，邦妮的演出都是翻唱卡伦·卡朋特的歌。那时她每天在家放卡朋特的经典曲目，然后跟着唱上好几小时，试图把她自己的声音和卡伦融为一体。《雨天和星期一》是里面我最喜欢听的一首歌。我也不知道为什么会对这首歌印象那么深刻，每次听到歌里卡伦特有的嗓音和萨克斯的独奏，我都能感受到那种悲凉哀伤之意，我的心境也随之翻涌，然后萌生出一种不知该如何形容的渴望。

米尔福德老师坐到钢琴前，开始凭着记忆弹起这首歌的前奏。"歌词你还记得吧？"他边弹边问我。

"我不太确定。"

"我们来试试。你要是忘词的话，我会提醒你的，我可是卡朋特的超级粉丝，你就放心交给我吧。"

当我准确地唱出第一句歌词的时候，我自己都吓了一跳。然后一句接一句地，我顺利唱完了整首歌，仿佛早就在不经意间，这首歌已经深深地植入了我的脑中。

唱完后，我注意到米尔福德老师微微皱了下眉。

"我哪里唱得不对吗？"我扯着袖口，紧张地问。

"不，反而从技术层面上来说，你唱得很好。但是，我觉得你演唱时候的感情不太到位。"说到这儿，他把第一小节的歌词重复了一遍，然后问我："这段歌词里是不是包含了很强烈的情绪？"

"应该是吧。"

"所以这段歌词带给你什么感受？"

"我不知道。"我低着头说。

"你确定？"米尔福德老师歪着脑袋问我。

我咬着嘴唇，一言不发。我很明白歌词里表达的意思，甚至可以说是感同身受。或许我根本就不该选这首歌，这首歌太容易让我想起邦妮，想起家里的种种。我应该选首好听轻快又简单易懂的歌才对，让我可以在唱的时候一直保持微笑。

"我明白歌词的意思，"我急忙说道，"但是我没法儿强迫自己的感情。"

"我并不需要你强迫自己，罗。但是你要明白，除了音色和演唱技巧以外，能否诠释出歌曲的意境也是评审的考察项目之一。这关系到未来你的演唱能否打动听众。一首歌的歌词写得再好，那都是有限的，最重要的是演唱者能真正理解歌词背后想要传达的感受。"

"合唱也需要这样吗？"我不解地问。

"合唱尤其如此，这也是它之所以会那么动听的原因之一。"

我知道他说的都是真的。我在油管上看了那么多大不列颠国家青年合唱团的演出视频，现在才知道原来在他们成功的背后，除了音调唱得准之外，还有更多别的秘诀。

"我们再从头试一遍吧，"米尔福德老师提议道，"这次我希望你能带着理解来唱。"

"好的。"

"你就当我不存在，"开始之前，他对我说，"需要的话，你可以选择背对我，或者去角落那边，看着窗外，或者干脆闭着眼睛唱，反正你怎么舒服怎么来。"

我采纳了他的建议，背对着他站好，然后闭上了眼睛。当前奏响起后，那些熟悉的、喜忧参半的情绪开始渐渐在我心里发酵，就像我曾经听邦妮唱的时候一样。但是这次我不再刻意忽略甚至压抑它们，而是任由这些情绪在我身体里扩散、膨胀。这或许也是我第一次把这首歌的歌词听进了心里。虽然我一直觉得这首歌很悲伤，但是却从没想过自己的生活和它有什么关系，直到这次，我才恍然发现，原来它里面的描述是如此贴合我现在的感受。

这一次，这首歌让我真切地感受到了悲伤。

我常常在人前表露愤怒、烦躁、厌恶甚至怨恨的情绪，但是鲜少露出悲伤的样子。我从不知道原来自己的内心有那么多伤痛，多得就快要从我身体里溢出来了。

就在这时，我听到了米尔福德老师的掌声。我猛地眨了眨眼睛，才发现歌曲已经不知不觉唱完了。我伸手摸了摸脸，湿了一片。我赶紧用衣袖把脸擦干后，才转身看向米尔福德老师。

"这就是我刚才跟你说的感情！"他眼睛发亮地说道。

我也忍不住翘起嘴角，傻傻地笑了起来。

"我的天哪，你刚才唱得太好听了！"我关上门，走出教室的瞬间，坦维站起来喊道。

"你怎么还在这儿？"我意外地问她。

"当然是为了等你啊。"坦维高兴地说。

"但是我说了让你别等我先走的。"

"我知道啊。你刚才唱的是什么歌？"

"没什么，就是一首请米尔福德老师帮我练习的歌。"

"你要练来干什么？哦，我知道了，是不是为了去参加那个很厉害的合唱团面试？"

我的迟疑出卖了我。

"就是那个对吧？"坦维侧着身体在走廊上蹦蹦跳跳地说道，"所以你还是报名了对吧！太棒了！你什么时候去面试？"

"下个周末。"我不得已地说道。

"刚才那首就是你准备的面试曲目吗？"

"应该是吧，我也不确定。"

"我的老天啊，你肯定会被选上的！"坦维紧紧握着我的胳膊说，"我已经预感到了！"

"我可没这种预感。"我冷静地说道。

"你就等着看结果吧，罗·斯诺，"坦维踮起脚转了个圈，然后在走廊的尽头转身冲我喊道，"你一定会被选上的！"

20

像往常一样，当梅兰妮看到我放学后出现在她家门口时，脸上闪过瞬间的讶异。

"离你上次过来已经一个月了吗？"她在身上的粉色褶边围裙上擦了擦手，然后往旁边退了一步让我进门。

"好像是的。"我从她身边挤进一尘不染的门厅，先脱掉了鞋。

"伊西！罗茜来了！"梅兰妮声音发虚地冲楼上喊了句。

然后意料之中地没有任何回应。

爸爸和梅兰妮总是喜欢做出一副伊西很"喜欢"我的样子，然而事实是她根本就不欢迎我的到来，她 4 岁起，看我的眼神里就有了厌烦。

"我打算放好东西后，就去写作业。"我对她说道。

"好主意。"梅兰妮漫不经心地应了我一句，然后拍拍我的肩膀，就回了厨房。

我上楼的时候看到了很多爸爸、梅兰妮和伊西的合照。每年夏天，他们都会去照相馆拍这种照片。就像教科书里的那种模范幸福家庭一样，穿着色调一致的衣服，在白色的背景板前摆出各种拥抱嬉笑的姿势。

我走去客房的时候瞄了眼伊西的房间。她的房间里全是让人头疼的粉红色，里面最引人注目的就是那张床，有着心形的床头架和层层叠叠的床帐，床帐的纱帘上缝着数不清的小彩灯。伊西正躺在里面，头枕在一堆毛茸茸的靠垫上玩平板电脑。就算知道我来了，她也懒得起来看一眼。

我们晚饭吃的是牛肉塔可饼。吃饭的时候，爸爸事无巨细地问了伊西在学校里的情况，对她在学校里发生过的每个细枝末节都表示出惊叹和好奇。

"罗茜，你这段时间怎么样？"在他终于弄清伊西今天每分每秒都干了什么后，他例行公事地问了我一句，"这几周过得还好吗？"

"不怎么好。"我实话实说。

通常情况下，我都会不痛不痒地回爸爸一句，让大家相安无事，但是今天我突然没了配合他的心情。

"为什么这么说，罗茜？"说着，他又舀了一大勺芝士撒在他第四个塔可饼上。

"哦，原因太多了，该从何说起呢？"我故作轻松地说，"你是想听我得疥疮的经过呢，还是我们又把透支额度调高了？或者干脆说说为什么邦妮又在餐桌下囤了二十四瓶酱油？"

爸爸和梅兰妮惊慌失措地对视了一眼。伊西也坐直了身体，第一次对我说的东西表示出了兴趣。

"疥疮是什么？"她问我。

"是一种由螨虫寄生导致的皮肤病。"我回道。

"呕！"她恶心地吐了一声。

"罗茜，别再说了。"爸爸冲我说道。

"不过别担心，除非我们能拥抱个二十分钟或者做些类似的事情，不然我保证你不会被传染的。"

"罗茜！我说了别再说了，我们正在吃饭。"

"是你刚才问了，我才说的，如果不想听的话，以后就不要再假惺惺地来问我。"

"我们可以晚点再聊这些，"爸爸警告般地对我说，"在只有你和我的时候。"

果然又是这样。是呀，他已经开始新生活了，一种干净、整洁、可以显于人前的生活，现在他肯定宁愿去跳河，也不愿再去管之前留下的烂摊子了。

"还有人要加鳄梨酱吗？"梅兰妮刻意提高了音量说。

"亲爱的，我要再来点。"爸爸也大声回了句，然后舀了一勺到自己的盘子里后，递给伊西，"我还要再加点甜豌豆。"随后他又向伊西问道："再跟我说说你们的数学考试吧。这次你在班上排第几？"

"第一。"就在我不小心捏碎一块塔可饼的时候，伊西骄傲地宣布，"我这次是全班最高分。"

"我女儿真是太聪明了！"爸爸笑着说。

他总是喜欢把伊西称作自己的女儿，这也是他从一开始就想好了的，抛弃自己灰头土脸的亲生女儿，换一个聪明伶俐的金发版本。我一直告诫自己这没什么好难过的，我早就该习惯了。大部分时候，当我心理上准备充分的时候，这确实没什么好难过的；但是偶尔当我毫无防范的时候，就比如说现在，我难过得简直无法呼吸。

21

第二天早上，爸爸开车送我回奥斯布罗，路上顺道送伊西去上踢踏舞课。我一直在等他跟我提昨晚没说完的事，但是就如我预料的那样，他一路上都在跟伊西东拉西扯，完全忘了我的事。

我到办公室的时间比平时晚了一些，在我上楼时，朱迪和摩西正准备离开。

"你今天打扮得真漂亮。"我笑着对朱迪说。

她今天穿了一条阿兹特克民族风的打底裤，外面套了件奥尔顿塔游乐园的塑料雨披，脚上踩着一双紫色的高帮球鞋。

"性感吧？"她故意做作地冲我抛了个媚眼，"对了，我帮你泡了杯茶，而且还特意帮你留了一块果酱夹心饼干哦。"说完，她双手合十，眼睛一眨一眨地像在祷告似的感叹了一句："不用谢，谁让我就是这么无私呢。"

半小时后，下起了瓢泼大雨，我这才反应过来为什么朱迪要穿着雨披出门。我赶紧把推车拖到了最近的树底下，然后拉上连帽衫的拉链，系紧帽子上的抽绳，把脑袋包裹得严严实实，只露出眼睛和鼻子。不过我的这点防范措施在倾盆大雨面前毫无招架之力，帽衫厚厚的针织面料没一会儿就吸饱了雨水，变得又湿又重。

没过几分钟，我就全身湿透了。现在我终于能理解，上次诺亚在家门外瑟瑟发抖的时候是什么感受了。只不过那时候是8月，而现在已经10月了，冰冷的雨水打在我的脸颊和手上，刺得我生疼。

可是我不能就这么傻站在这儿，我还有那么多传单没发完；而且看这天气，一点放晴的意思也没有，这场雨估计一时半会儿也停不下来。我咬咬牙拿过推车，决定继续发下去。

当我走到空无一人的希望树大街时，已经差不多是一小时后了，这期间，雨势果然丝毫没有变小。我浑身从里到外都湿透了，连球鞋里都全是水。我艰难地向坦维家门口走去，就在我低着头走到门口的时候，听到了一阵敲窗户的声音。我抬起头，看到坦维正张着手，扒在客厅的窗户上，她的脸紧贴着玻璃，面前的玻璃随着她的呼吸变得雾气蒙蒙。

这个意料之中的情况让我无奈得几乎要笑出声来。

"你等等！"她冲我喊了一声，然后没一会儿就出现了门口。

"我的天哪，你怎么回事！"她惊慌失措地喊道。

"我没事。"我说着，向她递去了一叠湿乎乎的传单。

"没事才怪。"坦维气急败坏的语气仿佛看到了一出闹剧。

"我真的没事。"我坚持地说。

"你没事才怪。"坦维摸着我滴水的袖子，还是这句话，"你全身都湿透了，赶快进来。"说着，她越过我，把我的推车拉进了门厅。

"可是我还有传单没发完。"我无奈地说。

"你疯了吗！你再这么发下去，小心感冒发烧发成肺炎。"

她抓着我的胳膊把我拖进了门厅，然后砰的甩上了房门。坦维的家里温暖如春，里面还飘着咖啡、烤面包和洗衣粉的味道。"妈妈！"坦维喊道，"烘干机现在能用吗？"

"可以。"一道声音立马对她回道。

"你快点把鞋脱了跟我来。"听到后，坦维立刻对我说。

"坦维，我说真的，我真的没事。"我说着，想去拿我的推车。

"都什么时候了，你能不能别这么固执！"坦维气得猛地把推车推到了我够不到的地方。

"不过就是淋点雨而已。"

"你少嘴硬了。"

说完，她把我推到挂在暖气边的镜子前，让我认清自己现在的样子。镜子里的我完全是一副落汤鸡的形象，湿答答的头发一缕一缕像水草似的粘在前额，鼻尖、睫毛上都挂满了水珠；我身上的帽衫已经被雨淋透，颜色比我出门的时候至少深了五个度。

"好吧，好吧，我听你的。"说完，我在门厅的台阶上坐了下来，抖着冻僵的手指开始解鞋带。脱好鞋，我跟着坦维上了二楼。

坦维领着我走上二楼的平台，然后在一扇贴着加菲猫海报的门前停了下来。海报上是一只在吃千层面的加菲猫，因为时间久远，它的边沿已经有点翘起来了。

"欢迎来到坦维的世界。"她语调浮夸地说完，推开门带我走了进去。

坦维的房间在视觉上太有冲击力了。

墙上贴满了各种海报、明信片、涂鸦画作和杂志简报，就像一幅巨型拼接画。房间里随处可见各种各样的彩灯：床沿的辐条上缠的是小辣椒形状的，窗沿四周缠的是五角星形状的，屋顶天花板的两个角落还各挂了一串中国风的小灯笼。她乱糟糟的床上堆着各种可爱的毛绒玩具，不过几乎每一个都被拆得七零八落，里面的填充物被掏了出来，玩具的身上也被扯出了线头。房间里的每一处台面上都杂乱地摆着各种饰品，从瓷器摆件、人形玩偶到造型别致的蜡烛和装满珠子和纽扣的玻璃罐。

她的房间绝对不脏（哪怕屋里堆了这么多东西，却几乎纤尘不染，而且整个房间看上去自成一体），只不过里面装了太多的东西，感觉就像一个奇异又稍显凌乱的博物馆。尽管这里的凌乱程度远不及我在阿卡迪亚大街的家里，但是当我走进来的时候还是忍不住觉得有些不自在。

"我哥哥德温说我是个囤积狂。"坦维毫不在意地说。

那个词让我整个人都僵住了。

"但是我觉得应该是'收藏家'才对，"坦维接着说道，"这个词多顺耳。"接着，她从门背后挂着的一堆衣服里拿了件睡袍扔给我："你穿这件应该正好。快点脱吧。"说完，她突然猥琐地笑了起来，"我开玩笑的！"在我完全没反应过来的时候，她忙说道，"我到外面等你，绝对不偷看。"

她哼着歌把门带上，走到了外面的平台等我换衣服。

我开始脱身上的湿衣服，脱到内裤的时候，我犹豫了一下。我的内裤已经湿透了，我觉得要是脱下来给坦维，实在太难为情；但是如果继续穿着，感觉也有点糟，更别说确实也太难受了。最后我还是把内裤脱了下来，然后把它塞到了帽衫的口袋里。

我穿睡袍的时候，眼睛一直落在那些贴在坦维梳妆镜四周的照片上。我朝门外瞄了一眼，坦维不在门口，但是我能听到她在外面自娱自乐地唱着《红鼻子驯鹿鲁道夫》。我轻轻地走到梳妆镜前，视线定格在了一张坦维坐在医院病床的照片上。照片上的她戴着一顶红纸帽子，那种帽子一看就是那种圣诞拉炮里送的。她的脸色苍白，比现在更肿一些，但是脸上的笑容还是那么灿烂又感染人心，和现在毫无两样。我的眼睛转向下一张照片，在那上面，坦维搂着一个浅棕色短发、戴着只银色鼻环的女孩；她们穿着配套的 T 恤衫，笑得十分开心。我又看了看其他的照片，不但看到了一张这个女孩戴着粉色假发比剪刀手的单人照，还有她和坦维背靠背对着镜头吐舌头的合照。她们还有一张坦维坐在她腿上的合照是放在相框里的，相框上还刻着"友谊长存"四个字。我心里突然涌起一阵刺痛。

我是在嫉妒吗？

不，那绝对不可能，我怎么可能在乎坦维要跟谁做朋友。

"你换好了吗？"坦维的声音让我赶紧退回了原处。

"好了。"我大声回了句，然后系好睡袍，开门往平台走。

坦维递过来一个塑料洗衣篮，让我把湿衣服都扔进去。

"你们家还有其他人在吗？"我边问她边左右看了看。

虽然我身上的浴袍是长款，而且还是厚厚的毛巾材质，但我还是觉得很难为情。

坦维摇摇头："没了，就我和妈妈在家。爸爸今天要上班，德温也出去打篮球了。"

我们下楼走到厨房里，坦维把我的衣服塞进烘干机。

随后，她对着一个身量娇小、眼睛圆圆大大的女士问道："鞋子可以跟其他东西一起放进去吗？"那应该是她妈妈。

"最好先用枕套包起来，再放进去，这样比较保险。"坦维的妈妈建议。

"好的，谢谢妈妈。"坦维说完，就从厨房跑了出去。

坦维的妈妈对我笑了笑说："你就是罗吧？"

"是的，您好。很抱歉给您添麻烦了……"我指着烘干机说。

"千万别这么说。对了，你叫我希玛就好。我先给你做杯热巧克力吧，在我做好薄饼之前，你可以先喝点暖暖身体。"

"不用了，我没事的。"我拘谨地说。

"那我就当你同意了。"她冲我眨眨眼睛，然后按下热水壶开始烧水，接着从橱柜里拿出了一罐热巧克力粉。

"真的不用麻烦了。"我有点不知所措。

"一点都不麻烦，你先坐着等一会儿。"

我听话地坐了下来。

这个厨房和坦维的房间一样，堆满了东西，从各种大小不一的锅子到装着锅铲、木勺、打蛋器和夹子等器具的瓶瓶罐罐，还有摆在那儿的家用搅拌器、电饭煲，以及一个迄今为止我见过最大的刀架。他们的冰箱上也贴着各种照片、明信片、小孩的绘画以及图案精巧的磁力贴。这里塞得满满当当，但凌乱中却带着某种规律和体系，绝不是阿卡迪亚大街 48 号那种情况可比的。事实上，这里应该是我见过最棒的房间，水汽蒙蒙的窗户上挂着红白相间的格子窗帘，搭配在暖暖的金黄色墙壁上，再加上广播里传来的摩城音乐，这样的组合让我感到无比舒适愉悦。

就在我四处打量的时候，坦维的妈妈在旁边一边帮我做热巧克，一边跟我聊着天气。

过了一会儿，坦维挥着一个枕套回到了厨房。她把我的球鞋装进枕套里，然后扔进了烘干机。

"你记得注意时间，"坦维的妈妈提醒她，"千万别把罗的牛仔裤烘缩水了。"

"知道啦。"然后坦维冲我说道，"对了，我正在给你放洗澡水。"

"什么？"这太出乎我的意料了，"你真的不用这么做。"

"你说什么都没用，"她义正词严地说，"谁都知道，真正能让身体暖和起来的唯一方法就是泡澡。"

这时，坦维的妈妈也把刚做好的热巧克力端到了我面前，上面还漂着一层迷你棉花糖。

"哇，太谢谢您了。"我吹了吹热气腾腾的巧克力，上面的棉花糖被我吹得一阵晃荡。

"正好拿上去。"坦维诱惑般地说道，"一边泡澡，一边喝热巧克力，这种组合没人能拒绝。"

浴室里雾气腾腾的。

"哎呀，我忘记开排风扇了。"坦维扇着手走了进去，"放个沐浴球吧？"蒸汽稍微少了点的时候，我听到她问。

"不用了。"我回道。

"你开什么玩笑！没有泡泡和那些烘托氛围的东西，那还能叫泡澡吗？"

说完，她让我在三种沐浴球里选一个。

"呃，那个吧。"我随便指了个蓝色的。

"明智的选择，"坦维说着，把它丢到了水龙头下面，"现在，见证奇迹的时刻到了。"

我顺着浴缸的边缘往里看去，那个沐浴球在流水的作用下仿佛有了意识似的在水里嗖嗖地打转，然后伴随着"滋滋"的响声，浴缸里迅速出现大量的泡泡。坦维在一旁应景地挥着手，仿佛这一切都是在她的魔法下产生的。

"是不是很赞呀？现在只剩最后一步，"她对我说道，"你绝对会喜欢的。"

她从水池下面的柜子里拿出一盒火柴，然后点燃了窗沿上的香薰蜡烛。

"大功告成！现在你可以随心所欲地享受了。你想泡多久就泡多久，我在楼下，有事就喊我。"

坦维出去后，我锁上了门，先嘬了一口热巧克力，然后把杯子放在了一旁的马桶盖上。我挽起右边的睡袍袖子，把手伸进浴缸里试了试温度。水温正好，足够热，又不至于烫得不能进去。再次确认浴室的门锁好了后，我才脱掉睡袍，踏进了还在冒泡的浅蓝色热水里。

无论是赤身露体地躺在浴缸里，还是清晰地意识到我正在一个陌生的房子里泡澡，这一切都让我在刚开始的时候感到很不适应。更何况，哪怕我知道自己已经不会传染了，但身上那些还没消的红疹还是让我觉得难过。不过慢慢地，我开始放松下来，让我的身体渐渐沉进水里，直到只有脸露在水面外。

我散开的头发在脸周围漂荡，就像美人鱼那样。我躺在那里回想自己上一次泡澡是什么时候。爸爸的房子里也有浴缸，但是我几乎从来不用。因为梅兰妮总是生怕伊西会没有足够的热水用，所以在她家泡澡并不是件特别放松的事情。

想到这儿，我坐了起来又喝了口热巧克力。坦维说得对，泡澡和热巧克力的组合太完美了。浴缸的边沿上放了一桶身体磨砂膏，我打开盖子闻了闻，柠檬椰子的味道特别好闻，让我想起了从未真正拥有过的暑假。我犹豫了一下，然后抓了一小把，慢慢地擦着我的胳膊、双腿以及背上够得着的地方。接着，我又抓了一把开始按摩脚。磨砂膏的颗粒磨在我的脚趾和发酸的脚腕上，带来酥麻的享受。按摩完后，我又拿起了另一个装着面膜的罐子。看完使用说明后，我把面膜涂到了脸上。这些灰色的面膜泥涂到脸上后，我的脸感到微微发烫，还有一点刺痛感。不过我喜欢这种感觉。

在面膜变得有点干的时候，我又往浴缸里加了些热水和浴液。没过一会儿，浴缸里就充满了雪白的泡泡。我舀了一捧泡泡在手心里玩了一会儿后，又沉到了水里。

莎尔家的浴室里摆着一套富有年代感的桃红色卫浴套装，窗台上还摆着一盆吊兰。这里虽然没有富丽堂皇的装修，但是躺在这个浴缸里，我冰冷的身体开始重新变得温暖，仿佛置身于天堂一般。

浴缸里的水渐渐变冷，就在我想继续加热水的时候，我意识到自己已经在这里待了好一会儿了。哪怕万分不情愿，我还是洗掉了脸上的面膜，然后拔掉了浴缸底的塞子。可是我真的不想起来，我盘着腿坐在浴缸里，直到里面的水全部流光。我用尽全身的力气，才撑着自己又热又软的身体从浴缸里爬了出来。我裹着薄荷绿的浴巾，仔细地擦干全身。在家的时候，我每次都急着从乱糟糟的浴室出来，所以从来不能像现在这样仔细留意我身上那些常被忽略的地方，例如我的脚趾、膝盖窝和耳后的位置。我用浴室里的身体乳把全身涂了一遍，乳液一涂上去，就立刻被干得不行的皮肤吸收了。等我用毛巾把头发包好，再次穿上睡袍的时候，我觉得自己整个人都变得比之前光滑、柔软和干净，这种感觉我已经好几年没体会过了。

我回到楼下的时候，坦维的妈妈正在把平底锅里的薄饼倒进热过的盘子里。

"你来得正好！"坦维兴奋地说，"坦维家的秘制薄饼马上就来！"

"我还是不吃了。"我说道。等会儿我要去比萨店跟爸爸、梅兰妮和伊西一起吃午饭，这是他们每周末的固定节目。

"那就给你做个小份的好吗？"坦维提出。

"我真的吃不下，谢谢了。"

我坐在一旁，看着坦维往那份薄饼上涂了将近半瓶巧克力酱，然后又在上面加上香蕉片和几颗坚果粒。她小心地把这份薄饼折好，然后用刀叉把它切成小块。

"你尝尝看！"她对我说。

然后不等我反应，她直接往我嘴里塞了一大块。

味道真的太好了。

"听坦维说，你正在准备一个著名合唱团的面试。"坦维的妈妈边说边端着她自己那份薄饼坐到了我们中间。

"呃，是的。"我擦了擦嘴角的巧克力酱，然后回道，"就在下周。"

"这太有意思了！你都需要做哪些准备？"

于是我跟坦维的妈妈解释了选拔的流程，以及第一次面试要先进行规定曲目的视唱测试，之后才是演唱自己准备的曲目。在我跟她说这些的时候，她的双眼一直都很有神，注意力也很集中，让我知道她是真的对我说的那些很感兴趣。所以在跟她聊这些的时候，我丝毫没有瞻前顾后，反而觉得既舒服，又有安全感。

我们正聊着的时候，我的手机响了起来。

"抱歉。"我从口袋里掏出手机。

上面是邦妮发来的短信，问我有没有看见她那双红色的漆皮高跟鞋。

你去车里找找，我回复她。

我把手机放回去的时候看了眼时间，已经快 12 点了。我又一次感受到了时光飞逝。

"我得走了，下午 1 点前，我得到我爸爸家。"说完，我从烘干机里拿出干得差不多的衣服，回坦维的房间换上。

"你确定不再多待一会儿吗？外面还在下雨呢。"我坐在门厅的台阶上穿那双明显干了很多的鞋子时，坦维还在极力挽留我。

我想象了下如果留在坦维家会怎么样，肯定会既温暖又舒适，而且还有吃不完的零食。

但是我不能留下来。无论我内心有多渴望，我知道我不能。

"我必须要回去吃午饭。"我万分遗憾地说。我要是迟到的话，爸爸一定会很伤心的。

"好吧。"坦维低声说。

"我们下次再约好吗？"我主动说道。

我的话让她瞬间露出高兴的笑容："那再好不过了！"

坦维一直把我送到门口，然后坚持让我带把雨伞走。

我同意了，在门边拿了把黑白圆点图案的伞。

"今天真的谢谢了，"我站在门口跟她告别，"谢谢让我在你家泡澡、烘衣服，还有那些好吃的。"

"这都是朋友间应该做的。"坦维不假思索地说。

朋友。她说得可真轻巧，仿佛这种关系的背后不需要那些复杂的人情往来和繁文缛节来支撑。

"是吗？"我讷讷地应了声，勉强地冲她笑了笑后，转身离开。

当我回到爸爸家的时候，发现他停在门口的车不见了。

"有人在吗？"我脱了鞋，走进门厅喊了声。

房子里没人应我。

我摸了摸手边的暖气片。

上面一片冰冷。

厨房里的台子上放着张字条——

罗茜，伊西上完舞蹈课后饿得不行，所以我们直接带她去比萨店了。如果你饿了的话，冰箱里还有汤。爸爸。

看完字条的瞬间，我放声大哭。

我不知道自己到底在哭什么，反正我也不喜欢吃比萨，不是吗？

22

　　"你对明天的面试把握大吗？"周五唱诗班结束后，坦维问我。

　　"我也不知道。"我坦白地告诉她，"我之前从没参加过面试，不过我最近一直都在认真练习。"

　　"那你明天的传单要怎么办？"

　　"我打算发完了再去。"

　　"那你岂不是要起个大早？"

　　我默认地耸了耸肩。我上周上班前就问过艾瑞克，能否让我比平时早点去领传单，他同意了。

　　"到时候你会筋疲力尽的。"她不赞同地嚷道。

　　"我能应付的。"

　　突然，坦维两眼一亮地说："有了，我来替你发传单吧。"

　　"你在说什么傻话。"

　　"怎么就不行了？我本来就对那片区域很熟，而且说了你别介意，这份工作又没什么技术含量。你就让我帮你吧，这也是帮我自己。"

　　"这份工作没你想的那么容易。"

"不试试看怎么知道呢。如果我能证明自己可以在家附近发传单，而且不会受伤，那我爸妈就有可能真的放手让我做一些我想做的事，比如让我自己乘公交车上学之类的。我向你保证，我一定会圆满完成任务的，绝不让一张传单在我眼皮底下出事！"说完，她调皮地敬了个礼，"拜托了，罗。"她随后的语气突然认真了起来，"我以后能不能自己上学就靠你了。"

我深吸了一口气，下定决心地说道："好吧，那谢谢你了。"

坦维高兴地喊了一声："太棒了！罗·斯诺，我不会让你失望的。对了，明天结束后，你来我家吃饭吧？或者周日来我家吃中饭？或者我去你家也行，如果你不方便出来的话。"

"不行。"我急忙说道。

"不行？"坦维不解地重复我的话。

我猛地咽了下口水。我必须找个理由混过去，要快。

"我说，你不能来我家，是因为我妈妈身体不舒服。"

"还没好吗？天哪，这什么感冒，可真严重。"

"感冒？"

"对啊，上次在洗衣店的时候，你不是说她感冒了吗？"

"哦，其实不是的，那次是我骗你的。"

"这样啊……"坦维奇怪地说。

"真实的情况是，我妈妈病了，不过生的是一种比感冒严重得多的病。"

"她得的是什么病？"

"呃，她得的病不太好解释。"

"没事的，你就告诉我吧。"坦维鼓励地对我说。

我觉得自己全身都红得发烫，但愿这种热度不要爬到脸上把我出卖了。

　　"问题是，这个病现在还没有一个确切的名字。"我支支吾吾地开始瞎编，"她需要多休息，保持静养。那也是为什么，我得自己去洗衣店洗衣服，而且不能让别人来我家……"

　　我说的话里确实有一些是真的，但是不知道为什么，这样半真半假地骗坦维反而让我觉得比直接对她说谎更难受。

　　"天啊，我没想到会这样。"她内疚地说，"你要是想找人聊聊的话，我会做你最好的听众。"

　　"不，不用了。"我连忙说道，"我没事的，她这样已经很久了，所以我现在差不多也习惯了。我只是想让你知道为什么我不能让别人来我家。"

　　"你放心吧，我完全理解，以后也不会再提了。"

　　"谢谢你，坦维。"

　　至少这一刻，我对她的感激是真心实意的。

　　第二天，我把传单送到坦维家的时候，天还没亮。我把拖车放在她家垃圾桶后固定好，正准备走的时候，听到有人在小声叫我。我转过身，看到坦维穿着海豚图案的睡衣朝我走来，她稀疏的头发翘得乱七八糟。

　　"你在这儿干什么？"我诧异地问她，现在连 7 点 30 分都不到。

　　"我想亲口给你加油，"坦维稍微放大了点声音，说道，"你现在感觉怎么样？"

　　"感觉还行吧。"

　　我已经把那首歌练到了张口就能唱的程度，而且在这周里，米尔福德老师帮我模拟了三次视唱环节的测试，每一次的结果都很不错。我的火车票（我用上次过生日省下的钱提前订好的）和路线图都好好地放在背包口袋里，确保我能顺利从车站找到面试地点。除了这两样，我还在背包里放了一瓶水、乐谱和梳子。不过我虽然来回清点了不下三次包里的东西，但心里还是总有一种似乎落了什么东西的感觉，但是我又实在想不出那到底是什么。

"除了这个以外，我一大早爬起来，还为了给你这个。"坦维说着，把一个用亮晶晶红纸包着的小盒子塞到了我手上。

我呆呆地看着手上的东西。

"你快打开看看。"坦维催我。

"什么，现在吗？"

"不然呢，等到两周后的周二吗？"坦维冲我翻了个白眼，"当然是现在啊，傻瓜。"

我把盒子翻过来底朝上，用食指小心翼翼地挑开包装纸的接缝，然后慢慢拆开了外面的包装，露出里面灰色的小盒子。我打开盒子，里面静静地躺着一根精致的银色项链，上面挂着一个高音谱号样式的坠子。

"这是我给你准备的幸运物。"坦维笑着解释道，"就是能给你带来好运的东西。"

我愣愣地盯着这条项链，毫无疑问，这是我见过最好看的东西之一。"你不该为我破费的。"我用指尖摩挲着项坠，讷讷地说。

"你别想那么多，"坦维见状说道，"这又不是订婚戒指之类的东西，而且你也不要有负担，这条项链虽然不是那种便宜货，但也不是特别贵重。它是纯银材质的，可以让你一直戴着都不会变色。"

"项链很漂亮。"

"你真的觉得还可以吧？我之前不是很确定你戴不戴首饰，但是我第一眼看到这条项链的时候，就觉得一定要把它送给你。"

"不是还可以，是很漂亮，"我认真地说，"我真的很喜欢。"

"来，我帮你戴上吧。"

坦维从盒子里拿起项链，我配合地弯下腰，把辫子撩到一边，让坦维帮我戴上。

"好了，"她放下踮起的脚尖站好，"这条项链真的很适合你。"

我没有戴项链的习惯，冰冷的银质链子贴在我的锁骨上，感觉有点奇怪。

我不知道该说什么，从来没有人送过我这样的礼物。"我得走了，"我想了半天后，说道，"你确定你发这些传单没问题吗？"

"一切尽在掌握之中。"坦维信心满满地说，"你就放心去吧，让他们大吃一惊。"

我以前没去过伯明翰，当我拿着地图在熙熙攘攘的火车站里穿行时，才意识到自己去过的地方真是少之又少，我和邦妮在奥斯布罗的生活是多么乏善可陈。

面试地点设在一个艺术中心里，那是一座设计前卫的建筑，有着巨大的玻璃幕墙和简洁锋利的结构线条。我走去的一路上碰到了很多跟我差不多年纪甚至要更大一些的面试选手；男生女生都不少，他们都是我的竞争对手。看到他们的样子，我的心里颤了颤。之前我一心扑在练习歌曲和面试的准备上，完全没考虑过别的，直到在这里看到他们后，我终于发现之前心里感觉缺的是什么了。

来这里的绝大部分面试选手都是在父母的陪同下来的，连那些年纪更大的也不例外。他们的样子让我内心开始不平，但是很快，我就暗骂自己犯蠢了。我一个人反而才能表现得更好，不是吗？

走进艺术中心的大厅后，我被指引到了签到处，那里有位自称卡拉的女士。她穿着红色的 T 恤衫，上面印着大不列颠国家青年合唱团的标志，她面带微笑地为我做了登记，在印着我名字的名单上做了个记号，然后递给我一个号码牌让我别在身上。

"你父母或者监护人还没到吗？"卡拉望着我身后，问道。

"什么？"我不明白她的意思。

"未满16周岁的孩子必须在成年人的陪同下参加这次面试。"

我的心开始怦怦直跳。我之前完全不知道有这条规定。那份面试通知我看了不下二十遍，根本没看到有这项要求，难不成上面还有哪里印的小字被我漏掉了？

"我……我不知道有这个要求。"我结结巴巴地说。

"因为根据国家相关的法律规定，为了合规，"卡拉抱歉地对我笑笑，然后用笔点着名单说，"这里需要有人签字。"

"如果没有的话，我还能参加面试吗？"我明知不可能，却还是问了。难以控制的失望之情漫过我的全身，我眼前浮现出之前刻苦排练的一幕幕场景。

"我来给她签字吧。"我身后响起一个带着浓重伯明翰口音的声音。

我喜出望外地转身看去。

"我本来就是带两个孩子来参加的，再多一个也无所谓了。"说话的是一位身材高挑的女士，她有着一头乌黑的长发和轮廓分明的脸形。她对卡拉说这话的时候，用下巴指了指她身边的一对双胞胎男孩。

"但是我不确定这样能不能行。"卡拉对她说。

"就通融一下吧，这个孩子大老远过来一趟也不容易。"

"你确定愿意为她签字吗？"

"就把她交给我吧。"说完，她冲我眨眨眼，然后在名单上签下了字。

"谢谢您。"等她也帮那两个男孩签好字后，我感激地对她说。

"不用谢我，"她摆了摆手说道，"这个规定本来就定得没道理。你多大了？"

"我14岁了。"

"就是说啊，这个年纪根本不算小了。更何况这是参加合唱团面试，又不是什么非法集会。"

我感激地冲她笑了笑。

"我们走了。"她冲那两个男孩喊道，走之前，又对我说了句，"祝你成功。"

说完，她昂首阔步地离开了，那两个男孩小跑着追在她身后。我看着他们的背影，极力抑制住自己想要跟上去的冲动。

我漫无目的地在人群里游荡了一会儿，默默观察着身边正在做准备的其他参选者。他们站姿笔直、自信满满的样子让我想起了印在宣传单上的那些合唱团成员。我一边默默地给自己做心理建设，让自己不要被他们脸上势在必得的表情吓到，一边在嘴里轻轻地唱着音阶，希望自己在他们眼中也能是那个样子。

等待的时候，我收到了诺亚的短信，他问我今天打算干什么。我不敢告诉他面试的事，只能骗他说要跟朋友出去玩。我想等面试结果出来，如果通过的话，再告诉他。

大概过了半小时，终于叫到了我和另外九名选手的名字。

我等在门口，看他们跟各自的父母告别。当看到他们安抚地相互亲吻和拥抱加油打气，我移开了视线。随后，我们跟在一个拿着文件夹的女士后面，她带着我们一路往试唱间走去。在路上的时候，其他选手开始闲聊起来，我前面的女孩还聊起了以前面试碰见过的趣事，一看就是很有经验的样子。我默默走在人群后面，感觉自己聚集了一上午的勇气正在体内迅速流失，我紧张得双腿发软。

试唱间外摆了十张椅子，领我们过去的女士安排我们按顺序坐下。我被排在了第四个，我前后分别是一个穿着燕尾服的男生和一个红头发的女生，他们看起来都信心十足的样子。虽然大部分的选手都穿得比较随意，像我这样穿着牛仔裤和法兰绒衬衫的大有人在，但是也有一部分人穿着特别正式的西装和裙子，一副要去皇家阿尔伯特音乐厅开演唱会的样子。这时，我右手边的女孩掏出手机，戴上了耳机。

"就当是以防被什么恐怖的声音吓到吧。"她调皮地对我说道。

"有道理。"我用力地咽下口水,回道。

一个戴着圆框眼镜、长得瘦瘦小小的亚裔男孩被叫了进去。大约过了一分钟,他清亮又充满自信的声音从墙的那边传了过来。声音传来的瞬间,大家虽然都尽力装作若无其事,纷纷假装聚精会神地看自己的乐谱,或者盯着手脚发呆,然而他充满天赋的声音无疑让我们都略略坐直了身体,开始有了危机感。除了我后面的红发女孩,她早就把耳机的音量调到了最大、闭上了眼睛,面色淡定得对此毫无反应。或许她早就料到会这样了。

下一个进去的是个金色卷发的女孩。当听到她把一个高音唱破音时,那个燕尾服男生皱着脸,露出一副吃坏了东西的表情。

"太激进了。"他自言自语道,"她难道不知道参加面试的黄金原则吗,绝对不要选会暴露自己缺点的歌啊。"说完,他转过头问我:"你的自选歌曲是什么?"

我给他看了我的乐谱。

"你竟然选了首流行歌曲。有点意思。"他看完后,说道。

这听上去不像什么好话。

那个女孩从试唱间出来的时候,脸红得像个番茄。我从包里拿出小镜子检查了下自己的仪表。我的脸颊有些微微泛红,额头上泛着一层油光。没有粉饼,我只能用餐巾纸吸了吸额头和鼻子。这时,我的目光落在了脖子上。往常光秃秃的地方现在挂着坦维送我的项链,银色的高音谱号悬在我喉咙的下方闪闪发亮,摸上去冰冰凉凉的,让我紧张的内心稍微镇定了一点。

下一个进去的就是那个燕尾服男生。就我听到的来说,他的演唱在技术上堪称完美,声音干净又利落。

他出来的时候看上去也对自己的表现特别满意。

"各位加油吧，希望有机会在伦敦见到大家。"说完，他微微鞠了个躬，然后意气风发地向走廊尽头走去。他身上的那种自信是做什么都能称心如意的那类人所特有的。

"1254 号，罗·斯诺。"拿着文件夹的女士终于叫到了我。

我听到后，从塑料椅上站了起来。我屁股上出了很多汗，刚才坐着的位置上印着一片湿乎乎的汗渍，我无比庆幸这时身后的那个女孩没有睁开眼睛。

我走进试唱间的时候脚被门框绊了一下，幸好我及时稳住了身体，然后重新站好走到评审团面前。试唱间里一共坐着两男两女四名评委，他们围坐在堆满茶杯和文件的桌边，个个都是一副精英人士的派头。

"你可以把乐谱交给肖恩，"其中瘦一点的那个男评委对我说，"他会为你伴奏。"

我两腿发抖地向房间另一头的肖恩走去。虽然他和米尔福德老师长得一点也不像，但是肖恩亲切的眼神和鼓励的笑容都让我似乎看到了米尔福德老师的影子。

我把乐谱递给他后，回到房间中央。

"你叫什么名字？"其中一位女评委问我，她的声音低沉又沙哑。

"我叫罗·斯诺。"相较之下，我的音色显得越发尖细。

"你就读于哪所学校，罗？"另一位男评委问我。

"奥斯布罗中学。"

他们点了点头，仿佛知道这个地方似的。

"不错，"那个男评委接着说，"你多大了？"

"我今年 14 岁。"

"很好。"另一位女评委说道，"接下来，我们会先让你唱几个音阶，了解下你的音域。然后会有一个视唱的考察环节，最后再由你演唱自选曲目。"

她说完后，我点了点头，表示明白。评审团有没有发现我的腿在抖得厉害？应该发现了吧，我觉得我腿抖的程度都快赶上动画片里的样子了。

唱音阶的时候，我直接选择了从高音音阶开始唱起。到了视唱环节，我低头举着乐谱，把整张脸埋在后面。

"罗，我们希望你唱的时候能把脸露出来。"那个声音沙哑的女评委温柔地说。

"抱歉。"我把谱子拿低了点，呆呆地回道。这个时候，我真希望自己能有燕尾服男生那样的自信，哪怕他能分我点皮毛也好。

"别紧张，罗，"那个女评委微笑着说，"从头开始吧。"

我深吸了一口气，抬着头，一气呵成地唱完了整段乐谱。

"你有绝对音感？"那个瘦瘦的男评委问我。

"呃，是的。"

"果然如此。这对歌手来说是种非常有用的能力。"

"是的，先生。"

"罗，你准备的自选曲目是什么？"另一位女评委问我。

"是卡朋特的《雨天和星期一》。"

"非常好。"她公式化的微笑让我看不出她的真实想法，"你准备好了，就可以随时开始。"

肖恩冲我鼓励地笑了笑，然后弹起了前奏。我选择了跟卡朋特一样的中音来演绎这首歌。

随着前奏的结束，歌声从我的嘴里传了出来，瞬间充满了每个角落。不同于唱音阶时的刻板和几分钟前视唱时的小心翼翼，我放开嗓子大胆地唱了起来，歌声里充满了渴望和热情，仿佛注入了我的灵魂。就像那次在唱诗班的教室里一样，我让自己沉浸在歌词的情绪里，唱出来的每一句仿佛都是我的心声。

我唱完的时候，低头发现自己的腿已经不抖了。

我抬头看向评审团，他们的脸上依旧挂着笑容，但不同于之前公式化的微笑。他们没有夸张地咧开嘴，笑容依旧克制得连嘴角上翘的幅度都不明显，然而这样的笑容里却带上了感情和温度。

"罗，你之前说自己多大来着？"那个声音沙哑的女评委问我。

"我今年 14 岁，明年 2 月满 15。"

"谢谢你的演唱，罗。"那个瘦瘦的男评委说，"我认为你唱得非常好，而且我想，其他几位评委应该也同意我的看法。"他的话让其他三位评委一致点了点头。

他的话让我高兴得哽咽了："谢谢。"我哑着声音回道。

然后我跑到肖恩那儿拿回我的乐谱。肖恩笑着把谱子递过来，冲我眨了眨眼。我心里激动得就像气球快炸开了似的。

"再见。"最后我对屋子里所有人说道。

"下次再见，罗。"那位女评委回我。

下次再见。

我晕乎乎地回到了走廊里。在其他选手看向我的时候，我突然意识到他们刚才也听到我唱歌了，就像我之前听到前几位选手一样。但是出乎意料的是，我发现自己不但不介意，反而有一股自豪感。

我推开艺术中心大门往外走的时候，看到了自己印在门玻璃上的倒影。

第一次，我看到了一双不再忧郁的眼睛。

23

　　我的心情发生了变化，整个人轻松了不少，那些仿佛刺一样扎在我心里的焦虑几乎消失殆尽。

　　周一早上我到学校的时候，就看见坦维合着手，一脸期待地等在了校门口。

　　"那天面试怎么样？"她一看到我，就激动地跺着脚问道。

　　"我觉得，还……挺好的。"

　　"太棒啦！"坦维拉着我的手又蹦又跳地喊道，"我就知道你肯定没问题的，我就知道。"

　　"我还不确定到底有没有通过。"我说着，轻轻挣开了她的手。

　　"你快闭嘴！不对，你快把整个经过跟我说说。'挺好'到底是个什么好法，我要知道细节！快跟我讲讲面试是什么样的！评委都跟你说了什么！你干脆就从出发的时候讲起吧！"坦维边说边挽着我往教室走，"这样就不会漏掉任何细节啦。"

　　除了我差点儿没法儿参加面试的那点情况，我几乎把所有的事情都原原本本地告诉了坦维，无论是我和燕尾服男生的对话，还是我离开时肖恩对我眨了眨眼。

面试那天的经过几乎在我脑子里循环了整个周末，但是大声把经过讲出来给一个真正的听众听仍然让我格外兴奋。

"我的天哪，听上去，他们非常欣赏你呀！"当我告诉她评审团最后对我说了"下次再见"后，坦维兴奋地吸了口气说道。

"我不知道，"我没把握地说，"搞不好他们对谁都这么说。"

"你说什么傻话呢！嘿，我们得庆祝一下！"坦维比我还兴奋地说，"放学后去'摇一摇'吧，我请客。"

"你用不着这样的。"

"我知道啊，傻瓜！但是你怎么就没想过，这是我乐意的呀？"

那正是问题所在，我到现在都没明白，坦维到底喜欢我什么。

"对了，你下周四有什么安排吗？"她像往常一样猛地切换了话题。

"呃，还没有，怎么了？"

"你要不要来参加个派对？"

"派对？"我不自觉地重复了一遍。从小学开始，就再也没人邀请我参加派对了。

"对呀，每年过排灯节，我们家族都会办一个特别盛大的派对，今年正好轮到我爸妈来办。昨天我在跟他们讨论的时候，问他们我能不能邀请个朋友一起参加，他们同意了。所以提前跟你剧透下，我说的那个朋友就是你。"

"但这不是你们的家庭聚会吗，我去不好吧？"我推托道。

"没事的！每次都有很多临时来凑热闹的人。我不是说你算临时来的，你肯定明白我什么意思，反正就是每次都会有很多邻居、朋友之类的人过来一起玩。我保证到时候一定很好玩的，我们会放烟火，有音乐、舞会，还会有超多你这辈子都没见过的好吃的。"

说到这儿，她停了一下，似乎在回味之前的盛况。

"怎么样？"坦维双手插在大腿下面坐在那儿，一脸期待地问我，"要来吗？"

奇怪的是，我竟然真的想去。

"那就去吧。"我顺着心意说道。

坦维眨了眨眼："你确定？"她似乎不敢相信我这么轻易就答应了。

"是啊，为什么不。"

"我的天哪，这是真的吗？"坦维满脸放光地尖叫。

"我刚刚都说过了，不是吗？不然你还想让我怎么样，给你写份保证书吗？"

"好呀！"坦维勾着我的脖子喊道，"我的天啊，罗，我一定会让你尽兴而归的。"

我坐在教师办公室外吃三明治的时候，听到头顶传来一阵敲玻璃的声音。我抬头，看到米尔福德老师推开窗户，脸上挂着灿烂的笑容。

"那天面试怎么样？"他趴在窗沿上问我，"快跟我说说吧。"

我站起来看向他，"我感觉还不错。"我说道，然后把跟坦维说的那些又简略地跟他说了一遍。

"听上去进展得好极了，"米尔福德老师听完，笑着对我说，"罗，无论之后的结果怎么样，你都该为自己感到自豪。"

我真心实意地点了点头。

"我这里正好还有另一件事想问问你，"米尔福德老师继续说道，"是关于圣诞音乐会的事。通常我编排演唱曲目的时候，里面都会有两三段著名曲目的独唱，不知道这次你有没有兴趣来唱《圣善夜》的部分？"

"但是我唱不来独唱。"我下意识地回道。

米尔福德老师偏着脑袋问："可你面试的时候不就唱了吗？"

"那不一样。"我说道。

那只是为了面试。

"听着,我实话跟你说吧,"米尔福德老师向外探了探身体,一副要跟我透露重大机密的样子,"这首歌其实难度很大,非常有挑战性。如果不是相信你能唱得好的话,我也不会来问你的。"

"老师,我……可以吗?"我有些不知如何是好。

光是想到要站到舞台中间,在那么多人面前演唱,就让我觉得心慌意乱。要是混在合唱团那么多人里面,我还能有些安全感;可一旦在舞台上,只有我一个人开口,那就彻底赤裸裸地暴露在所有人眼前了。

"那这样吧,我们先在唱诗班结束后试几次,让你看看感觉如何。我保证不会给你任何压力。"

我知道自己现在该做的是干脆利落地拒绝米尔福德老师,不再给他任何开口的机会。但是在钢琴的伴奏下唱一首新歌的诱惑实在是太大了,简直让我无法拒绝,至少是无法直接拒绝。

"好吧。"我最终还是没抵住诱惑。

我的回答让米尔福德老师喜笑颜开:"那就说定了!我们周五唱诗班见。另外,再次恭喜你,罗,我为你感到骄傲。"

他关上窗户后,我坐回到草地上。当再次把三明治往嘴里送的时候,我发现自己一直在笑,不是那种浅浅的微笑,而是咧着嘴、时间久了腮帮子都会酸的那种笑法。

有人在信任着我,愿意真心实意地对我委以重托。

我从不知道原来这种感觉这么好。

三天后,我放学回家时在门口看到了一封信。它静静地躺在门口的地毯上,信封上大不列颠国家青年合唱团的标志仿佛正冲着我微笑。

我的心开始怦怦直跳。在过去的几天里,我一直试图说服自己结果并不重要,有这次体验不错的面试经历就足够了;如果没选上的话,我就把这件事忘掉，以后日子还是照常过下去。但是当我拿着这封信的时候，我就知道之前不过都是在自欺欺人罢了。

我想要被选上。

我极其想被选上。

我慢慢撕开信封，小心翼翼地注意着不把它撕破。拿出信后，我快速浏览过第一页的内容。随着"满意""成功""复试"和"伦敦"这些字眼跃出纸面，我的视线逐渐模糊起来。

巨大的欣喜席卷过我全身。

我面试通过了。

评审团当时的反应不是我臆想出来的。

我——罗·斯诺，或许真的有能力在大不列颠国家青年合唱团里占一席之地。

就在我把这封信读到第三遍的时候，邦妮艰难地从后门走了进来，她两只手上都拎着两个鼓鼓囊囊的大塑料袋。

"你在看什么？"她把袋子随意往脚边一扔，然后甩着手指问我。

"没什么。"我说着，把信藏到了背后。

几乎就在一瞬间，我就决定了不要告诉邦妮面试的事。这还是我第一次拥有一个美好的秘密，它让我烦躁不安的内心变得温暖又柔软，这种新奇的感觉真的太宝贵了，我不想冒着失去的风险把它告诉邦妮。

到目前为止，我的面试都进展得非常好，何必再把她牵扯进来弄得前功尽弃呢？如果最后被录取的话，我自然会告诉她，但在那之前，她什么都不必知道。与此同时，我只要找到一个愿意陪我去伦敦的成年人即可。

"朱迪，我有件非常重要的事想请你帮忙，可以吗？"我在周六的早上问她。

"当然可以，亲爱的。"朱迪回道。

"你 10 月 13 号的那个周四有什么安排吗？"

"我想想啊，周四我一般都没有课，所以应该就是赖在床上吃吃喝喝吧，怎么了？"朱迪奇怪地问。

"你愿不愿意去趟伦敦？不用你出钱的。"

我已经算过了，目前我的账户余额买完两个人的往返火车和地铁票，剩下的一点还能让我们在伦敦吃个便饭。

"听上去还不错，我们去伦敦干什么？"朱迪接着问道。

我跟她说了复试的事情，以及那封信上用小字印着的要求：所有 16 岁以下的选手必须由成年人陪同参加复试。我想过这次是否要再碰碰运气，再靠着某位好心的家长帮我混过去，但再冒这种险似乎有些危险了。

"我都不知道你还会唱歌呢。"朱迪满脸欣喜地对我说。

"也不完全算会吧，"我说道，"我唱不来独唱之类的，我只是喜欢在合唱团里跟着大家一起唱。"

"但是你肯定也唱得很好，不然他们也不会让你去复试。"

"我也不知道，或许吧……"

"你确定你不想让你妈妈，或者别的长辈之类的陪你去吗？"

"我妈妈那天有事。"

说完，我们都沉默了一下。

"所以，你那天可以来吗？"我紧紧咬着下唇等她的回复。

朱迪把手放在胸口，郑重地说："罗，我非常荣幸能陪你一起去。"

24

坦维家整个房子都在发光。

数不清的蜡烛被点亮了装在小陶碗里，摆在她家门前的小路两边和窗沿上。台阶前的水泥地上也摆着一组蜡烛，地面上用鲜艳的粉色、蓝色和大红色绘制着精美的印度蓝果丽图案，在烛光的映照下，显得越发美丽耀眼。房门上贴着一个显眼的横幅，上面写着"排灯节快乐"几个大字。客厅的窗户没有关紧，不断漏出笑声和传统宝莱坞音乐声，听上去，派对正进行得如火如荼。

一阵不安的情绪突然涌上我的心头。我当初答应得太轻易，现在站在这儿，我突然觉得自己不那么确定了。自从我告诉了坦维邦妮患了那种不知名的病后，她就开始有意识地回避这个话题，偶尔才会问起邦妮的近况，但也不会追根究底问我更多细节。但是万一她的大家庭里有人喜欢问长问短怎么办？这还不是最让我担心的事，我最担心的是坦维的爸爸坚持要在派对结束后开车送我回家。一想到我们要把车停在阿卡迪亚大街56号门口，我就紧张得胃抽筋。

我看了下手机，现在是晚上6点35分。趁着还没被人发现，我可以现在就走，然后给坦维发条短信道歉，推托说自己痛经或者偏头疼什么的。趁着还没后悔，我转身朝着房子外大马路的方向抬腿就走。就在我快要走到大路上的时候，我听到房子里的喧闹声突然放大，有个声音在喊我的名字。

坦维出来了。

她站在敞开的门口，身上穿着一件闪闪发亮的蓝绿色纱丽。

"你往哪儿跑呢？"她笑着喊。

"我，呃，捡个东西。"我灵机一动，忙弯下腰在地上捡了块鹅卵石，然后趁着坦维还没看清，揣进口袋里。

"那你现在进来吗？"她问道。

"当然。"说完，我连忙走回房子。

"排灯节快乐呀！"她领我进门的时候说道。

直到我走进屋里，才有机会好好看清她今晚的打扮。除了闪闪发亮的纱丽，她乌黑亮丽的长发做成了柔顺的大波浪造型，眼睛画了黑色的眼线，显得比平时更大了，让她看上去既陌生，又迷人。

"你看上去跟平时很不一样。"我边脱鞋边说。

"我知道啊！"坦维指着她的卷发说，"这些都是我嫂子普瑞莎帮我弄的，她超级会做造型。我已经等不及要把你介绍给她，还有其他所有人认识啦。快进来，快进来。"

"妈妈！罗来啦！"一进门，她就大叫道。

坦维的妈妈听到后，红光满面地从厨房走了出来，她穿着一件粉金色的纱丽，外头套着一条围裙，上面写着"世界上最好的妈妈"。

"真高兴又见到你了，罗。"她拉着我的手，笑容可掬地说。

"我也是，"我礼貌地回道，"呃，祝您排灯节快乐。"

她脸上的笑容更盛了："谢谢你，罗。快把外套脱了给我吧。"

"是呀，快脱了吧，不然一会儿你要热死的。"坦维快言快语地说道，"事先警告你下，我的祖父母总是喊冷，所以只要有他们在的时候，我们就得把暖气打得老高，让屋里热得跟亚热带似的，他们才会满意。所以真的，你做好出汗的准备吧。"

"坦维，你怎么说话的。"她妈妈对她笑骂道。

看着坦维和她妈妈身穿纱丽的盛装打扮，我深觉自己的穿着实在是太随便了，站在她们中间，我就像是一只灰扑扑的山鸡站在两只孔雀中间。我气恼自己怎么没有事先问清楚着装要求再来。

"抱歉，我应该穿得更正式点的，我不知道这个派对会这么隆重。"趁着坦维的妈妈把我的夹克外套挂到楼下盥洗室，我小声地对坦维说道。我今天穿的是我最好看的牛仔裤和黑色针织衫。

"你犯什么傻呢，"坦维立刻说道，"我又不在意你穿什么，只要你人来，我就很高兴了。不然……"说到这儿，她突然露出狡黠的笑容。

"不然什么？"我问道。

坦维没有回答，一声不吭地抓着我的手就往楼上走。她手腕上的金色镯子随着她的动作叮咚作响。

"不然什么啊，坦维？"我高声问道。

"普瑞莎？你还在上面吗，普瑞莎？"坦维边喊边推开了她的卧室门。

门一打开，只见一个女人正跪在坦维的全身镜前，往她长得出奇的睫毛上刷睫毛膏，她的一头长发闪闪发亮，是我在现实生活中见过最有光泽的头发。

"你们好呀，"看到我们后，她放下了手里的睫毛刷，身体向后坐在脚腕上，对我说道，"你一定就是罗吧，久仰大名。我叫普瑞莎，是坦维的大嫂。"说完，她扭过身体，优雅地向我伸出手。

"您好。"我握着她的手，回道，心里抑制不住地发慌。

打完招呼后，普瑞莎转向了坦维："说吧，又有什么事了，小皮猴？"

"我就是有个小小的不情之请，想要麻烦你那么一下下。"坦维古灵精怪地说道。

"别拐弯抹角了，"普瑞莎笑着说，"你就直说吧，想要干什么？"

"你有没有空，帮罗也化妆、做个发型？"

我吓得冲坦维瞪大了眼睛。"你在瞎说什么，"我连忙打断她，"我这样就挺好，真的。"

"我没问题呀，"普瑞莎说着，拿出了一个鼓鼓囊囊的化妆包，"而且我很确定我有一些颜色适合给你用。而且这样一来，我就又能有半小时不用去管那些熊孩子啦。"

"普瑞莎正在学化妆，她以后要当个化妆师，"坦维倒在床上说道，"她的化妆品多得都能出书了。"

"我真正喜欢的其实是特效化妆，"普瑞莎边说边打开了一支口红盖子，她眯着一只眼睛在口红和我之间打量了一圈，"我尤其喜欢画那种血淋淋的场景，像各种创伤、烧伤、身体支离破碎之类的那些。不过去年万圣节，我可能给孩子们装扮得有点过于逼真了，搞得都没人敢靠近他们，弄得他们可怜兮兮的。"说到这儿，她站了起来，"好了，现在我们开始吧。"她拿着化妆刷在指尖转了个圈。

我有些犹豫不决。我除了长痘痘的时候会用点遮瑕膏，偶尔再涂涂唇膏，平时根本不化妆。有一次，梅兰妮非要给我化，结果化完跟个小丑似的。

"放心吧，我不咬人的。"普瑞莎笑着说道，"坦维，帮我把那个发带拿过来。"

坦维随即扔了一个黑色的松紧发带给她，普瑞莎把它往我头上一套，把我的头发都固定到了脑后。我感觉这个时候再反对已经晚了。

普瑞莎的动作很快，她一边利落地指示我"闭眼""向上看"，一边往我脸上涂抹各种水乳脂粉。

　　这一切对我来说都是从未有过的新奇体验，化妆刷扫在我的脸上，出乎意料地痒痒的，我的眉毛也被某种凝胶捋得服服帖帖，感觉奇怪极了。

　　"它们长得可真好。"普瑞莎对着我感叹了句。

　　"什么？"

　　"我是说你的眉毛长得特别浓密，就像卡拉·迪瓦伊一样，就是《天使脸庞》里演吃人心脏的那个女演员。"

　　"哦，谢谢。"我不知所措地回了句。如果不是她提出来，我还从未注意过自己的眉毛长什么样。

　　"你可千万不要去拔眉毛，"普瑞莎似乎想到了什么，对我说道，"我像你这么大的时候就干过这种事，就为了让眉毛看起来淡一点，结果让我一直后悔到现在。给你用睫毛夹没问题吧？"

　　我完全不知道她说的是什么东西，只能配合地说可以。她拿着一个像小型的中世纪刑具似的夹子向我的睫毛夹去，我拼尽了全力才把蹦到嘴边的惊慌失措咽了下去。

　　我的位置没法儿看到镜子，所以我完全不知道自己的脸在普瑞莎手里变成了什么样子。但我能感到脸上有些不自然，甚至有些厚重的感觉，就像戴了层面具。

　　在普瑞莎帮我化妆的整个过程里，坦维也一直没闲着，她在房间里蹦来跳去，兴高采烈地向我描述每一步化成了什么样子。无论她说什么，我只能勉强笑笑。

　　"我给你的头发做个自然的卷度吧。"说着，她解开了我的发辫，插上了卷发棒的插头。

　　普瑞莎把我的头发分成了好几股，然后按着顺序把它们一一缠到卷发棒上。我脖子边的空气都被烤得热乎乎的。等把我所有的头发都卷好后，普瑞莎用定型喷雾对着我的脑袋一顿狂喷，那个定型喷雾的味道让我想起了邦妮。不过我很快就把那个念头踢出了脑海，我不愿去想家里的那些事情，尤其是今晚。

听到普瑞莎把喷雾放到坦维桌上的声音后，我睁开了眼睛。

"现在我可以看了吗？"我看着镜子的方向问。

普瑞莎和坦维抱着手臂并排站在我面前，动作一致地向左歪着脑袋打量着我，随后，普瑞莎瞥了眼坦维。

"现在你是不是跟我想的一样？"她问道。

坦维脸上绽开了笑容回道："没错！"

她话音刚落，普瑞莎就飞快地冲出了房间。

"什么情况？她去哪儿了？"我莫名其妙地问坦维，但是她只是笑着让我"少安毋躁"。

大概过了半分钟的样子，普瑞莎就捧着一堆金线绣花的紫色布料回来了。

"哇哇哇！"坦维兴奋地拍手叫道，"太棒了！罗，快脱掉你的牛仔裤。"

"什么？"我吓了一跳。

"脱掉你的牛仔裤，"她重复道，"除非你想把牛仔裤套在里面，不过那样会影响效果的。"

我终于知道她要干什么了。"不要，我穿成那样会很傻的。"我背抵着坦维的衣橱，拒绝道。

"绝对会很好看的。"坦维信誓旦旦地对我说。

"但是其他人不会介意吗？"我结结巴巴地说，"你的祖父母和其他长辈，我不想冒犯他们。我是说，毕竟我不是印度人。"

坦维皱了皱鼻子，不在意地说："他们才不会介意呢，而且连凯特王妃都穿过纱丽，你有什么不能的。"

"而且你头发也做了，妆也化好了，"普瑞莎也劝我，"你就干脆好事做到底，把衣服也换了吧。"她把手上的纱丽往我身前递了递。

"换吧，换吧！"坦维在那儿劝个不停。

普瑞莎也跟她一起不住地劝我。虽然我心里还是很惶恐，但是看着她们鲜活的表情，我还是抑制不住地笑了出来。

"好吧，好吧。"我趁着还没改变心意前，答应了。

坦维高兴地大叫了一声，然后把纱丽下的衬裙和配套的开襟上衣递到我手里。她领着我去浴室换上，而且在我进去前还不忘先进去用毛巾把里面的镜子遮上。

"你不许偷看啊！"她出去前，冲我严肃地摇了摇手指。

我脱掉牛仔裤和针织衫，往身上套衬裙和上衣的时候冷得打了个哆嗦。我这是在干什么？今晚我应该埋着脑袋，低调安分地混在人群里才对，而不是在这儿陪她们玩什么变装游戏。然而无可否认的是，无论是这身新奇的衣裙扫过我腿上的窸窣声，还是眼皮上那层睫毛膏的厚重感，都让我感觉到异常兴奋。我按捺住心里的犹疑，穿好后，走回坦维的房间。

我没想到穿纱丽竟然这么费力。普瑞莎拧着眉、全神贯注地围着我打转，一会儿在这里折出褶饰，一会儿在那里塞住固定；随着她的动作，垂在地上的宽大纱丽一点点地变短，逐渐包裹在我身上。其间，我几次试图照镜子，但都被坦维挡了下来，她坚持要等到所有穿戴都完成后，再"拉开大幕"。

"坦维！"楼梯那儿传来喊她的声音。

"我马上就来。"说完，她连忙跑出房间，咚咚咚地跑下楼。

她这个样子让普瑞莎笑着摇了摇头，说道："这哪里像个女孩子啊，我敢保证，连个大男人都没她精力充沛。"

我点头赞同。如果有人告诉我坦维其实是半人半机器人，我应该都不会太惊讶。

"你知道吗，她跟我们说了很多你的事。"普瑞莎一边继续帮我穿着纱丽，一边说。

"是吗？"我有点不可置信。我到现在都还没搞清楚，坦维到底为什么会那么喜欢我。毕竟无论从哪方面来看，我们都是截然不同的两种人。

"当然，"普瑞莎说道，"她成天到晚就'罗'这'罗'那的。"

"啊，抱歉，肯定让你们听得很烦吧。"

"才不会！她经历了好几年的折磨，现在能交到这么投契的朋友，我们都特别高兴。虽然她现在表面上看起来一切正常，但其实还是非常虚弱的。"

我的目光不由自主地落到了坦维在医院的那张照片上，照片里的她看上去虚弱，却依旧乐观。接着，我又一一扫过许多她和那个戴鼻环女孩的合照。这次我发现了一些上次没注意到的细节：那个女孩的左脸颊上有个酒窝，她的眼睛是蓝色的，右边眉毛旁还长了颗痣。我在看这些照片的时候，心里不断问自己：为什么今晚在这儿的不是她，而是我呢？

我收回目光，看了一眼还在帮我穿纱丽的普瑞莎。她一定知道照片里的女孩是谁。我很想向她打听这个女孩，但是又有点不好意思开口。就在我好不容易鼓足勇气想问的时候，坦维回来了，我只能作罢。

五分钟后，我闭着眼睛站在了坦维房间中央。

坦维和普瑞莎一起倒数了三个数后，我缓缓地睁开了眼睛看向镜子。

镜子里的模样让我难以置信地眨了眨眼，感觉全身的血液都在往脸上涌。

和我平时一头毛躁小卷发扎成辫子的样子大相径庭，镜子里的我披着像海藻般光泽柔顺的大波浪长发，脸上的肌肤在专业手法下，哪怕涂了好几层化妆品，看上去依旧剔透无瑕。然而最大的反差还是来自我身上的这件纱丽。我的衣橱里几乎只有黑、灰和藏青三种颜色，款式也都是那些最普通的样式，穿上后能让我在人群里的存在感降到最低。而这件深紫色的纱丽却恰恰相反，一时间让我心里有种说不清的滋味。

"发表下感言吧！"坦维摇着我的胳膊问，"这身造型你喜欢吗？"

"我不知道，"我实话实说，我一时间还没把自己和镜子里的女孩完全对上号，"我平时都不化妆打扮的，而且，你确定我这样看着不像那款紫色包装的巨型吉百利牛奶巧克力吗？"

"当然不！"普瑞莎和坦维异口同声地喊道，然后笑出了声。

"从我客观的眼光来看，"普瑞莎对我说道，"你这样漂亮极了。"

"真的特别好看，"坦维也在旁边抢着说道，"而且你以后什么颜色都别穿了，就穿紫色。"

当大家都在兴头上的时候，我意识到自己还没向普瑞莎道谢。

"谢谢您，"我认真地对她说，"给您添麻烦了。"

"不用客气，"普瑞莎拍着我的肩膀回道，"而且一点也不麻烦。说真的，给你化妆可比给这个小家伙化妆容易多了。"她脑袋冲着坦维那边点了点，"那可是个坐不住的。"

"喂！"坦维抗议地冲她喊了声。

普瑞莎向她飞了个吻。

这时，楼下的门铃响了起来，坦维兴奋地叫了一声。"走吧，我要把你介绍给所有人认识，"她拉着我的手说道，"你要和我们一起下去吗，普瑞莎？"

"我晚点再去。机会难得，就让我在这儿偷会儿懒，你可别告诉你哥哥啊。"她冲坦维眨了眨眼，然后往床上一躺，叠着腿，双手放在肚子上，闭上了眼睛。

"准备好了吗？"坦维拽着我的手臂，兴奋地问道。

其实我心里也没底，不过还是点点头，跟她走了出去。

25

　　我走到楼梯口，紧张得有些迈不开脚步。楼下越来越清晰的喧闹声让我心口猛的一悸。普瑞莎借了我一双闪闪发亮的凉鞋，鞋跟并不高，但是我穿起来还是感觉摇摇晃晃的，站不稳。

　　这时，我感觉坦维凑到了我耳边，她轻轻地戳着我的肋下，小声说道："你现在特别好看。"

　　其实我心里相信她说的是真的，但是脑子里还是不由自主地冒出躲回卧室直到派对结束的念头，哪怕我知道我不能这么做。普瑞莎为我已经费了这么多心思，我不能躲回去，让她的心血白费。

　　我左手攥着纱丽的褶皱处，右手紧紧地抓着楼梯栏杆，紧张得两手直抖。有那么一瞬间，我觉得自己简直要被逼得喘不过气了，我害怕得想放声大叫。

　　你给我打起精神来，我对自己骂道。我抓栏杆的手用力得连指甲都抠进了木头里。不就是化了个妆，穿得花哨了点嘛。

　　但我知道，问题根本不在于此，而是我从来没有成为过众人关注的焦点，我完全不知道该如何应对这种场面。

我深深地吸了口气，然后跟在坦维身后一步一步往下走。一步又一步，直到站在最后几级台阶上。

我站在上面，看到坦维的四位亲戚正把脱下的外套交给坦维的爸爸。

"这是罗吗？"他仰起脸，眯着眼睛打量着我，"我一下子都没认出来呢。"

他的话让其他人也纷纷扭头看向我，我感觉自己遮在厚厚粉底下的脸更烫了。

"跟大家隆重介绍下，"坦维拉着我汗津津的手，对他们说，"这就是我最好的朋友，罗。"

最好的朋友。她说这话的时候语气自然又得意，没有一丝犹豫或保留。"罗，这是我阿姨裴拉琪、我叔叔拉杰，还有我的表姐卡姆拉和表哥克里什。"

"你们好。"我连忙调整好状态，跟他们打招呼。

"你的纱丽真漂亮。"卡姆拉对我说道，她看上去 19 岁的样子。

"这不是我的。"我脱口而出后，立刻觉得自己蠢透了。

"这是普瑞莎的纱丽，"坦维替我解释道，"罗穿着是不是超级好看？"

虽然卡姆拉连连点头说"特别好看"，但是我还是觉得很别扭，抱着手臂挡在露出来的一节腰前。

坦维领着我走到了客厅，里面已经挤满了坦维家的亲朋好友。除了坦维的祖父母和跟她沾亲带故的叔叔阿姨、兄弟姊妹以外，还来了很多他们家的朋友和邻居。客厅的沙发连扶手上都坐满了人，小孩子有的坐在大人膝上，有的干脆就坐在地板的垫子上，像蹲在荷叶上的小青蛙似的。

坦维带着我像只花孔雀似的在房间里到处炫耀，然后跟之前一样，自然地向别人介绍我这位"最好的朋友"。我一直准备着有人会嘲笑我的打扮，或者嗤之以鼻，然而我见到的每一个人都对我友好又热情，就连被坦维说是"狗脾气"的她哥哥德温也是如此。他们都和普瑞莎一样，似乎早就对我有所了解，纷纷主动问起我在学校和唱诗班的事，有些甚至还会关心地问起我复试准备得怎么样了。我的声音还是有点颤抖，所以我礼貌地回答着他们的问题，尽量把话说得简明扼要。等我们在客厅里兜完一大圈后，我终于感觉放松了一点。

正式介绍结束后，坦维和我把脑袋伸进了厨房。炉子上各种"咕嘟咕嘟"冒着热气的菜肴和几十盒甜点让我们大饱眼福，那些甜点都是客人们带来的排灯节礼物。随后，我跟着她去参观了设在二楼平台处的小祭坛。当坦维在那儿低头祭拜的时候，我安静地在她旁边等着。

晚餐的餐桌特别长，从饭厅一直延伸到客厅，是由许多铺着巨大纸质桌布的桌子拼成的。餐桌两边的椅子也是东拼西凑出来的，除了传统的餐桌椅，还有花园里用的靠背椅和一些带轮子的办公椅。

随着各种各样的米饭、咖喱和五花八门的达尔豆泥以及酸辣酱被端上桌，整整一桌吃的把我眼睛都看花了。坦维拼命地往我盘子里盛菜，满满一盘，重得我差点儿端不起来。

晚餐的时间持续了好几小时，每一道菜都美味可口、让人唇齿留香。桌上的交流有些吵闹，你来我往的说笑聊天里还夹杂着印度语，坦维会在必要的时候帮我翻译。我吃饭的时候总能看到通向花园的玻璃门，上面的倒影让我每次都要愣一下才反应过来，那个头发闪闪发亮、画着眼线的女孩是我自己。

吃完饭后，所有人又挤回了客厅。大家东倒西歪地瘫在沙发和地板上，纷纷捂着肚子说吃得太撑了。

这时，坦维建议拿游戏机来玩《舞力全开》。

"你疯了吧，"普瑞莎不赞同地喊道，她刚一扑到沙发上，孩子们就往她身上爬，手脚压在她肚子上，疼得她哀叫连连，"我累得都快喘不上气了，还跳什么舞。"

"我支持普瑞莎，"坦维的一个阿姨边揉肚子边表态，"吃得太撑了，让我消化下。"

"那唱卡拉 OK 怎么样？"坦维满心希望地问。

"我们能坐着唱吗？"普瑞莎问道。

"可以啊。"

"那就唱卡拉 OK 吧。"

我帮坦维一起把游戏机连好。

"我的天哪，等会儿你的分数肯定会碾压我们的。"我们跪在地毯上解线的时候，坦维对我说。

"什么意思？"

"你之前没玩过这个游戏吗？"

我摇了摇头。

"好吧，这就是个唱歌比拼游戏，"坦维说道，"不过我们全家加起来都不会有你得分高的。"

"你说你自己就好，别扯别人。"安尼诗冲她嚷道。他瘫在普瑞莎旁边的沙发上，头枕在她肩上说："我的嗓音可是跟麦克·布雷有一拼的。"

"得了吧你，"坦维嗤的一声说道，"德温都比你唱得好听。"

德温冲坦维扔了个小靠垫，喊道："喂，你说话注意点，我可听着呢。"

"我想听罗唱歌。"普瑞莎说道。

"是呀！"坦维的一个叔叔也插进来说道，"我也想听听让我们久仰大名的歌声。"

我无措地看了坦维一眼，确定她正确理解我的意思后，稍微喘了口气。

"稍微晚点吧，"坦维对他们说道，"普瑞莎、安尼诗，从你们俩先来吧？"

幸免于难的我松了口气，坐在地板上看着安尼诗和普瑞莎不情不愿地从沙发上起来，然后嘻嘻哈哈地唱了一首宝莱坞电影《永不说再见》里的歌。他们唱完后，坦维的阿姨裴拉琪也唱了首艾米·海恩豪斯的《戒毒》，她怪里怪气的歌声让卡姆拉和克里什全程都用手捂着脸，一副没脸见人的样子。坦维的爸妈在她之后，也跃跃欲试地点了首《别让我伤心》，结果两个人跑调跑得没边。随后德温和他祖父接过话筒，两人把一首抒情的《嘿，朱迪》唱得气势磅礴。虽然他们唱得并不好听，但每个人都乐在其中的样子真的特别有感染力，让我也不自觉地被带入其中，坐在安全的角落里跟着他们一起哈哈大笑。

"好了，别再虐待我的耳朵了！"安尼诗捂着耳朵大喊，"罗，该你了。"

我慌得瞪大了眼睛。我都已经躲在角落里了，怎么还会想到我？

"不用了，谢谢，我听你们唱就好。"我把膝盖往胸前抱得更紧了些，试图把自己的存在感降得越低越好。

然而我的话让所有人哈哈大笑起来，仿佛我讲了个多么有趣的笑话。

"我是说真的。"我背紧靠着墙壁说道。我觉得自己从未如此需要过坦维的支援，但是她现在正在客厅的另一头和她祖母聊天，丝毫没察觉到我的窘境。

"不好意思了，罗，今晚你虽然是客人，但是进了这个门再想溜，就没那么容易了，"安尼诗玩笑着对我说，"至少卡拉 OK 这项你跑不掉的。"

说完，他冲着德温和坦维的一个叔叔点了点头，然后不顾我的坚决反抗，他们三个大笑着把我从地板上拉了起来。

普瑞莎趁势把话筒塞进我手里。"拜托你了，罗。"她合着手，祈求般地对我说，"我已经受够那些噪声了，我们需要你的歌声来洗洗耳朵。对吧，坦维？"

"什么对吗？"坦维正在和她祖母聊天，听到后，不明所以地问道。

"我们在说，该让罗来给我们示范一下，到底什么才叫唱歌。"

我再次向坦维投去恳求的目光，但是这次她不但没帮我解围，反而拿起遥控器开始在屏幕上选起歌来。

我悄悄走到她旁边，对她说："但是我唱不来独唱啊。"我紧张得声音都在发抖。

"我知道啊，"坦维一边选歌，一边对我说，"所以我才要找首能跟你一起唱的歌。"

"你要跟我一起唱？"

"对啊，等会儿我会调成竞赛模式。"

"那是什么意思？"

"意思就是每句歌词我们俩都要一起唱，所以你就不用独唱啦。"

"那好吧。"

在我们身后，德温已经等不及地开始哼起《我们还在等什么》。

"我们正在选歌呢！"坦维扭头冲他喊，然后继续翻着游戏机里的歌单。"你觉得这些怎么样？《爱人如你》《吊灯》还是《随它吧》？"

"唱《随它吧》！"坦维的一个小侄子在旁边喊道，他兴奋地在普瑞莎的大腿上跳来跳去，背后穿着的闪闪发光的精灵翅膀不停地打在他脸上。

"对啊，就唱《随它吧》！拜托了！"坦维的一个小表妹也口齿不清地附和道。她正在换门牙，每说一个字都漏风。

一时间，屋里的所有小孩都齐声在那儿喊着《随它吧》。

"行了，行了！"坦维冲他们喊道，"我们听到了。"说完，她转身问我："就唱这首歌没问题吧？"然而还没等我回答，这首歌的前奏就响了起来，我脑子里一团糨糊，不知如何是好。

整个房间突然安静了下来。就像那次在伯明翰面试的时候一样，我的腿在裙摆的掩护下紧张地抖了起来，我开始庆幸自己穿的是纱丽了。我转身背对那一群充满期待的面孔，让自己盯着壁炉上方的电视屏幕，注意力集中在闪烁的歌词上。也许，只要我盯着屏幕不去看其他人，我就能假装把这当成是和米尔福德老师的一次练习。

我双手握着话筒，举到嘴边开始唱了起来。我唱得很轻，声音小得我自己都听不太清。我知道坦维一直在看着我，但是我不敢把视线从屏幕上移开。

等我们唱到副歌部分的时候，小朋友们也都跟着一起唱了起来。虽然他们的父母都在阻止，但他们稚嫩的声音还是盖过了我们。当他们越唱越大声的时候，我发现自己反而放松了一点，连我紧紧攥着话筒的手都稍微放松了；在这身紫色纱丽裙下，我的腿也不再颤抖了。这时，坦维轻轻地用手肘顶了顶我，我壮着胆子朝她的方向看了一眼。她对我投来一个大大的笑容，而我也不由自主地回以微笑。

直到这时我才发现，其实我也乐在其中。其实我喜欢这种在很多人面前唱歌的感觉。

甚至比喜欢的程度更大，我觉得自己简直爱上这种感觉了。

随着歌曲的继续，孩子们的声音逐渐停了下来，他们唱了几段高音后，累得坐回地板上。这时坦维也几乎停了下来，她不顾屏幕上瞬间掉落的评分，走到了一边，让我独自唱完剩下的部分。我最初的紧张在所有人的加油鼓励下慢慢消散，当我放开自己唱完最后一段后，房间里爆发出巨大的喝彩声。

"再来一首！再来一首！"安尼诗跪坐在我脚前，弯着腰喊着，"我们何德何能，真是太有幸了！"

他的反应让我尴尬地红了脸，同时也忍不住笑了出来。这看上去也太疯狂了，这样热烈的情绪真的是因我而起的吗？

"下面还有谁要来唱吗？"普瑞莎问道。

"当然——不要！"德温的话让所有人笑了起来。

"大家要是不介意的话，就用这首动听的歌曲作为结束吧。"坦维的爸爸说道，"现在我们去放烟花怎么样？"

大家都欣然同意，各自穿上外套和鞋子往花园里走去。

等所有人都聚集到院子里的时候，我的脑子还在嗡嗡作响，整个人还没从刚才的兴奋中抽离出来。刚才那真的是我唱的吗？而且还是在这身打扮下唱的？这简直像是场光怪陆离的梦。

随着嗖嗖的声音响起，我们头顶的天空被绽开的烟花点亮。五光十色的烟火在夜幕下显得格外耀眼美丽，让包括我在内的所有人都不住地发出感叹。当夜空中最后一丝火光消散殆尽，我觉得自己的心快胀得爆炸了！

两位烟花手——坦维的爸爸和叔叔——向大家谢幕般地鞠了一躬，再次引来了大家的喝彩。随后，除了坦维和我以外，其他人都慢慢回到房子里。我们挤在板凳上，腿缩在毯子下面，吃着她拿出来的甜点。

"我想跟你说件事，但是你得保证绝对不能告诉别人。"没一会儿，坦维沾着满嘴糖霜，对我说。

"没问题。"我没有丝毫犹豫。这个要求对我来说再简单不过了，我哪有人可说呢？

"我喜欢上了一个人，"她接着说道，"这个人你也认识的。"

"是艾默生吧。"我想都没想，脱口而出。

坦维苦着脸问道："你怎么知道的啊！"

"因为你每天点名的时候都要去跟他搭讪。"

"胡说，我才没有。"

"呃，有的，你真有！"我大笑着说。就在今天，他俩还没话找话地在那儿争哪部恐怖片最好看。

"我真的表现得这么明显吗？"坦维垮着脸问。

"非常明显。"

"那你觉得他知道吗？"

我假装思考了一秒钟。

"绝对知道。"

坦维双手捂着脸，发出一声哀号。

"但他每次也都很积极回应你啊。"我飞快地补了句。

她捂着脸的手指稍微分开了一些："真的吗？"

"我的天哪，当然啊。"

坦维缓缓地放下了手，说道："我发誓，我是直到上周数学课的时候，他把自己的蜂巢巧克力分了我一半，我才发现原来自己那么喜欢他。现在我满脑子想的都是他。你实话跟我说，你觉得他有可能会喜欢我吗？"

"不喜欢你绝对是他的损失。"

"你不要跟我绕弯子，我要听实话。"

"坦维，你知不知道，"我转过身，用自己最严肃的表情对着她说，"每次你一走进点名教室，他就两眼发光，那个样子简直就是长着一对心形眼睛的真人版表情符号。"

坦维的手又唰地捂住了脸。"真的吗？"她害羞又兴奋的声音从指缝里挤出来。

"真的，他超级喜欢你。"

"你之前怎么都不告诉我。"

"我没想到啊，我以为你应该知道的。"

我说这些的时候，感觉自己有点像在念台词似的。我不太习惯跟人聊男生、喜欢、暧昧之类的事情。但是这样的聊天却出乎意料地让我觉得温暖和舒服，感觉还不错。

"你最好了，罗。"坦维头靠在我肩上说。

"我实话实说而已。"我回道。

烟花在空中留下的烟雾逐渐散尽，露出漫天繁星，我们安静地望着灿烂的星空，一时间，谁都没有说话。

"那你呢？"过了一会儿，坦维开口问道，"你有喜欢的人吗？"

我犹豫着不知该怎么开口。

"你就告诉我吧！"坦维见状，坐直了身体。

"是有那么一个男生……"我试着说道。

"是谁？是杰米·贾侬对不对？我就知道是他！"

"不是他，"我果断地说道，"他不是我们学校的。"

坦维皱着眉头问："那会是谁？"

我顿了一下，意外地发现自己原来很想跟坦维分享诺亚的事情。

"他是我的邻居。"我终于说了出来。

"哇，你们太浪漫了！"坦维边说边夸张地倒在我腿上，"近水楼台呀。"

"其实并没有。"我回道。

"怎么会？"她又坐直了身体问。

"他上的是寄宿学校，所以难得回来。"

"那他知道你的感觉吗？"

"我都还不知道自己是什么感觉呢。"我哂笑道，"我们只当面说过一次话，而且那都已经过了很久了。"

"那你有他的手机号吗？"

"有的，而且我们一直会发短信，但是这种感觉是不一样的。"

"你什么时候能再见到他？"

"要等到下半学期期中，他那个时候才会回他爸爸家。"

　　我们已经约好了周三下午见。他本来说要来我家的，但是立马被我找借口搪塞了回去，提议还是去他家里玩。

　　"那不就是下周了吗？"坦维尖叫道。

　　"我知道啊。"我一直告诫自己不要太在意这件事，这样就算到时候临时出什么事或者见面取消了，我也不至于太失望。但是我还是控制不住地在数日子，脑子里已经为见到后要说什么而打了无数腹稿。

　　"我的天啊，罗，那太好了！"坦维兴奋地说道。

　　"可是，他也许根本不喜欢我。"我下意识地反驳。

　　"别傻了！我打赌他肯定也特别期待再跟你碰面。他叫什么名字？"

　　"诺亚。"我羞涩地说。

　　仅仅是大声说出他的名字都让我觉得全身战栗得要起鸡皮疙瘩。

　　"罗、诺亚，诺亚、罗，"坦维把我们的名字连在一起反复读了两遍，"你们可以叫罗亚组合！"

　　"哈哈！那你和艾默生也可以，我想想啊，你们可以叫坦维生。"

　　"叫艾维也可以呀。嘿嘿，也许以后我们四个人还可以一起约会？"

　　"呃，我们是不是想得有点太远了？"我泼她冷水。

　　"是有点。"坦维终于回归了理智。

　　我一边继续跟坦维聊天，一边像往常那样等着后悔害怕的情绪来临。我等了五分钟，那种感觉并没有出来；十分钟过去了，也没有；又一个十分钟过去了，还是没有。有的只是一种让我心里又痒又暖的感觉在不断滋长。我想，这种感觉可能就是友谊吧。也许我真的可以做到，在保护好邦妮的同时，也交一个最好的朋友，也许这两者一点也不矛盾。这个想法让我觉得惊喜交加。

　　"孩子们！"坦维妈妈在厨房的窗户那儿叫道，"你们快进来吧，已经快 11 点了。"

　　我们不情不愿地从凳子上起身，回到客厅的时候，别的客人也都准备走了。坦维的亲戚们把我当成家人一样拥抱告别,无论是她的叔叔阿姨、祖父祖母,还是堂表姐弟,都纷纷夸赞着我刚才卡拉 OK 的表现,然后祝我接下来的复试成功。他们的热情和好意让我有些不知所措,却也倍加感动。

"你们俩也去准备一下吧。"坦维的爸爸对我们说道。

"哎呀!"坦维不情愿地嚷着,"罗一定要走吗?"

"已经 11 点了,芭莎,明天还要上学呢。"

我们只能乖乖地回楼上换衣服。当我穿回自己的衣服时,感觉有些沮丧,仿佛一个超级英雄失去超能力后被打回了原形。我在套牛仔裤的时候不由自主地看向照片里的女孩,然后再一次疑惑,为什么今晚在这儿的是我不是她。

坦维的爸爸开车送我回阿卡迪亚大街时候,坦维坚持让我坐在副驾驶座上。随着离我家越来越近,那股熟悉的恐惧和战兢开始在我全身蔓延。我目不斜视地看着前方,直到车子开过 48 号。让我松了口气的是,坦维和她爸爸看都没往那儿多看。

"我到了,就是 56 号这里。"看到黑暗中的这栋房子,我莫名地感到一阵欣喜。

坦维的爸爸把车子熄了火。

"谢谢您送我回来。"我对他道谢。

"不用客气,罗。"

我下车后,坦维也跟着我下了车,准备等会儿换到副驾驶座上。

"你今晚玩得开心吗?"坦维站在路边问我。

"非常开心。"我真诚地说。

"很抱歉之前让你在那么多人面前唱歌。"

"没关系的,"我语气轻松地说,"就当是复试前的彩排吧。"

"我也这么想的!"

这时，坦维的爸爸摇下了车窗，冲她喊道："芭莎，已经很晚了。"

"好了，好了。"坦维翻了个白眼。

"再次谢谢你今晚过来，"她紧紧地抱着我说，"这是我最开心的一晚。"

我犹豫了一下，然后抬手环住了她的身体回以拥抱。

"我也很高兴你能告诉我诺亚的事。"她在我耳旁轻轻地说。

"这其实没什么。"我讷讷回道。

说完，我们松开了彼此。

"明天见了。"坦维对我说道。

"嗯，明天见。"说完，我逗留在原地，直到坦维钻进了车里。

随后，我走进56号的院子，在快要绕到房子侧面的时候，停下来冲他们挥了挥手。我一转到房子侧面他们看不到的地方，就立马蹲了下来，等着他们的车开走。听到他们启动车子的声音后，我又等了几分钟，然后才再次打开56号的大门，往48号的方向走去。

当我走到家时，发现整栋房子异常安静。直到我跋山涉水地经过客厅门口时才发现，今天我一整晚都没想起过家里和邦妮的烦心事。

那种感觉真是太好了。

好都不足以形容我的感觉。

事实上，今晚绝对是我人生中最美好的夜晚之一。

26

　　我的手机不见了。在我跟坦维说过诺亚的事情后，回来我就特别想给他发短信，但是等我想拿手机的时候，才发现它不见了。

　　我并没有特别着急，我感觉它一定是落在坦维家了。我记得换衣服的时候，我把它放在了坦维的床上，可能是忘拿了。结果证明我是对的。第二天早上，当我走进点名教室的时候，我的手机正好好地躺在我桌上。

　　"我把它落在你床上了对吧？"我边问她边把手机放进口袋里。

　　"嗯呐，"坦维说道，"你昨晚没有太着急吧？我看到的时候本来想直接给你送过去的，但是爸爸说太晚了不同意。"

　　我们正说着的时候，艾默生插了进来："下周五在杰克家办万圣节派对，你们会来吗？"他转身手肘撑在我们桌上问道。虽然他是对着我们两个人问的，但是很明显，他只关心坦维的回复。

　　"我还不知道。"坦维手里扭着一缕头发，不自然地说。

　　"为什么？你应该来的。"艾默生连忙说道。

　　"哦，是吗？"

　　"是啊。"

"为什么？"

"这个嘛，因为我也会去，这是其一。"他挑着眉说道。

我捂着嘴和坦维一起笑了起来。

"而且，杰克的爸妈都特别好，"艾默生接着说，"他们不但同意我们喝酒，而且想干什么都行。"

"嗯，那我考虑考虑吧。"坦维矜持地说。

"你一定要来啊。"艾默生在卡梅伦老师赶来之前最后说了一句，然后连忙转了回去。

"我的天哪，我的天哪！"上午课程的预备铃声响起后，在艾默生听不到的地方，坦维立马叫了出来，"我们一定要去杰克家的派对，罗，我们一定要去！"

"但是你下周不是要去度假村吗？"

"是啊，但周五我已经回来了。到时候，你可以来我家化妆，我们打扮好一起过去。"

"我为什么要跟你一起？"我边说边背起书包。

"因为，我没法儿一个人去啊，我得找个伴一起。"

"你可以找玛丽莎陪你，她应该也会去的。"

"才不要！我只要你。"

"为什么？"

"因为我们才是最佳拍档啊。"

"但是我不擅长参加派对。"

"呃，要我提醒你下你昨晚的表现吗？所有人都爱死你了。而且说真的，如果是跟你一起的话，我爸妈也不会反对了。"

"昨晚的情况不一样。"

真的很不一样。

"哎呀，拜托你了，罗，"坦维抓着我的手，边晃边说，"我都快

15 岁了，还从来没参加过真正的派对呢，世上还有比我更惨的人吗？"

"需要我提醒你下昨晚吗？"我把她的话还给她。

坦维做了个鬼脸："你知道我什么意思，我说的是那种全是同龄人参加，其间会有罗曼蒂克发生，甚至发生在我身上的那种派对。"

我沉默着没说话。

"我们不用待很久的！"坦维继续说服我，"到时候，你要觉得没意思或者无聊的话，我们可以马上就走，之后你再骂我两句都行。"

"我没想好，坦维……"我犹豫地开口。

昨晚我确实过得很开心，但这跟要参加全是同学的派对是完全不同的。想到这点，我就满心不安。

坦维叉着腰挡在我面前，气势汹汹地说："这可是你逼我的，罗·斯诺。"

我皱着眉头，不知道她想干什么。

"你跟我说，"她说道，"你是不是真的忍心剥夺一个差——点——就——死——掉——的女孩第一次参加派对的机会？"

我惊讶地张大了嘴巴，不可置信地说道："我真不敢相信，坦维·莎尔，你竟然连这招都用上了。"

坦维凶巴巴的表情瞬间破功，笑嘻嘻地问道："对呀，所以你要怎么做呢？"

我心里很纠结，本能地想要拒绝她，但一想到坦维去不成后难过的样子，又觉得内疚难忍。

最终，我深吸了一口气，向她确认："你保证，如果没意思的话，我们马上就走吗？"

"放心吧，不可能没意思的。"

"你先说能不能保证？"

"我向上帝保证！"坦维在胸前画着十字，一本正经地说。

27

整个期中假期的前半周，我都待在家里练习下次复试的歌曲。幸运的是，邦妮一直把电视和录音机的声音开得很大，所以我唱的时候不用太担心会被她听到。

我对着挂在卧室门后的镜子一唱就是好几小时，我发现，每当唱歌的时候，镜子里的我就像变了个人似的，这种脱胎换骨的变化让我沉浸其中。

我常常练着练着就被坦维接连不断的短信打断。她详细地向我汇报着自己在度假村都干了些什么。她的假期安排简直让人眼花缭乱，一会儿去游泳、打羽毛球，一会儿又去射箭、室内攀岩，抽空还要跟我讨论杰克家的派对会办成什么样的。

听她讲那些事真的很有趣，但是近两个月来，我习惯了几乎天天跟她见面，这几天不见，我还真有点想她了，虽然只有一点。我觉得最近的生活也似乎轻松了一些。虽然房子里的状况还是跟往常一样糟，但不像过去那样让我觉得难以忍受了，甚至连和邦妮的相处也是如此。前几天，她又去疯狂采购，尽管我看到她买回来的那些大包小包还是会火冒三丈，但是已经不会再像几个月前那样暴跳如雷地跟她吵起来了。

周三的早上，我醒来就看到了一条坦维的短信：

祝你今天和诺亚玩得开心呀！千万别做什么不该做的事！哈哈哈哈！

我有些不敢相信，自己真的就快要见到他了。但是不知道为什么，哪怕昨晚他还发信息来问我喜欢吃什么饼干，而我心里还是担心他会突然取消这次见面。

这个上午，我还是照常练习复试的曲目，但是我发现自己没法儿像之前那样集中精力，整个人坐立不安、时不时走神。吃过午餐后，我仔细刷了牙，重新梳了头发、编好辫子。下午2点钟，我抱着象棋，准时站在诺亚家房门前。按下门铃的那一瞬间，紧张又兴奋的情绪霎时涌向我的四肢百骸。

来开门的是霍恩比先生。他没来得及刮胡子，两只严重的黑眼圈青得发紫。"有什么事吗？"他一副看陌生人的表情问我。

我越过他的肩头，朝里望了一眼，门厅里的样子已经和特里住的时候大不相同了。破破烂烂的地毯换成了复合地板，那些贴着细腻纹理墙纸的墙壁也都被刷成了呆板的乳白色。

"她是来找我的，爸爸。"诺亚的声音在这时响起。

霍恩比先生在诺亚匆忙跑下楼的时候，就走回了客厅。

"好久不见。"他跑到我面前猛地停住，对我说道。

"好久不见。"我也看着他，回道。

我们直直地看着彼此，连眼睛都舍不得眨一下。诺亚的头发变长了一些，而且我肯定，他又长高了。

"呃，进来喝点东西吧？"过了一会儿，他呆呆地说。

"好的。"我回道。

　　我跟着他走进了厨房。阿卡迪亚大街 46 号的结构跟 48 号是完全对称的，但是任谁都想不到，明明是一样尺寸的房屋，走进去的感觉却天差地别。诺亚家的厨房干净宽敞得就像一块洁白的画布。我仿佛进入了一个平行世界，在这个世界里，邦妮和我融洽又整洁地生活在一栋洁白的房子里。

　　这个厨房空得简直让人怀疑是不是真有人住在这里。空荡荡的吧台上面除了一台看起来很贵的咖啡机和一个水果盘以外，什么都没有，果盘里孤零零地放着一根发黑的香蕉。

　　"喝可乐吗？"诺亚打开冰箱后，问我。

　　"好的。"

　　他递给我一罐可乐，然后夹着一包没拆的佳发橙子蛋糕，领着我上楼。

　　和他家里其他地方一样，诺亚房间里的东西也少得可怜，完全看不出任何个人色彩。与其他十几岁男生的房间相比，这里更像一间客房。他没有整理床铺，深蓝色的床单就这么皱巴巴地摊在我眼前。

　　"我的大部分东西都在我妈妈那里。"他边解释边理了理床上的被子。

　　"原来如此。"我理解地说，"我在我爸爸家也没多少东西。"

　　他听后，转身看向我："你父母也离婚了？"

　　"是啊。"

　　"那你多久跟你爸爸见一次？"

　　"每个月我去他那儿住一个周末。"

　　"那你的监护权也是判给了你妈妈对吧？"

　　我发现自己根本不清楚这件事情，我唯一知道的就是爸爸挺满意现在这种安排的。

　　"太久了，我也记不清了。"我含糊其词地应了一句，说完，我举着盒子问他，"下象棋吗？我把上次的棋局记下来了，我们可以接着上回的下。"

"好主意。"

我跪在地毯上，对着草图把之前的棋子一一往棋盘上摆。诺亚趁着这个时候，在一边拆佳发蛋糕的包装。

"抱歉，我爸爸刚才的样子吓到你了吧。"他边说边给我递了个蛋糕，"他有时候就是个浑蛋。"他说这话的时候眼神不善。

"没事的，真的。"我连忙说道。

如果要谈论父母的问题，我恐怕是最没资格批判别人的。

我们开始下棋后，自然地聊了起来。刚开始，我们都是闲聊，话题从佳发蛋糕到底该算蛋糕还是饼干，究竟是夏天好还是冬天好换到《哈利·波特》里面我们最喜欢的角色，世界上哪种声音最讨厌，以及我们最近碰巧都看过的一部讲鲨鱼的纪录片。然后渐渐地，我们聊的内容开始深入个人生活，我不知不觉向他提起了自己明天复试的事。当我跟他讲述上一次面试的过程时，紧张兴奋得连头发丝都要竖了起来。诺亚也礼尚往来地向我吐露了关于他父母离婚的内幕。当他正说到自己对于他妈妈新男友的看法，以及他不知道到底该把对方当成好人还是骗子来对待时，我的手机响了起来。

来电显示是朱迪。

"抱歉，我得先接个电话，"说着，我拿起手机走到一边接通了电话，"朱迪，出什么事了吗？"

"确实是出了点事，"她语调不稳地说，"我现在在急诊室，我脚腕好像骨折了。"

"怎么弄的？"

"说了你别笑，我刚从树上摔下来了，但不是因为我喝多了。"她哀号道，"都是为了帮我男朋友班尼的摄影项目，我才去爬树的。"

她的话让我的心情霎时沉到谷底，接下来会发生什么已经显而易见了。

"我真的很抱歉，罗，但是明天的事，你得找别人陪你去了。"

"没关系的。"我冷静地回道。

除此之外，我还能说什么呢？

"真的没关系吧？"电话那头传来朱迪内疚的声音，"想到要对你失约，我真的特别愧疚，但我的脚实在连路都没法儿走了。你确定能找到别人替我的，对吧？"

"当然，没关系的，你别担心。"

我说的当然不是真的，但朱迪的脚腕已经到了可能骨折的地步，人都已经在急诊室了，我又何必再给她心里添堵呢。可我让她心里舒服的同时，自己却难过得想哭。

"好的，亲爱的，那我先挂了，"朱迪松了口气，"他们刚才叫到我名字了。祝你明天成功！"

我脸色发白地挂掉电话。

"你没事吧？"诺亚关心地问我。

我告诉了他明天的复试必须要有成年人陪同的要求。

"不能让你妈妈陪你去吗？"他听完后，问道。

"事情没你想的那么简单。"我欲言又止地说。

"为什么？她本身就是歌手，不是吗？由她陪你参加再合适不过了。"

"她到目前为止都还不知道复试的事情。"

"你在开什么玩笑，这怎么可能？"

我试图找一些简明直接的表述来解释为什么我不想让邦妮参与进来，但是最后我只能挤出"说来话长"几个字一笔带过。

诺亚正打算开口继续问我的时候，房门突然砰的一声被人推开。虽然我们中间隔着整整一个棋盘，但门被弹开的瞬间，我们还是惊得各自往后撤了一大步，差点儿把棋盘都打翻。

霍恩比先生低着头，不耐烦地看着我们说道："已经到晚饭时间了，诺亚。"

我望向他的身后，果然天都黑了。我到底在这儿待了多久了？可是明明感觉才过了十分钟似的。

"但是我们棋还没下完。"诺亚指着棋盘说。

"你们改天再下。"

"罗能留下来一起吃晚饭吗？"他换了个问题。

"我只点了两个人的比萨。"

"我那份可以跟她分。"诺亚不死心地说。

"今晚不行，诺亚。"

"但是，爸爸……"

"我说了，今晚不行。"

"看吧，我就说他是浑蛋。"霍恩比先生离开后，诺亚立刻气急败坏地说。

"也许他也是为了你好。"我劝他。

他感激地冲我笑了笑，然后问道："那我们这局棋要怎么办？"

"你周五下午有空吗？"我边问边在心里默默祈祷，"我们到时候继续怎么样？"

"那天是我爸爸生日，到时候一整天都会有事情。"诺亚皱着脸说，"改在周六可以吗？"

"我周六早上要去工作，下班后，我随时都可以。"

"太好了，"诺亚高兴地说道，"那棋盘就这样留在我这儿吧，还是说你带回去，下次去你家玩？"

"就留在你这儿吧。"我立刻回道。

幸好诺亚没有再推辞下去，让我感觉松了口气。

"诺亚！比萨都要凉了！"霍恩比先生的吼声传了上来。

"我得走了。"我识趣地说。

诺亚一直把我送到了门口。"祝你明天成功。"临别时，他对我说，"你妈妈唱得那么好，你是她女儿，肯定也没问题的。"

"谢谢。"我只好这么回他。

"那，周六下午 1 点见？"他接着说道。

"周六下午 1 点见。"我说这话的时候，心里激动得像小鹿乱撞，简直乐开了花。

回到家后，我就坐在床上开始翻手机通讯录，看还能找谁来顶替朱迪。

爸爸和梅兰妮在法国度假。

艾瑞克不但要上班，家里还有四个孩子要管。

爷爷和奶奶在西班牙。

坦维和她家人还在度假村。

诺亚和他爸爸有别的安排。

而米尔福德老师，我怎么都联系不上他。

我只剩下最后一个人选了。

一个我最不想知会的人选。

邦妮。

我走下楼，推开了客厅的门。邦妮正在看《聚散离合》，我进来的时候，她还在抽烟，不过现在不是跟她吵架的时候，我装作什么都没发现的样子。

"有什么事吗？"她抬头看了我一眼，问道。

我已经快一周没怎么见过她了。

"我有点事情要跟你说。"我语气僵硬地说。

"哦。"她应了一声，然后把电视音量稍微调小了一点。

"你还记得几周前，你拿到我房间的那封信吗？"

"不太记得了。"邦妮漫不经心地说。

"事情是这样的，那封信是一个合唱团的复试通知。"

"合唱团？"邦妮的口气突然认真起来，脸上带着真实的惊讶。可能她那时候根本没注意到信封上的标志吧。

"是的，"我尽量语气平稳地说道，"大不列颠国家青年合唱团。"

"我从来没听说过这个名字。"邦妮轻视的语调仿佛在暗示那个合唱团可能根本不存在。

"以前我也没听过，去面试是米尔福德老师的意思，他是我们学校唱诗班的负责人。"

"等等，你什么时候加入学校唱诗班了？你都没跟我说过。"邦妮根本没明白我话里的重点，就在那儿瞎问。

"我知道……但是听着，现在的首要问题是，复试在伦敦举行，而且我必须要在成年人的陪同下参加。"

"伦敦？"邦妮听到这个地名，眼睛一亮。

"是的，在皇家音乐学院里面举行。"

"到时候我们能抽时间去逛街吗？"邦妮立马问道。

"我不知道，应该能吧。那你是要去的意思吗？"

"复试是什么时候？"

"就在明天。"

"明天？你怎么不早点跟我说？"邦妮惊讶地说。

我犹豫着该怎么解释，我不想让邦妮知道我是在万不得已下才找上她的。

"这个要求是用小字写的，我也是刚刚才注意到。"

她似乎相信了这个解释，马上又迫不及待地问道："我们能去哈罗德商场逛逛吗？"

"呃，可以。"我勉强地应道，虽然我完全不知道哈罗德商场是不是在我复试地点附近。

"那也顺便再去下利伯蒂商场？"

"如果有时间的话……"

"太棒了，"她兴奋地说道，"我好久没去伦敦了。"

我冲她挤出一丝勉强的笑容。按理说，她同意去，我该高兴才对，毕竟之前我一直担心她会不愿意，或者非得我求着她去才行。然而，不知道为什么，我心里却浮出忐忑不安的感觉。

28

当邦妮惊呼自己忘带钱包的时候，我们已经在去火车站的途中了。返回家里后，为了找她的钱包，我们又花了足足十五分钟。每过一秒，我的焦虑都成倍地增加。我努力让自己保持冷静，自我催眠一切都在掌握之中，然而等我们第二次从家里出发的时候，我精挑细选的复试衣服已经被汗水打湿，贴在了身上。

我们好不容易掐着点赶上了火车，坐到座位上后，我立刻戴上了耳机，试图隔绝邦妮一会儿擦护手霜、一会儿开窗对外面探头探脑的噪声。火车启动后，熟悉的乡村景色被抛在身后，我的视线里只剩下一片模糊昏暗的棕色和绿色。

我知道邦妮一直在看我，但是我假装没发现的样子，就是不看她，因为我怕自己稍微多看她两眼，就会忍不住发火。经过了一早的兵荒马乱后，我更加坚定了一定要让今天平顺过完的决心。

几分钟后，邦妮拍了拍我的胳膊，我不情愿地摘下耳机问她有什么事。

"我打算去餐车买咖啡，要给你带点什么吗？"

"不用了，谢谢。"

邦妮听完，耸耸肩，仿佛在说"随便吧"，然后就从座位上站了起来。没过几分钟，她就带着一杯咖啡和一袋黄油饼干回来了。"要来一块吗？"她边问边打开了咖啡的盖子，然后拿着一块饼干往里面蘸。

我摇摇头，又把耳机戴了回去，闭上眼睛让自己集中精力去想复试的内容，以及上场的时候该怎么表现。

我嘴里正默念着第二首复试曲目的歌词时，突然有什么滚烫的东西泼到了我腿上，痛得我一声尖叫睁开了眼睛。在我旁边，邦妮的咖啡正沿着她的小桌板边缘往下流。

"这不怪我，"她也吓得叫了一声，"是有人撞了我的胳膊才这样的。就是前面那个穿牛仔外套、黑色背包大得出奇的那个家伙撞我的。"她说这话的时候，手忙脚乱地用纸巾擦我的裤子，但是咖啡早就渗进牛仔裤了，再怎么擦都是徒劳。

"谁让你一开始要打开盖子的！"我一把夺过纸巾，咬牙切齿地说。

"不打开盖子怎么喝。"邦妮的声音里也染上了火气，理直气壮地说，"再说，谁能想到他会从旁边来撞我啊？而且我打赌，你裤子干了之后，肯定看不出什么痕迹。"

我懒得听她多说，再次戴上耳机，转头看向窗外，然后看也不看她，说："到伦敦之前都不要跟我说话。"

我缩着身体，尽可能地跟她保持距离。虽然闭着眼睛靠在车窗上，我却一点睡意也没有，一直保持着这种状态直到火车到站。

火车 1 点 30 分抵达了圣潘克拉斯车站，这时距离我复试开始还有足足一个半小时。

这次的复试地点在皇家音乐学院里面，所以走出检票口后，我跟她说："我们得去乘哈默史密斯城市线，到贝克大街站下。"

"那午饭怎么办？"邦妮娇气地问。

"我不是带了三明治吗？"我没好气地说。

"唉，现在这个天吃三明治太冷了。"邦妮边说边夸张地打了个哆嗦，"我们先在附近吃点东西暖和一下吧。你复试应该要不了多久，我们要不先去吃个意面吧？吃完肯定就暖和多了。我保证会尽快吃的，绝对不耽误你。"

"不行，邦妮。"我毫不犹豫地驳回。

"我请你吃都不行吗？"

"我说了，不行。"

"可是今天这么特别，我们就当庆祝下，不行吗？"

这次我没有马上说话。

"拜托了，罗，"她拉着我的袖子，接着说，"就当给我个机会为早上的事赔罪好不好？"

"如果你真的那么想吃意面的话，我们可以等复试结束后去吃。"

"不行！我们不是说好了结束后去哈罗德和帕博翠丝文具店的吗？哎呀，求你了，罗，我们就去吃饭吧，你想吃什么就吃什么，都听你的。"

"但是我什么都不想吃。"

"胡说，你肯定早饿坏了！走吧，我保证等会儿你会谢谢我的。"现在她拽着我胳膊的样子就像个吵着要糖吃的小孩。

"真是受不了你，行，去吧！"我叫着，甩开她的手。

她顿时笑开了花。

"但是我们动作一定要快，邦妮，我认真的。"

"当然，一定！"她高兴地应道。

车站里的卡卢乔意式餐厅分店简直人满为患。餐厅的大堂经理带着公式化的微笑，把我们领到很靠里面的一张桌子后就离开了。我们两个被晾在那里足足等了十分钟，好不容易等到服务员满脸歉意地过来点单，结果邦妮还拿着菜单犹豫不决。

邦妮问了他一堆关于意式宽面和千层面的问题，最后点了个海鲜细面，那也是菜单上最贵的菜之一。现在她嘴里每多说一个字都让我额头的青筋猛跳。这就是她保证的动作快？

"您需要来点什么？"服务生在邦妮点好后，转向我。

"不用了，谢谢。"我说着，把菜单还给他。

"为什么？"邦妮在一旁喊道。

"我现在不饿，等会儿饿了，我再吃三明治。"

早上慌慌张张地赶车，再加上马上就要去面试的紧张，让我胃里跟打了结似的，什么都不想吃，更别说满满一盘意面了。

"别犯傻了，"邦妮自作主张地转头对服务生说道，"给她来个玛格丽特比萨。"

等比萨上来的时候，我逼着自己吃了一小块。看着邦妮还在那儿慢悠悠地吃海鲜面，我又气又急得腿在桌下直发抖。可是她一点意识不到，用叉子卷面条就跟玩儿似的，卷不起来的时候还要自己笑两声。光是吃一口面，她至少就要花二十秒。

"你不是说过会快点的吗？"她磨磨蹭蹭的样子让我越来越焦虑，说话的声音都开始发抖。

"放松点，时间还早得很呢。"邦妮若无其事地回道。

我看了下手机上的时间，准确来说，她的话也没错。现在离我复试开始还有一小时，而我们坐地铁过去只要五分钟就够了。但是在我的计划里，现在这个时候我应该已经到了复试的地方，待在某个安静的角落开始做前期准备才对。但现实却是我被拖在这全世界最吵闹的意式餐厅里，随着时间一分一秒地流逝，急得心脏都快跳出来了。

好不容易等到邦妮吃饱放下了叉子。服务生来收盘子的时候，她双手捧着肚子，一副满足的样子。

"现在我们能买单了吧？"我催促着她。

　　"不来个甜点吗？或者咖啡？"

　　"不用！"趁着她还没说出什么别的前，我大声地打断。

　　感觉又过了很久，服务生才拿着刷卡机姗姗而来。我已经穿好了外套，准备等会儿一付好钱，马上就走。邦妮在包里翻了半天才找到她的银行卡，然后一脸傻笑地递给服务生。要不是赶时间，我简直要被她羞得钻到桌子下面去。

　　服务生把卡放到刷卡机上，过了一会儿，机器里传来低沉的"嘀"声。

　　"呃，抱歉这张卡没有支付成功。"他说道。

　　我慌张地瞄了邦妮一眼，但是她似乎完全没注意到，哼着歌，又从鼓鼓囊囊的钱包里抽出了另一张卡。但这次刷卡机传出的仍旧是让人心惊肉跳的支付失败提示音。

　　"奇怪了，"邦妮嘀咕了句，又问服务生，"这餐是多少钱来着？"

　　服务生把我们的账单又从头到尾报了一遍，然后又公式化地笑着加了句："不含服务费。"

　　我急忙拿出钱包，两手发抖地在里面翻起来。

　　"我这儿有 10 英镑，"我问邦妮，"你那儿有多少？"

　　邦妮笑得仿佛我说了什么笑话似的："你该知道我的，罗，我可是像女王那样，从来不带现金的！"说完，她向服务生投去一个无懈可击的微笑："我去取款机上取点现金吧，一会儿就回来。"

　　邦妮走出餐馆的时候，我特意看了下时间，还剩五十分钟。我算了下，哪怕我们再晚十分钟去乘地铁，应该还是能提早半个多小时到的。不过这并没让我越来越紧张的心平静下来。

　　没到那儿之前，我都不可能放松。

　　已经过去十五分钟了，她到底跑哪儿去了？离这儿最近的取款机绝对要不了那么久。

　　就在这时，我的手机响了下，是邦妮发了短信来。我赶紧点开：

我的卡透支了，你自己想办法跑吧。我们直接在帕博翠丝文具店碰头。

我目瞪口呆地看着手机，她在开什么玩笑？！我立刻给她回电话。

电话没人接。

我扫了眼餐厅，发现那个服务生正背对着我，忙着给刚进来的一家人摆放宝宝椅；其他服务生也都专心忙着自己手头的事情，不是在点餐，就是在上菜。我紧张得心里直打鼓，戴上外套的毛领帽子挡住脸，趁着没人注意，飞快往餐厅门口走。

走进车站大厅的下一秒，我就飞奔了起来。车站里的游客和学生熙熙攘攘，还有位老人正在用公共立式钢琴弹《卖艺人》，很多人在给他录像，而我艰难地在他们当中穿梭着。

等我跑到帕博翠丝文具店的时候，邦妮正如她所说的，等在里面挑选着节日贺卡。

"来啦，"她漫不经心地冲我说，"我刚刚还在想你到哪儿了呢。"

"你怎么能跟我开这种玩笑！"我跑得筋疲力尽又怒不可遏，胸膛剧烈地起伏着。

邦妮不解地眨了眨她那双圆葡萄似的大眼睛："我怎么了？"

她怎么能像没事人一样表现得一脸无辜？她怎么能这样！

"我没钱付账，像小偷一样从餐馆跑出来，而你竟然还在这里买东西？"我气急败坏地吼道。

邦妮吓得两手缩到了胸前，她手上还拿着一叠卡片，朝外那面上画着两根纽结饼，一根是打结形状的，一根是直的。那根直的扭结饼头上画了个泡泡状的对话框，上面写着："何必让生活那么复杂呢？"我真想把那叠卡片扔到地上狠狠地碾几脚。

然而现实中，我只能把它们从邦妮手上抢过来，然后完好无损地塞回货架上。

"喂，那些是我要买的！"邦妮嚷着。

"用什么买？你不是说没钱吗？"我没好气地回她。我们俩的动静引得店员不住地这边看，我赶紧拽着邦妮的手腕把她往门外拖。

"你抓疼我了！"邦妮娇气地喊着。

我甩开她的手，径自向地铁口大步走去。邦妮踩着她的高跟靴小跑着追在后面，鞋跟敲在地砖上发出嗒嗒嗒的声音。

"你发什么疯，"她满不在意地嚷着，"又不是杀人放火，干吗这么大惊小怪的。"

"你有没有想过我万一被他们抓住了呢？"我厉声质问她，"他们会报警的，甚至他们现在都还可以这么干。"

"就为了一份海鲜意面和玛格丽特比萨报警？怎么可能……"

邦妮话音未落，车站里突然响起了广播通知：

"由于收到安全警报，本站将暂时关闭。所有地铁将不在国王十字站和圣潘克拉斯站经停。请各位旅客自行更换其他线路。"

广播引起了一片哗然，跟我们往一个方向去的人群都抱怨纷纷。

我也在心里不住地暗骂，这种事怎么早不来，晚不来，偏偏被我们赶上了，我心里的愤怒一波未平，一波又起。

"快走吧。"我说着，转身向出口走去。

我们从车站走出来的时候，等巴士的人在公交站已经排起了长龙。

"我们可能要走着去了。"说完，我把地图和复试通知一起拿了出来，研究该走哪条路。

"可是我的脚已经磨得有点疼了。"邦妮不满地说。

"谁叫你穿这双靴子的。"我不耐烦地冲她喊。

"你别吼我！"邦妮捂着耳朵叫道。

"别废话，快走吧。"我无可奈何地说道。

从灯光昏暗的车站出来，耀眼的阳光刺得我眼前发黑。大马路上车水马龙，各种小汽车、出租车、红色的巴士和摩托车从我身边呼啸而过，发动机里喷出的热浪拍得我脸颊发烫，人行道上更是挤满了成群结队的游客和上班族。邦妮踩着高跟鞋，一瘸一拐地跟在我后面，我无视她对走路的抱怨，让自己集中精力看路。

因为我们要穿过一条马路走到对面去，我在红绿灯前停下按了按钮，然后转身想示意邦妮要在这里过马路。

然而我身后没了邦妮的踪影。

恐慌顿时涌上我的心头。我上次回头的时候，邦妮离我不过十步左右，最远也不超过十五步。

我急忙逆着人流往回走去找她。明晃晃的阳光射到我的眼睛里，我的眼前只剩一片白光。

邦妮不见了。我头昏脑涨地站在路边，感觉天旋地转。她总不可能凭空消失吧。

可能吗？

我掏出手机的时候，听到有人在叫我的名字。我猛地转身看去。

邦妮正表情痛苦地站在一家炸鸡店的门口，手里还拎着一只靴子。

"你怎么回事？"我压着火气问。

"我的脚不行了。"她哼哼唧唧地说，"你看。"她单脚站着，脱下一只脚的袜子露出脚后跟，那里已经磨得红肿发亮。

"我疼得受不了，不能再走了。"她坚决地说。

"那我跟你换鞋穿。"

这话出口的瞬间，我就发现是行不通的。我的脚比邦妮的至少大了两码，根本不可能挤得进她那双头尖得可以戳死人的恨天高里。

"用创可贴呢？贴上应该就没事了吧？"我拼命克制住让自己不要发火。

"我也不知道，应该吧。"

"你在这儿等着。"

说完，我今天第三次转身开始跑起来。

我等在博姿的收银台前准备付钱，然而当我伸手到背包里拿钱包的时候，发现自己摸了个空。

"稍等一下。"我尴尬地对收银员说，然后又在包里翻了起来，心里越来越慌。

我的钱包不见了。

心慌意乱下，我把包里的东西一股脑儿倒在地上找了起来，引得我身后排队的人发出不满的啧啧声。看到复试的乐谱静静地躺在地上，我的心脏仿佛被人用手捏住了似的生疼，因为我知道自己注定要迟到了。

我收捡好东西，抛下一句抱歉后，就逃一般地从店里跑了出来，那盒创可贴也留在了柜台上。

我肯定把钱包落在餐厅了。我边跑边回想着我的钱包里有没有任何身份证件，我的借书卡上写没写我的名字？但是我什么都想不起来，脑子里一团乱麻。

邦妮还在原地等着我，她的脚已经穿回了鞋里。

"创可贴呢？"当她看着我两手空空后，狐疑地问。

我忍不住发出了一声嘶吼，像野兽垂死挣扎般难过愤恨的声音把我们俩都吓了一跳。

"你怎么了？"邦妮小心翼翼地问道。

"我把钱包落在餐厅了。"我绝望地说。

"里面有你的身份证件吗？"她今天第一次露出真正着急的神情，紧张地问我。

"你简直无可救药了。"喊完，我拿出手机，上面显示已经3点整，而我们离复试的地方还有一千米的距离，"我要迟到了。"绝望的泪水盈满我的眼眶。

我多希望现在邦妮能站起来，像个真正的父母那样，承担起责任，为我出谋划策，扭转这个局面。

但她当然不会这么做。

哪怕她有这个心，也没这个能力。

挤得满满的公交车从我眼前呼啸而过，那是我最后的希望。

"你连走到公交车站也不行吗？"我指着远处的车站问她。

邦妮试着走了一步，但立马哇哇大叫喊疼。

"我打算自己过去了。"我不再犹豫地对她说道。

"可是我不是一定要到场的吗？"

"我到时候再想办法，不然还能怎么样？你就在这儿等着吧。"说完，我不再多看她一眼，转身就跑。

等我用百米冲刺的速度跑到皇家音乐学院后，我的小腿和嗓子都已经火辣辣得快要烧起来，脸上淌满了汗水和泪水。我咚咚咚地跑上楼梯，冲进大厅，不管不顾地冲到第一眼看到的工作人员面前。那是一位身材娇小、留着金色短发的女士。

"需要帮忙吗？"看着我狼狈的样子，她皱着眉问道。

"我是来复试的，"我大口喘着气说，"但是我迟到了。"

"你叫什么名字？"

"罗……罗·斯诺。"

她查了下手上的文件夹，然后一脸为难地对我说："我们的复试时间安排得非常严格，所以之前才会特别强调要提早半小到场。"

你以为我不知道吗？如果不是因为那个灾星妈妈，我早该提前一小时就到了。

"拜托您了，"我气喘吁吁地恳求她，"我路上出了意外，真的好不容易才赶来的。"

她叹了口气，说："那我帮你试试看吧。"

我焦急地在原地打转，等着她的答复，这时我已经顾不上再看周围其他人有多厉害了。她回来的时候，带来了另一位手里拿着文件夹的女士。那位女士叫吉娜，是合唱团的高级行政人员。

"我们今天的复试已经排满了，"吉娜对我说道，"但是评委们同意用茶歇时间来看你的复试，所以我们现在得快点过去。你跟我来吧。"

"你是说，现在就去吗？"我惊慌失措地问，"可是我连唱前的准备都还没做。"

"这也是没办法的事了，"吉娜抱歉地向我偏了偏头，说道，"但是就像我刚才说的，这个机会已经是他们牺牲茶歇时间才挤出来的。"

吉娜领着我爬了很高一段楼梯后，走进一道长长的走廊，我们的脚步声在走廊光滑的墙壁间回荡。我喘得上气不接下气，汗津津的头发贴在脖子后面，T恤也黏糊糊地贴在背上。我试图把脑子里那个"你还没准备好"的声音隔绝在外，但它已经在我脑海里扎了根，连忽略都做不到。

"在这儿稍等一下。"吉娜突然在一扇没有写名字的白色门前停了下来。

她轻轻地推门进去，留我等在外面。我趁机拿出梳子，用嵌在手柄上的小镜子检查自己的样子。我的模样比预计的还糟，苍白的脸上带着明显的局促不安。我用力掐了掐脸，希望能让脸上看上去有点血色，然而就算这样，也无法让人忽视挂在我眼下乌青的黑眼圈和深得仿佛刻在我前额上的抬头纹。

我可能是全世界长得最老的 14 岁女孩。

没一会儿，吉娜从门里出来，对我说道："好了，你进去吧。"

我连缓口气的机会都没有，就被领进了房间，随后"吧嗒"一声，门在我身后轻轻合上。

虽然音乐学院的建筑看上去宏伟不凡，但是这间米色的试唱间里却平淡无奇。我走到房间中央后面朝评委站好。这次的评委还是上次我在伯明翰见过的那四位。我绷紧了脑子里的每一根弦，紧张得仿佛下一秒就会应声而断。

"很高兴又见到你了，罗。"那位瘦瘦的男评委亲切地对我说。

"很抱歉我迟到了。"我脱口而出早已准备好的道歉。

评审团对我的抱歉没有多加理会，直接让我去了钢琴伴奏那里。这次的伴奏和伯明翰的那次不是同一个人，他长着一头软趴趴的金发，看上去情绪不太好，有些不耐烦的样子。我把乐谱递过去的时候，他也没有跟我对视。

"由于时间有限，我们这次就跳过视唱环节，直接听你演唱自选曲目吧。"其中一个女评委说道。

我紧张地吞了下口水。本来我还想利用视唱环节来开开嗓子，顺便再平复下心情，现在连这个机会也没有了。

还没等我走回房间中央，歌曲的钢琴前奏就响了起来。

我真想冲他大喊："我还没准备好！"但是我知道我不能这么做。

刚开始的几小节，我唱出来的声音又细又轻，仿佛被人掐住了脖子。我想在接下来的几节里好好表现，以弥补之前的问题，但结果却用力过猛，直接唱破了音。这是怎么回事？唱歌常常能让我有一种尽在掌握中的感觉，仿佛整个人都变得更加勇敢，成为一个更好的自己。但今天，我却把自己唱成了最失败的样子，虚弱得连站都站不稳，感觉一切都乱了套。我试图让自己沉浸到歌曲里，融入歌词想表达的情绪中去，平时我都能很快就进入状态，但是现在，我满脑子都是从昨天到现在发生的那些糟心事。从朱迪临时出事来不了，咖啡洒到我裤子上到被迫从餐厅里逃跑，邦妮因为靴子走不动路而我又弄丢了钱包。再到现在，我清楚地意识到我把这个来之不易的机会给彻底搞砸了。我之前想的没错，这

个合唱团确实不适合我，是米尔福德老师弄错了。看看我现在成了什么
样子？我整个人都快崩溃了。

我在唱另一个高音的时候又破音了，然后接二连三，我能感觉到泪
水已经在眼眶里打转。

你不能在他们面前哭出来。罗，无论发生什么，你都绝对不能哭。

但是，我无法忽视评委们脸上失望的神情。有一滴不合群的眼泪从
眼眶中逃了出来，义无反顾地滑到了我的脸颊上。我只能指望他们坐的
那个位置看不到我脸上的情况。

我支离破碎地唱完了整首歌，怎么也稳不住的气息让我连发出来的
声音都是颤抖的。终于唱完后，整个房间陷入了让人发慌的安静。我难
堪得想死，恨不得像《奥兹巫师》里的坏女巫那样直接瘫倒在地。

"谢谢你的演唱，罗。"离门最近的女评委对我说道，"稍等，我
们讨论一下。"

她弓着身体冲其他评委看去，随后他们靠在一起讨论起来。趁他们
说话的时候，我赶紧擦掉了脸上的泪痕。角落里的钢琴手在无聊地看他
的手机，还打了个哈欠。

过了一会儿，四位评委齐齐抬头看向了我，他们脸上的微笑里都充
满了同情。

"谢谢你这次赶过来，罗，"那位女评委说道，"我们会在下几周
公布所有人的复试结果。"

"我还准备了一首歌，能不能再让我唱一次？"我祈求地问。

我唾弃自己怎么能说出这么不要脸的话来，让我觉得下一秒我都可
以跪在他们脚下求他们。

我的话让那位女评委犹豫了一下，然后她斟酌着说道："我们该听
的都已经听了，不过还是谢谢你的用心准备，罗。"

她把话说得很好听，但是傻子都能听出来背后的意思是什么。我前

一首歌已经唱砸了，无论是他们还是我，都没必要再去自讨苦吃。现在我想补救已经晚了，他们心里已经有了决定，那就是我——罗·斯诺，不够优秀。我第一次的面试表现只是昙花一现而已，是个意外，不会再有第二次了。巨大的失望像海浪般向我扑来，我拼尽了全力才让自己没有被当场拍倒。

"也谢谢你们为我抽出时间。"我眼眶里含满泪水，从嗓子里逼出一股微弱的声音回道。

我低着头，在他们一贯客套亲切的微笑下走出了房间。

吉娜正靠在墙边的老式暖气片上等我。"复试还顺利吗？"看到我出来，她轻快地问。

"顺利，谢谢你。"我轻轻地回道。

"我也很高兴他们能挤出时间给你复试，"吉娜欣慰地说，"要是费了那么大劲儿，到头却白跑一趟，那种感觉也太难受了。"

29

直到我走到大门外的台阶上，冷风吹得我脸上发冷，我才突然意识到根本没人问过我父母或者监护人在哪里。所以我本来完全可以一个人过来，那样也就根本不会发生那么多事了。我想象着如果今天是我一个人来会是怎样的，那我一定提前一小时就到了，可以做好充足的准备，然后得到评委们发自内心的赞许。我走了几米后，终于忍不住蹲在人行道上痛哭起来，周围路过的行人都诧异地盯着我，但是我已经管不了那么多了。

十分钟后，我再次站了起来，慢慢往炸鸡店走。我的腿重得像灌了铅，每走一步都异常艰难。等我终于走到后，炸鸡店的门口却已空无一人。我看了看店里面，只有两三个十几岁的男生坐在角落里。

我查了下手机短信。

邦妮：我在街头转角的咖啡店！

那是家老式木质装修风格的咖啡店，精致的蛋糕摆在闪着光泽的木质底座上，陈列在大大的玻璃橱窗里。

邦妮正坐在一张桌子旁，她脚上亮粉色的卡骆驰洞洞鞋格外显眼。

"鞋是哪儿来的？"我不带任何语调地问她。

"这家店的老板娘好心可怜我，非要送给我穿的。"邦妮边说边伸出腿向我炫耀道，"你穿过这种鞋吗？太舒服了！"

我的视线落到她面前空了的马克杯和盘子上，盘子里还有一点蛋糕屑。"你吃这些的钱是哪儿来的？"我接着问。

"我在大衣口袋里找到了20英镑现金。"邦妮兴高采烈地说。

我像是被人当胸打了一记重拳，难受得喘不上气来。

"那个，你复试得怎么样？"邦妮问完又加了句，"你动作还挺快的，结果还好吗？"

我摇了摇头，没说话。

"没事，演出就是这样的，状态时好时坏很正常。"邦妮毫不在意地说，"我们的火车是几点来着？还有时间吃块蛋糕，再去哈罗德吗？这家店的黑森林蛋糕真的特别好吃。"

她意犹未尽地舔舔嘴唇，我冷冷地瞪着她一言不发。过了几秒钟，她皱了皱眉，终于发现了我脸上明晃晃的难过表情。

"唉，没必要一副死气沉沉的样子，"她晃了晃我的手说，"来，吃块蛋糕吧，保管你心情马上就好了。我刚才找的零钱放哪儿了……"她开始在包里翻起来。

"现在结果如你所愿了，对吧？"我看着她说。

邦妮抬头扫了我一眼，啧啧地说："你能不能先坐下来，罗。你这样在我面前晃得我不舒服。"

我充耳不闻，动也没动。

"你就是故意的，对吧。"我继续说。

"你在说什么呢？"邦妮干巴巴地笑着问我。

"所有的事，从早上磨磨蹭蹭开始，到一定要吃意面，还有你穿的那双磨脚靴子，你今天就是来给我捣乱的。从我告诉你的那一刻，你确定这件事对我很重要后，就决定要这么做了。"

"你胡说八道什么。"邦妮说着，把钱包里的零钱都倒了出来，硬币在桌上滚得到处都是。

"我从来没求过你什么，邦妮，"我自顾自地说下去，眼泪在我的脸上流淌，"我好不容易求你一次，你却想方设法地毁了它。"

"罗，你别这样……"

我不理她的狡辩，继续把血淋淋的事实摆上台面，"因为你觉得这件事与你无关、你也不感兴趣。但是邦妮，这件事对我很重要。"我按着心口控诉道，气得声音都在发抖，"你不但把我珍惜的东西踩在脚下，更可恶的是，你到现在为止都没意识到自己有多自私。你永远把自己摆在'可怜兮兮'的位置上，永远都只想着自己。你有没有想过，当你这种人的女儿过的是什么日子？我现在就告诉你，做你的女儿就是世界上最倒霉的事，我已经受够了！"

我打开背包，拉开里面侧袋的拉链去拿火车票，结果看到我的钱包正好好地躺在里面。原来我一直都把它背在身上。我心里顿时又涌起一股无名火，气得我手直发抖。我把一张火车票甩到桌上，头也不回地走出了咖啡馆。

我搭上了回家的火车，但是没去坐车票上的位置。虽然这意味着我得全程站着回去，但是我宁愿站两小时，也不愿在邦妮旁边坐两分钟。

我试图看会儿书来打发路上的时间，但是在一只手扶着扶手的情况下翻页实在太困难，况且我也没法儿集中精力，看了半天还停留在同一页上。我的手机差不多每十分钟振动一次，全是邦妮打来的电话，每一个都被我按掉。她无论再做什么、说什么，都无法挽回了。

这一次，我决不原谅。

30

邦妮离开家的时候，我还躺在床上，听到她把后门甩得砰砰作响。

她真是好样的。

昨晚我们回到奥斯布罗后，我没坐她的车，而是乘公交回的家。等我到家后，她早就优哉游哉地窝在客厅里看电视了。我回来直接上楼进了卧室，这期间，她对我视而不见，完全没有任何要再跟我解释的意思。

不知道我们这种同在一个屋檐下，却互不理睬的日子能维持多久，我只希望越久越好。

我几乎一整天都没下地，躺在床上用我的笔记本电脑看自然纪录片，看累了，就睡一会儿。这次睡醒后，我发现天已经黑了下来，拿过手机，屏幕上全是坦维发来的信息。

昨晚我轻描淡写地跟她说了复试不理想的事，但是她根本不相信，还以为我在谦虚。我何尝不希望如此呢，可到现在为止，一想起昨天的情况，我都觉得一阵头晕目眩，生怕自己会难受得吐出来。

我大略扫过所有的信息，都是坦维在说今晚的派对要怎么安排。我还没看完的时候，手机又响了一下收到她的一条新信息，我点开看完后，开始跟她回短信。

坦维：你人呢？不是说好来我家化妆的吗？我零食都备好啦！！

罗：抱歉，睡过头了。

坦维：没事！你没事就好，（我差点儿以为你出什么事了！）你什么时候过来？

我看了下时间，原本按计划我要 5 点左右到坦维家的，但一想到他们肯定会问我关于复试的事情，我真的不确定自己还能不能跟他们交谈自若，再装出一副兴致勃勃要去参加派对的样子。现在我只想爬回被窝蒙头大睡，把昨天的事情从我脑子里抛得一干二净。

罗：我现在临时有点事要处理，我们直接在派对上碰头吧？

坦维：什么？！我一个人不敢进去啊！！

罗：那我在门口等你。

坦维：难过！不是说好过来一起化妆的吗？我特地准备了好多东西呢！

罗：抱歉了朋友，是我妈妈的事，你懂的……

我瞄了眼镜子，我现在的样子槽透了。一整天没洗的脸上污渍斑斑，上面还有在被子上压了一整天的印子。

坦维：天哪，你还好吗？要我帮忙吗？要不我们去你家接你吧？

罗：不用了，我们 7 点在那边碰头。我得走了……

我把手机往床头柜一扔，躺回了床上。

我到杰克家门口的时候刚过 7 点，坦维的爸爸的车已经停在那边了。坦维一看到我，就跳下车给了我个熊抱。

"我的天哪，我想死你了！"她抱着我大喊。

我知道这个时候我该说"我也是"，虽然这也是事实（至少曾经是），但我就是没法儿把这话大声说出口。

"我喜欢你的打扮，"我转而这样说道，"是普瑞莎帮你化的吗？"

坦维扮的是《猫》里的人物，现在她就是直接上台都毫无违和感。

"是呀，"她遗憾地说，"可惜你没来，不然她也能帮你化的。"

"是啊，太可惜了。"我敷衍道。

"你妈妈的事，还好吗？"她大大的眼睛里盛满关心。

"嗯，没事了，"我不自然地动了动脚，"刚才就是有点事走不开。好了，我们快进去吧，我都冻得不行了。"

坦维的爸爸按了下喇叭，然后从窗户里探出头对我们说："10 点半，还是在这个地方，我准时来接你们。"

"那也太早了吧，"坦维不满地嚷道，"就这点时间，我们进去刚脱了外套就得再穿起来走了。"

"芭莎，我们要么 10 点半走，要么现在就走？"

"好吧，好吧。"坦维嘟囔着跟他爸爸亲吻告别。"我到现在都不敢相信，我爸爸竟然会打电话去问杰克的妈妈派对上有多少大人'值勤'。"我们一边顺着两边摆着南瓜灯的小路往院子里走，坦维一边跟我抱怨道，"真是太丢脸了。"

相比之下，无论是邦妮还是爸爸，他们甚至都不知道我今晚在哪里。我走的时候，邦妮也正准备出门，而爸爸现在还在法国度假。在看到坦维和她的爸爸之前，我都以为自己根本不在乎这些。

"你没事吧？"坦维关切地问，"你看上去有点不对劲。"

"我没事。"

"是因为复试的事吗？"

"不是。"

"你说复试结果不理想，这是真的吗？"坦维似乎认定了我的状态跟这个有关。

我叹了口气："是真的。"

"可是你怎么知道的？他们是怎么说的？"

"我知道就是知道，哪有那么多为什么。"我的语气开始不耐烦起来。

"可是最终的结果不是还没出来吗，你不要这么悲观啊。"坦维轻快地说。

坦维一贯的乐观主义在今晚让我觉得难以承受。就在她打算再接再厉的时候，猛地打了个喷嚏。

"注意身体。"我条件反射地说。

"谢谢，"坦维说完，抽着鼻子问我，"我脸上的妆没花吧？这可是普瑞莎费了好半天给我化的。"

"没有，还是很完美。"我真心实意地说。

杰克家的房门敞开着，让人一目了然地看到里面的万圣节装饰。屋里随处可见黑色和橙色的气球、彩带，硬纸板做的骷髅架从天花板上垂下来，连门口和楼梯扶手上都挂着仿真的蜘蛛网。一个巨大的巫师娃娃坐在门厅楼梯的台阶上，在我们走过的时候突然发出尖锐的笑声。

坦维被吓得一声尖叫，然后抓着我的胳膊，兴奋地叫道："这里真是太棒了！"

上楼后，我们脱下外套，扔到杰克的父母的卧室里。

"啦啦啦！"坦维终于可以毫无顾忌地展示她的猫服了。她戴着毛茸茸的尾巴和毛毡做的猫耳朵，看上去可爱极了。

"你的万圣节衣服呢？"她看着我问。

"这身就是了。"我指着身上的衣服说。我从头到脚穿了一身黑。

"你不是说要扮女巫的吗？"

"我正扮着啊，只是没那么明显而已。"

"你等着。"说完，她飞快地跑出房间。

没过一会儿，坦维拿着一顶巫师帽子和斗篷回来了。"这是向楼梯上的那位巫师借的。"她笑嘻嘻地说。

"不用了，我这样挺好。"我说着，往后退了一大步。现在我根本没心情打扮。

"但是全场只有你没换衣服，会显得很突兀的。"

她这话让我有些动摇了，毕竟今晚我最不想要的就是与众不同。

"知道了，"我不耐烦地叹了口气，"女巫就女巫吧。"

我一边拢起头发把那顶小了一圈的帽子往脑袋上套，一边由着坦维乐呵呵地帮我系紧脖子上的斗篷带子。

"这下看着顺眼多了！"穿好后，她满意地说道。

我瞄了一眼镜子，里面的人也一脸阴郁地朝我看来。我知道自己应该振作起来，但真的不知该从何做起。

"你觉得艾默生现在到了吗？"我们从房间出来往楼梯走的时候，坦维问我。

"我怎么知道，我又不是他肚子里的蛔虫。"我没好气的话让坦维瞪大了眼睛。"抱歉，"我讷讷地说，"我只是觉得这个问题有点傻。"

"你确定你没事吗？"坦维歪着脑袋看着我问。

我心里涌起一阵烦躁："老天，你还要我说几遍，我没事，没事！"

坦维被吓得退了一小步，她举着手，投降般地对我说："好了，好了，我就随便问问。"

我扯了扯脖子上的绳子，觉得坦维给我系得太紧了点。

"走吧，我们去拿喝的。"她说着，牵起我的手，轻轻地拉着我下了楼梯。

"你们想喝点什么？"厨房里，杰克的妈妈热情地问道。她穿着黑色的紧身连衣裙、戴着长长的黑色假发，扮的是莫蒂西亚·亚当斯。"啤酒？苹果酒？还是葡萄酒？每种只能拿一个哦。"她在这儿就是为了监督我们喝酒的。

"有没有可乐、柠檬汽水之类的？"坦维问她。

"当然有，"杰克的妈妈指着柜子那边的一堆软饮说道，"那些你们可以随便喝。"

坦维拿了一瓶柠檬汽水，而我拿了一罐苹果酒。

"我都不知道你还会喝酒。"坦维边说边把汽水咕咚咕咚地倒进一个薄薄的塑料杯里。

"你不知道的还多着呢。"我说着，拉开了拉环。

"好吧，"坦维犹豫了下说道，"那干一杯吧，万圣节快乐？"

"万圣节快乐！"我说着，用易拉罐碰了下坦维的杯子，然后抿了口酒。酒里的气泡比我以为的还多，在鼻腔里炸开，弄得我痒痒的。

这时坦维又打了个喷嚏，震得汽水都从杯子里溅了出来。

"上帝保佑。"她把溅到汽水的手在腿上擦了擦，然后对我说，"走吧，我们去玩吧。"

我又喝了一口酒，然后跟着她往客厅走。

还没走两步，坦维就跟围过来的乔治娅和萨拉聊上了。她们跟坦维一样扮的也是猫，不过走的是"性感"路线，她们在毛茸茸的尾巴下穿着渔网袜和高跟鞋，有点站都站不稳的感觉。

"坦维！"乔治娅兴奋地叫道，"你打扮得太可爱啦！"

"谢谢！"坦维高兴地回道。

从厨房到客厅短短的距离里，有三拨人像这样拦下她打招呼。每个人似乎都很高兴见到坦维，纷纷惊呼着她有多"可爱"、多"漂亮"，夸赞她的衣服、发型和妆容的话更是从不间断。坦维在他们眼中就像是个打了胜仗的小可爱，精心打扮后的样子让每个人都想揉着她的脑袋夸两句。而坦维面对他们的热情，也都笑呵呵地回应着，跟他们简单地寒暄几句。她虽然表现得一副轻松随意的样子，但是全程我都在等着她偷偷向我翻白眼，露出示意我去解救她的表情。不过就算她真这么做了，我应该也会视而不见吧。我又咕咚灌了一大口酒。这个味道我刚开始还不太惯，但是喝了几口之后就开始适应了，手里的易拉罐很快就见了底。

我们正要走进客厅的时候，玛丽莎突然从前门冲了进来。她扮成了僵尸啦啦队队长的样子，高声尖叫着坦维的名字。

"我去下厕所。"说着，我及时往旁边撤了一步，让玛丽莎冲过来挽住了坦维的胳膊。

我钻进楼下的厕所，反锁上门，一边坐在马桶盖上喝光手里剩下的酒，一边想着要是一直躲在这里，他们得要多久才会发现我不见了。过去的十分钟已经清楚表明，坦维根本不需要我陪着她。我站在她旁边不像同伴，倒像是个暴躁的保镖。我看了眼时间，离坦维的爸爸来接我们回去还有三个多小时。

这时，有人在外面拧厕所的门把手。

"稍等！"说完，我站了起来。

从厕所出来后，我又去了厨房。杰克的妈妈似乎没注意到我，问也没问，就让我直接拿了第二罐苹果酒。我打开后拿在手上去客厅找坦维。客厅的音响正大声放着迈克尔·杰克逊的《战栗》，虽然现在时间还早，但是几乎所有人都开始跳起了舞。

我紧紧抓着手里的酒挡在胸前，一边沿着客厅的墙壁移动，一边用目光在中间的人群中搜索坦维的身影。

为了视线更好，我爬到了一把椅子上，借着这个有利地形，我几乎一眼就锁定了坦维的位置。她在人群的最中间，正跟着音乐跳着《战栗》里的舞步，动作飒爽又犀利。我突然明白了为什么排灯节那天她那么想玩《舞力全开》，因为她真的跳得特别、极其好。她的周围渐渐围成了一个圈，陆续有人开始学着她的动作跳了起来。

音乐结束的时候，人群中爆发出热烈的喝彩声，随着有人喊了一句"坦维，再来！"，整个屋子的人都开始跟着齐声喊了起来。坦维对他们的热情欣然接受，随即开始在人群里跑了起来，跟着他们喊声的节奏挥手蹬腿，把房间里的气氛带得越来越高涨。

在这时，坦维看到了我，她隔着喧闹的人群向我挥着手喊："过来跳舞！"蕾哈娜《心神不宁》的前奏恰好在这时响起。

我向她猛摇头。我从来不跳舞，更没兴趣在这里跳。

坦维合着手对我做出祈求的姿势，眨着她那双大眼睛，睫毛像两把小扇子一上一下。幸好不等我回答，音乐已经到了主歌部分，我看着坦维沉浸在音乐中，随着旋律扭动着身体，那些动作由她做出来既怪异，却又自然。不断有男生凑到她身边跟她一起跳起来，他们学她动作的笨拙样子越发凸显出坦维的舞艺精湛。

我注意到艾默生一直紧紧地盯着坦维，人却一直在壁炉边打转。过了一会儿，他终于放下手里的饮料，挤进人群向她走去，脸上的表情既紧张，又坚定。他走到坦维身后，拍了拍她的肩膀，坦维转身回头，看到他的那一瞬间，脸上就笑开了花，她笑容里的甜蜜简直能溺死人。

坦维是今晚派对当之无愧的焦点。她根本不需要找人陪着。她把我叫来，完全就是多余。

就在坦维和艾默生开始跳舞的时候，突然有人撞上了我站着的椅子。我在椅子倒地前从上面跳了下来，但是我错估了椅子的高度，跳下来的时候腿绊到了椅子，整个人被带着趴在了地毯上，脚背被砸在椅子下面。我手上的易拉罐也被甩到了地上，金色带气的液体渗进了地毯里。

"你没事吧？"

我抬头向那个声音望去，杰米上下颠倒的脸正盯着我看，他脸上还戴着一个鲜血四溅的医用口罩。他向我伸出胳膊，我不情愿地借着他的手站了起来，站直后立刻甩开。

"我再去给你拿杯饮料，"他毫不介意地说道，"你在这儿等我。"

等他走出客厅后，我立刻跑去了门厅那边。我拧了拧楼下厕所的门把手，发现里面被锁上了，而楼上的厕所又特别说明了"禁止使用"。

彻底没了地方躲，我只能坐在楼梯上，透过扶手的间隙看着下面如火如荼的派对。坦维和艾默生已经转移到了沙发那边，两个人正兴高采烈地聊着。

天哪，要是诺亚也在这儿就好了。也不知道他和他爸爸相处得怎么样了，早前我发短信问过他，他到现在还没回。我拿出手机开始给他写信息，打字打到一半的时候，突然响起的声音吓得我差点儿跳起来。

"可算找到你了。"杰米两手端着杯子站在楼梯底下冲我说道。我咽了下口水，莫名其妙地看着他走上来在我旁边坐下，然后把一个塑料杯塞到我手里。

"这里面是什么？"我问他。

"伏特可乐，"他拉下脸上的口罩，对我说道，"干杯。"

"干杯。"我轻轻地说。

杰米把杯子里的东西一饮而尽。我先闻了闻，然后抿了一小口。这个味道太恐怖了，就像是变了质的可乐。

"对了，我还要跟你说声抱歉。"杰米用袖子擦了擦嘴，对我说道。

"抱歉？"我不明所以地问。

"是的，"杰米把手里的杯子攥成一团，"我们上次说话的时候，我有点犯浑。"

"没关系的。"我回道。不然我还能怎么说呢？毕竟我一点也不希望他一直对这件事耿耿于怀。

"你真的不介意了吗？"他不确定地问道。

他眼里的认真让我倍感意外。"杰米，那都是多久以前的事了，"我看着他说，"我没想到你竟然记到现在。"

我说这话时，冷静的样子让我自己都吃了一惊，仿佛我在说别人的事。

"哦，好吧，"杰米有些吃不准地说道，"那就好。"

说完后，我们陷入了沉默。杰米口罩上的假血浆闻起来甜腻腻的，让我有点反胃。

"你是一个人来的吗？"过了会儿，他又问。

"不是，我和坦维一起来的。"

"就是刚才跳舞的那个女孩吗？"

"就是她。"

"你怎么没过去一起跳？"

"我不想跳。"

"什么？一点都不想吗？"

"不想。"

"哪怕拿刀架在你脖子上？"

"那也不跳。"

"真硬气。"

就在这时传来了伊森·彼尔德的声音，他站在楼梯底下冲着杰米喊道："你还去不去了？"

"我拿好衣服就来。"杰米大声说着，然后站了起来。

"好吧，那我们在外面等你。"伊森回道。

"你要不要一起去？"杰米站着问我。

"去干吗？"我边问边抿了一口饮料。这杯东西不像苹果酒那样让我觉得越来越顺口，我只能勉强把嘴里的东西咽下去。

"去做点捣蛋的事。"杰米答道。

"那不是小孩才玩的吗。"

"我们捣蛋的方式可不太一样。"

"哦，还是算了吧，谢谢。"

"一起来吧，很好玩的，而且总比你呆坐在这儿强吧？"他说着，用脚轻轻推了推我的小腿。

我又朝栏杆外望了眼，坦维和艾默生还在沙发那儿。她的腿搭在艾默生腿上，艾默生正抚摸着她露在外面的脚踝。之前她说什么来着？我必须要来这个派对，因为"我们是最佳拍档"。这算哪门子拍档？现在我就算放把火把自己烧了，坦维那个家伙都发现不了吧。

我端起手里的饮料一饮而尽，然后转身看向杰米。

"那就走吧。"

再怎么样也比待在这里强。

31

五分钟后，杰米带着我在房子外的小路上和其他六个人碰了头。他们分别是瑞恩·阿塔尔、马克斯·奥布莱恩、雅各布·夏皮罗、安德鲁·西尔、席恩娜·布莱克和凯茜·哈里斯，都是我们年级的。

这些人都是学校的风云人物，是平时我都躲着走的那类人。

突然涌上头的眩晕感让我吓了一跳。难道是因为喝了那些饮料吗？应该不会吧，我只喝了一点苹果酒和一小杯掺了什么的可乐而已。

"她怎么来了？"伊森看到我，不满地说。

"是我让她一起来的。"杰米挺着胸膛说道。

伊森眯着眼睛上下打量我，然后说道："好吧，那你自己分她弹药。"

"没问题。"杰米爽快地同意。

"什么弹药？"我奇怪地问。

席恩娜听到，翻了个大大的白眼。

"就是你知道的，卫生纸、面粉、鸡蛋那些……"杰米说。

"哦，没错，"我装作听懂了的样子，小声回道，"可不就是这些嘛。"我从来没有参加过"不给糖就捣蛋"的活动，显然这是我童年的又一个缺失。

"好了，我们来说说安排吧。"伊森对所有人说道。

我们都凑到了他身边。

"我们先从巴沙特家开始……"

"你确定他不在家吗？"他话还没说完，就被席恩娜打断了，"但凡他有一点在家的可能性，我都不想靠近那个地方。"

"我都跟你说了，"伊森把握十足地说，"他每周五晚上都要去打桥牌。我奶奶跟他是一个俱乐部的，她说这二十年来他从来就没缺席过。"

"你最好是对的。"席恩娜语带威胁地对他说。

"那然后呢？"安德鲁接着问。

"然后去佩琪家。"席恩娜回他。

我奇怪地皱起了眉头。佩琪就在派对上，我刚刚还看到她在跳舞。她打扮成了天使的样子，背了一对洁白的羽毛翅膀，头上还戴了一个银色的光圈。为什么席恩娜要去她家扔鸡蛋和面粉，她们不是朋友吗？

"她又怎么惹你了？"马克斯替我问了出来。

"你少在那儿装傻，"席恩娜叉着腰，气汹汹地说，"她趁着我去参加太奶奶葬礼的时候，偷偷跑去跟希欧约会。"

"而且她做了还不承认。"凯茜插嘴道，"明明半个年级的人都看到她在溜冰场亲希欧了。"

"那再之后是谁家？"安德鲁接着问。

"还能是谁？"席恩娜反问道，"当然是希欧家了。"

她的话引得除我以外的所有人哈哈大笑。我到现在还没明白他们到底要去干什么。

"好了，每人拿一个，我让你们戴的时候再戴。"伊森说着，拿出一叠纸壳面具发给我们。这些面具上印的全是公众人物的脸，像西蒙·考威尔、哈里王子和碧昂丝之类的。我拿到的是梅根·马克尔。

　　每个人都拿到后，我们出发走进了漆黑的街道。

　　"我是不是搞错了，"我跟在杰米身后，不确定地问，"但是我们这样的感觉不像是去不给糖就捣蛋，倒像要去打家劫舍似的。"

　　我声音里的紧张让我觉得很丢脸，哪里还有半点刚才酷酷的样子。

　　"没那么夸张，"杰米轻快地回道，"就是一点小小的恶作剧而已，而且我们选的都是活该被整的人，为的就是去报仇。"

　　"好吧。"我低低地应了一声，努力去忽视胃里那股越来越不舒服的感觉。

　　"给，"杰米说着，从包里拿出一个两升装的塑料瓶递给我，"喝点这个会让你感觉好点的。"

　　"这里面是什么？"我看着那瓶东西，问他。里面晃荡的棕色液体看上去有点稠腻，绝对不可能是瓶子上写着的"零度雪碧"。

　　"里面可全是好东西。"杰米得意地回道。

　　为了显得酷一点，我豁出去了。"很好，我喜欢。"说完，我猛地灌了一大口。

　　巴沙特先生的家就在休闲中心附近，是一栋很大的独立别墅。我们聚到他家对面的人行道上后，纷纷戴上了面具。但是我的面具太大了，总是从脸上滑下来。

　　"他家的灯刚刚亮了！"席恩娜指着房子的窗户，尖叫道。

　　她说得没错，巴沙特先生家的房子突然间灯光大亮，就像一棵被点亮的圣诞树。

　　伊森看了看手表，"9 点整，时间卡得也太准了，"他胸有成竹地说，"这些灯应该是定时自动开启的。"

　　席恩娜的眉头皱了起来。

　　伊森叹了口气，然后握着她的肩膀，说道："你就相信我吧，席恩（席恩娜的昵称）。"

"你要是敢错的话，我就杀了你。"席恩娜阴沉沉地回他。

"大家都知道自己的分工了吧？"伊森说这话的时候，我还在调节面具的松紧带。

其他人纷纷点了点头。

"好的，我们准备开始吧，是时候让老巴沙特明白他的下场了。"

五分钟后，我们跑到了大马路中间，鞋底踩在柏油马路上啪啪作响。伊森像人猿泰山似的捶着胸口笑得不能自已，雅各布也乐得东倒西歪地靠在他肩头；席恩娜和凯茜手牵着手在那儿蹦蹦跳跳地大喊大叫。每个人都兴奋地吼着、叫着、放声大笑。

包括我在内。

刚开始，我还有些犹豫不定，远远地跟在这个偷袭小分队的后面不敢动手。

直到杰米看不下去地催我："快点啊，罗·斯诺。你还在等什么？"

他的话让我想都没想，就把手里的鸡蛋扔了出去，狠狠地砸向了巴沙特先生家的客厅窗户。鸡蛋在窗户上炸开的那一瞬间，我不但没觉得紧张害怕或者愧疚，反而生出一股奇怪的满足感，让我前所未料。

同样的感觉在我们砸佩琪家的时候也出现了。一直以来，我都时时处于提心吊胆的状态，只能不停地在人群中掩藏自己；这是我第一次意识到，原来跳出束缚、放纵自己的感觉是这么好。

岂止是好。

简直棒极了！

"接下来去哪儿？"在杰米把他那瓶饮料传给大家喝的时候，伊森开口问道，"剩下的弹药只够再去一家了，我们得选个能尽兴的地方才行。"

我看了下时间，没想到过得那么快，还有四十分钟，坦维的爸爸就要来接我们了。

"不是说去希欧家吗？"马克斯说道。

"他家太远了，"伊森否决了这个地方，"而且这么做也太明显了。"

"要不去卡梅伦老师家？"安德鲁提议。

"不行，万一她认出我们其中任何一个，那就死定了。"凯茜害怕地说，"你们都知道她是什么样的人。"

他们接着又提了好几个地方，但不是太远就是风险太大，要么就是对方没做错什么，不该去砸。

"喂，你也说说吧，"伊森突然对我说道，"安静的女孩，你有什么提议？"

我愣了一会儿才意识到他在跟我说话。

"没有，抱歉。"我说话的时候，身体稍微晃了一下，撞到了旁边的席恩娜。

"快看，有人已经醉了哦！"她阴阳怪气地说。

等等，她是在说我吗？

"不如我们见好就收吧，"凯茜有些疲倦地说，"我的脚快被靴子磨烂了。"

他们在那儿七嘴八舌讨论的时候，我才深深意识到自己其实一点都不想回去，至少现在不想。所以当杰米大声喊着他想到一个绝佳地点的时候，我由衷地松了口气。

"是哪儿？"席恩娜兴致勃勃地问。

他故作神秘地笑着说："大家拭目以待吧。"

"到底还要走多久啊？"我们走了差不多十分钟后，凯茜发牢骚地问道。

"是啊杰米，我们都已经走了这么久了，怎么还没到。"马克斯也跟着嚷嚷。

可是我一点也不介意。现在我感觉整个人都晕乎乎、轻飘飘的，脚像有了意识似的自己往前走，带着我的身体左摇右晃得像在走钢丝。

"应该再往前一点就到了，对吧，罗·斯诺？"杰米突然说道。

他在跟我说话吗？

"是不是，罗·斯诺？"他又问了一遍。

"是什么？"我晕晕乎乎地说。

"那个地方是在下个路口左拐，还是再下个路口左拐？"他问我。

"哪个地方？"

我的反应让他笑了出来："还能是哪里，你这个醉鬼，当然是你家那条街啊。"

我心里猛的一沉，整个人仿佛一下从云端掉了下来。

我简直不敢相信自己竟然蠢到这种地步。

我知道杰米说的那个地方是哪儿了。

32

离我家还隔着几户远的时候，伊森尖叫了起来。

"天哪，兄弟，"他从杰米身后够着他的肩膀，叫道，"你简直是个人才，这个地方太棒了。"

"喂，你抢我台词了！"瑞恩跟着说道。

"我的天哪，这就是所谓的'最好的总是留到最后'吗？"凯茜也抢着说道，"那简直是个鬼屋啊！"

她和席恩娜兴奋得上蹿下跳，像两个抢到糖吃的小孩。那些男生也纷纷拍着杰米的背，开始拿出包里的弹药。

杰米转身看着我，两眼放光地说："太不可思议了，这里变得比我记忆中还要恐怖。"可我脸上的表情让他随即皱起了眉头，"你没事吧？"他问道。

我默默点了点头，听着他们在那儿喋喋不休地吐槽那栋房子，我整个人羞耻得浑身发烫。我一直都知道它看上去很糟，但是通过他们的角度再次审视这栋房子，我才惊觉自己这些年竟然已经对此习以为常了。凯茜说得没错，那个房子看上去就像个鬼屋一样。

而我却不得不住在里面。

命运不公的感觉像把刀插进我的心里。

我从来都不想过这样的生活。

这一切都是邦妮的错。

一直以来，所有的问题都是邦妮一手造成的。

而我只能默默承受，什么都改变不了。

我心里突然蹿起一股恶气。

杰米往我抖得不停的手里塞了颗鸡蛋。

"你要不要来尽下地主之谊？"他笑着问我，"毕竟要不是你，我也不会知道这个地方。"

我低头看着发抖的手掌里的鸡蛋，然后又看了眼不远处的房子。

虽然我知道邦妮今晚跟朋友约了在外面，但我脑子里还是忍不住出现她待在里面的样子。她会兴高采烈地坐在无穷无尽的垃圾堆里"挑挑拣拣"，丝毫不在乎落在外人眼中是个什么样子。就像她也从来不曾在乎过跟我有关的任何事情。她不在乎昨天在伦敦发生的事情，不在乎让我感染上疥疮；她也不在乎回回都要让我来处理账户透支的问题；她更不在乎像疯子似的连张发票都要捡回家是个什么样子，不在乎我把她扔在浴室地板上的脏衣服拿去洗是什么心情。

我越想越气，心头的火烧得越来越旺。

我再也忍不住地把鸡蛋扔了出去。

啪的一声，鸡蛋打在客厅的窗户上，蛋黄溅得脏兮兮的窗户上到处都是。

杰米欢呼了一声，随后，鸡蛋和面粉像下雨似的砸向了我家的房子。一卷厕纸在空中划出一道完美的弧线，马克斯和安德鲁又抓起两三卷开始向房子外的树丛和藤蔓发起攻击。鸡蛋不断地在窗户和墙壁上炸开，从近处听上去，仿佛开枪似的，砰！砰！砰！

　　我冲进花园，无论手里拿到什么，都发了疯似的往外砸，愤怒的泪水随着我的动作不断流下。每扔一次，我都大叫着拼尽全力，叫出来的声音简直不像是我嘴里发出来的。我心底仿佛有什么东西已经被压抑得太久，久到我差点儿都忘了该如何释放。

　　我过了好一会儿才发现其他人的声音已经停了，然后又过了几秒，我才意识到了原因。

　　邦妮正拿着拖把站在角落里。她穿着粉色的缎面睡袍和同款拖鞋，抹了润肤露的脸油光闪闪。她把拖把头朝外，像枪似的举着。

　　她怎么会出现在这儿？她不是出去了吗？她明明说了要出去的。

　　"你们马上滚出我的院子！"邦妮挥着拖把，喊道。

　　说完，她大步朝我们走来。

　　"你们聋了吗？"她边走边喊，"都给我滚出去！"

　　她的目光飞快地在我们身上扫过，看到我的时候，她眼里的怒火化为了疑惑。

　　"罗？"邦妮边说边放下了拖把。

　　直到那时我才发现自己脸上的面具已经掉了下来。

　　恍惚中，我发现其他人正在我左边乱作一团地嘀嘀咕咕，他们窃窃私语的声音模糊不清地传进我耳中。

　　无尽的愤怒、恐慌和害怕涌进我的体内，它们交织在一起，不断地发酵、膨胀，我感觉自己快要爆炸了。

　　邦妮必须闭嘴。

　　立刻闭嘴。

　　"进去。"我压着嗓子对她说。

　　我感觉自己每个神经末梢都紧张得在战栗。

　　"我为什么要进去。"邦妮叫道，"这到底是怎么回事？"

　　我根本无法对她开口。

"罗，我在问你话呢！"

"求你了，邦妮。"我轻声求她。

我已经走投无路了，只能用眼神祈求邦妮照我的话去做。

可邦妮站在原地纹丝不动。

她把一切都毁了。

就像她常做的那样。

"天哪，你给我进去！"我像火山爆发般吼道。

邦妮被我吓得瞪大了眼睛。

"立刻！"我尖叫道。

邦妮吓得身体一抖，手里的拖把啪嗒掉在地上，她连捡都没捡，就飞快溜进了黑暗中。

我身后也突然变得鸦雀无声。

"那是谁？"席恩娜不可置信地说，"天哪，那该不会是你妈妈吧，是吗？"

我一言不发。

"我的天哪，这里是你家？"席恩娜接着喊道。

我缓缓转过身向他们所有人看去。他们都已经摘下了面具，每个人脸上都交织着不解、震惊和幸灾乐祸，表情扭曲。

"我说对了，是不是？"席恩娜还在那儿喋喋不休，她厌恶地撇着嘴说道，"你就住在这里。"

我依旧一言不发。

"老天啊！"她突然倒抽一口气，像夯毛猫似的蹦起来，"你竟然来砸你自己家！"

她的话让那群人笑成一片。

但是杰米没有笑。他从头到尾都面无表情地盯着我，英俊的脸上写满了百思不得其解。

"席恩说的是真的吗？"他开口问道，"你真的住在这里吗，罗？"

我觉得整个世界天旋地转，现在我只想歇斯底里地大喊大叫，把堵在心里的那些东西彻底吐出来，或者干脆直接在地上打个洞钻进去，怎么样都行，就是不要让我回答这个问题。

"肯定是的！"席恩娜抢着替我答道，她像只老母鸡似的咯咯笑着，"你们看看她的脸就知道了。"

这时，凯茜扯了扯席恩娜的袖子，小声对她说："别说了，席恩。"

我整个人开始发抖。

"出去。"我喘着粗气，声音不稳地说。

可是他们谁都没动。

"我说，出去！"我突然尖叫起来，吓得他们全体打了个哆嗦，"马上！"

在沉默中，他们开始缓缓地往院子外撤，磨磨叽叽，仿佛骑摩托车经过车祸现场，一个个都伸长了脖子，拼命想再多看两眼。他们有些人目光游离，似乎在替我觉得不好意思。剩下的人里面除了席恩娜满脸厌恶，嘴角噙着一抹冷笑，其他人都直盯盯地看着我，一脸没回过神的震惊。凯茜的脸色稍微让我有些看不懂，她和我目光交错的时候，眼神反而变得柔和下来，然后用力咬住了嘴唇。我毫不犹豫地移开了视线。如果凯茜是在同情我的话，那不需要。

杰米是所有人里唯一没动的。他的目光不停地在我和房子间逡巡，眼神闪烁，仿佛遇到了什么亟待侦破的谜题。

他向我走来。

"你也出去，杰米！"我叫着让他停下了脚步。

他有些犹豫不决。

"你听清楚了，我叫你出去，以后也不要再来了！"

他艰难地吞了下口水，然后转身小跑着追上了其他人。

我呆呆地站在原地，脚下仿佛生了根似的，脑子里一片眩晕。有那么几秒钟，我觉得自己整个人都被定住了，脑子里一片空白，除了直直地站着，什么也做不了。

我逼着自己转身往房子里走，这时，隔壁46号的房子里忽然亮起了灯光。

亮灯的地方是主卧。

主卧的窗户边有人正在看我。

就在这个时候，我突然觉得胃里一阵翻涌。

我猛地吐了起来。

我呕出来的东西带着一股苹果酒和塑料瓶里东西的味道，更糟的是，我的呕吐物溅到了路面的石板上。

我一边咳嗽，一边用衣袖擦着脸，眼泪流得我眼睛发疼。羞耻、害怕和震惊不断地在我体内交叠冲撞，让我难受得不住发抖。

这些年来，我一直都在小心翼翼地隐瞒着和邦妮的生活，然而我所有的努力都在这十分钟里前功尽弃。席恩娜和其他人一定会把这件事闹得尽人皆知，等到派对结束的时候，整个十年级都该知道我的秘密了。然而这还不算完，只要他们其中有一个人跟他们好心的父母说了这件事……

想到这儿，我又吐了起来。

呕出来的黄水混着鸡蛋的腥臭味，闻着更让人恶心。

我试图站直身体，但是最终还是无力地蹲在地上缩成一团。我的嗓子火辣辣地疼，耳边只能听到自己粗重的呼吸声。我觉得自己这样是因为恐慌过度了，我试着冷静下来，但是根本无济于事，现在我脑子里乱得连10都数不到。

水，我要喝水。

我拖着身体，找到后门外的水龙头，打开后把整个脑袋伸到龙头下面，冰冷的水流打在我的嘴唇和脸颊上，刺得生疼。

冲掉嘴里恶心的味道后，我撑着身体站了起来，在口袋里摸索着钥匙。

我的手刚摸到钥匙，门猛地被推开了。邦妮叉着腰站在里面，她换了一件新的睡袍，之前那件的下摆被鸡蛋弄脏了，被她揉成一团，扔在了身后的地板上。

那摊衣服要等着我拿去洗。

因为在这个家里就是这样的。

邦妮负责把事情搞得一团糟，而我不是替她收拾烂摊子，就是在被迫忍受。

所以明天会去收拾屋外的人也只会是我。把正门上的蛋液和面粉擦干净的是我，踩着活梯摇摇晃晃擦窗户的也是我，把屋顶和树丛上的厕纸摘干净的还是我。

什么都要我来。

"你之前那是什么意思？"我正要从她身边挤进屋的时候，邦妮气势汹汹地说。

什么？她竟然还敢生我的气？

我猛地转过身瞪着她。

"刚才我在问你呢，"她毫不示弱地说，"你之前那是什么意思，罗？"

她一副火冒三丈的样子。她怎么有脸生气？

这时，我口袋里的手机响了起来，但我没去管它。

"你是故意带那些人来的吗？"她劈头盖脸地问，"罗，你脑子是不是有病啊。"

"我脑子有病？"我勃然大怒，"有病的是你才对！"

"什么？"她指着自己的胸口叫道，"我可是受害者！"

受害者？她？真是滑天下之大稽。

"你觉得自己特别无辜是吧？"我泪流满面地说，"但这都是你的错！"

"我的错？"她暴跳如雷地喊，"我的房子被砸了，竟然还成了我的错！"

"没错！我们的房子就是个笑话，邦妮。一个恶心又肮脏的笑话。所以别人要来砸，这都是它活该，你也活该！"

她动了动嘴，像条金鱼似的一张一翕没出声。

"你到底知不知道？"我泣不成声地说，"为了让我们稍微住得像个人样，为了不让别人发现，为了保护你！我到底有多累？"

"没人要求你这么做，"邦妮满脸通红地叫道，"我也从来没求过你要这么做。"

"所以我就应该两手一摊，全都留给你来是不是！"我像被激怒的野兽一样吼了起来，"邦妮，如果没有我，这个地方可能早就不存在了！要不是我，你自己早就被那些垃圾活埋了，根本活不到现在！"

"我可不这么认为，"邦妮嘴硬道，"无论你是怎么想的，罗，一家之主都是我，不是你。"

"那你就拿出个样子来啊！"我大吼。

"我已经尽力了！"她跟我对着吼道。

我环顾着四周，水槽里堆满了脏碗盘，垃圾桶满得快要溢出来，桌椅地板上垃圾成堆。

"你就是这么尽力的？"我冷笑着说，"你敢摸着良心说，这就是你尽力的结果？"

她的嘴唇哆嗦着，让我有一瞬间以为她会大哭起来。然而她及时控制住了自己，挺直胸膛，高傲地扬起下巴。

"你没资格这么说我，"她嗓音发颤地低声说，"这里是我的家。"

"但也是我家。"

"可钱都是我出的。"

我嗤笑了一声:"别自欺欺人了,邦妮。"

她恼羞成怒地一掌拍在一摞报纸上:"够了!到此为止!我受够了!"

"这你就受够了?那你现在知道我和你同在一个屋檐下的每分每秒都是什么感受了吗?"

我们眼冒火光地怒目对视,胸膛都剧烈地起伏着。

她根本不觉得自己有错,她永远都不会觉得自己有错。

我不再多看她一眼,踩着她扔在地上的睡袍,走出了厨房。

我气冲冲跑上楼梯的时候碰倒了两边摞得老高的纸堆,它们在一阵摇晃后,轰然倒塌,漫天的废纸顺着破旧的地毯从楼梯上倾泻而下,如同一场纸构成的雪崩。

我冷冷地看着这一切,无动于衷。

33

天还没亮我就醒了。大脑完全清醒前的那几秒是我感觉最放松幸福的时刻。然而随着意识回炉，昨晚的记忆排山倒海般涌来。那一幕幕混乱的场景不断地在我脑海中翻涌，让我实在受不了地从床上爬了起来，连睡衣都没换，就直接套上了运动裤和卫衣。

我小心翼翼走下楼，从厨房里找出水桶、洗涤液和百洁布，拿着这些走到了漆黑的屋外。

在接下来的几小时里，我把房门、外墙、窗户和院子里的小路都清理了一遍，直到我觉得已经不太能看出昨晚的痕迹为止。等我顶着冰冷刺骨的温度绝望地做完这一切的时候，两只手已经冻得通红，没了知觉。不过至少我做得还算悄无声息，除了邮差和两三个早上遛狗的人外，没人看到我在做这些。

我在 8 点多的时候重新爬回了床上，然后拨出了有史以来第一通病假电话。

"天啊，你听上去病得不轻啊，罗，"艾瑞克在电话里关切地说，"别的都不用担心，你就好好休息，争取下周早日归队，知道了吗？"

他话里的善意让我更加难过，挂断电话的那一刻，泪水无声地从我脸上落下。

我的手机屏幕上全是坦维的短信、未接电话和语音信息提示，里面的内容无一不是让我回电、报平安的。可我一想到席恩娜和其他人回到派对后会做的事情，胃里就难过得一阵翻涌。他们肯定会眉飞色舞地把昨晚看到的一切添油加醋地讲给派对上的人听。这些年为了隐瞒家里的事，我不仅担惊受怕地费尽了心思，更是让自己这么多年一直都独来独往地活着，可这一切最后换来了什么？

什么都没了。

在这个寒冷的早晨，我心里在昨晚燃起的怒火已经被一种糟得多的感觉所取代。因为愤怒至少还意味着心存希望，所以才会因失望而生气；而现在，我感觉整个人已经麻木了，什么都不想做，只想直接睡死过去，永远都不要再醒来才好。也不知道我这样算不算是休克？

在坦维发来的几十条短信里，夹着一条爸爸发来的彩信，里面是一张他和梅兰妮带着伊西在睡美人城堡前的合照，照片上他们三个都笑得一脸灿烂。照片的标题上写着：来自世界上最欢乐地方的祝福，爱你的爸爸、梅拉和伊西。

我盯着手机看了许久，直到他们的笑脸在我被泪水模糊的视线中逐渐消失，我才删掉了这条信息。

我也删掉了坦维所有的信息，关机后，我把手机往床头柜第一层的抽屉里一塞，就把头埋进了被子里。

我再次醒来的时候，已经中午 12 点了。我虽然还是感觉昏昏沉沉的，但还是忍着全身的酸疼，从床上爬了起来。再过一小时就是我跟诺亚约好的时间了。虽然我真的很不想去，但是又怕一旦取消，再想跟他见面就得等到圣诞节的时候了。

我全程几乎闭着眼睛洗完了澡、换好衣服，然后硬着头皮下了楼。

当经过开着一条缝的客厅门口时，我心里猛的一紧，停了下来，全身紧绷地从门缝里望去。

邦妮不在里面。

我顿时松了口，身体也跟着放松下来。

发生了昨晚的事后，现在我真的一点也不想见到她。

明天也不想。

事实上，凭我现在的心情，我觉得自己这辈子都不会想再见到邦妮。

我准时在下午 1 点敲响了诺亚家的门。

过了好一会儿都没有人来开门。

我又敲了敲。

还是没有反应。

我望向他家的客厅窗户，里面空无一人。

我给诺亚打电话，结果直接转到了语音留言。

就在我对着语音信箱前言不搭后语地说着什么的时候，我脑子里突然跳出了昨晚那个在窗边的人影。因为那是主卧的窗户，于是我就下意识地以为那个人是霍恩比先生，但如果那不是呢？

我顿时手脚冰冷、后背发凉，整个人瞬间被卷进一股恐惧的旋涡中。

昨晚看到我的人不是霍恩比先生，而是诺亚。而现在，他再也不想跟我有联系了。

发现自己已经愣了好一会儿后，我连忙按下了通话结束键，把手机塞进了裤子的后兜。

我的眼里噙满了泪水，但我眨着眼睛把它们逼了回去。

我胡思乱想地回到家里。

会不会是我想多了？可能他就是正好出门了而已，或者他只是忘了跟我约的时间。

我发疯似的在厨房四处乱看，我需要找些事情分散注意力，无论什么，只要能让我别再胡思乱想下去就行。当我看到水槽里的脏碗盘后，想都没想，就插上了水槽塞子、打开了龙头。当水槽里充满热腾腾的泡沫时，我打开收音机把音量调到了最大，哪怕出来的声音震得我脑袋疼，我也毫不在意。

快洗完的时候，我抬头看见窗户下飘过一顶粉红色的羊毛帽，上面还顶着个巨大的毛球。

那是坦维。

我第一反应是失望——要是诺亚该多好。

接踵而来的就是大惊失色——坦维怎么会来这儿，她怎么会在我家后门？

我真正的家的后门。

我紧张得浑身发抖，湿漉漉的手往运动裤上擦了擦，就连忙按掉了收音机，只听这时，窗外响起了坦维嗒嗒嗒敲玻璃的声音。我立马蹲下身，紧紧靠在水槽下的橱柜上，一动都不敢动，满手都是难闻的洗碗水味。

"罗！"坦维喊出来的声音又沙又哑，和平时清脆的嗓音大相径庭，"是我，坦维。"

结霜的窗户玻璃上隐约映出她娇小的轮廓，我吓得心都要跳出来了，赶紧朝着门厅的方向往外爬。地板上的油毡黏糊糊的，很多地方表面还老化得鼓起了气泡，伸手压上去，满手都是塑料屑。

这时，坦维又敲了敲窗户，语气比之前还要坚定："我知道你在里面，罗，我刚才看到你洗碗了。"

我爬着的身体定住了。

"你要是不开门的话，我就一直敲下去。"坦维接着喊道。

我相信她说得出，做得到，毕竟她还有个别名就叫坦维·固执·莎尔。

她的手指顶开门上投信口的盖子伸了进来。"求你开开门吧，罗。"她的声音里带着浓浓的祈求，"我真的很担心你。"

但是无论是她的担心、可怜还是同情，我通通都不想要，我只想要她马上离开。

我任由那些没洗完的脏盘子漂在温水里，继续往门厅爬，直到爬到了楼梯口，确定坦维从外面彻底看不到我后，才站了起来。上楼后，我拿出数学作业，一边写，一边等着坦维知难而退。

将近二十分钟后，我在好奇心的驱使下，躲在窗帘缝后偷偷地往外看。我在院子里扫了一圈，刚以为她已经离开的时候，就在花园里发现了她的身影。她抱着膝盖，坐在邦妮锈迹斑斑的太阳椅边沿上，身上穿着一件电光蓝的呢大衣，上面缝着又大又圆的红色扣子，成了这荒芜萧瑟的花园里最耀眼的存在。

现在外面又湿又冷，还刮着大风，天色也灰蒙蒙的，空气稠得仿佛要滴出水来。我知道后花园里有个小棚子，但在这种天气下根本起不到什么作用。

我心里的负罪感像针扎似的冒了出来，趁着这种感觉还没更进一步之前，我拼命给自己找理由别去管她：不是我逼她非得在外面等的，我也没那个义务让她进屋来。

我告诉自己，只要有足够的耐心等下去，她迟早会不耐烦或者冷到受不了自己走的；或者再晚一点，她父母也要来叫她回家了。哪怕坦维·莎尔意志再坚定，我都确信在这场耐力比拼中，最后的赢家一定是我。

十分钟后，我听到有东西不断打在墙上的声音。我再次趴到窗边往外看，发现坦维不知道从哪里捡了个旧网球，正在不停地把它砸到墙上，再弹回院子里，在那儿玩得不亦乐乎。

砰，砰，这个声音仿佛要响到地老天荒。

我正准备把耳机拿出来的时候，突然听到外面传来一阵模糊的说话声，引得我又探到窗口看是怎么回事。

这一看吓得我整张脸都贴到了玻璃上。在楼下的花园里，坦维竟然在和邦妮说话。

不，不可以，不要。

我像根弹簧似的蹦下床，一口气冲到楼下，我的手还没碰上门把手，邦妮就从外面打开了门。我想也没想，就从门缝里挤了出去，连眼角的余光都没敢瞄向她们中任何一个，我说不清心里现在到底是羞耻感更多，还是愤怒更多。

我只知道自己必须离开这里，立刻，马上。

我紧紧抱住自己，大步沿着小路往外走。坦维在我身后匆匆跟邦妮说了声再见，就小跑着追了上来，我听到她的声音后，心不停往下沉。

我在房子外的人行道上踌躇不定，脑子里飞快转着，在想有什么应对之计。

"你要去哪儿？"坦维追到我身旁问。

"不关你的事。"我低声回了句，就往马路对面走。

"你都没穿外套。"她边说边蹦蹦跳跳地跟上我的脚步。

"那又怎么样？"

"那会冷的。"仿佛为了应和这话，她说完，就打了个喷嚏。

"我不冷。"我一边说，一边努力忽略那股顺着我宽松牛仔衬衫渗进来的寒意。

"喂，我们聊聊好吗？"她问道，"我需要确定你真的没事。"

"我没事。"我冷冷地说。

"我不信。"她也回得斩钉截铁。

我停下脚步，烦躁不堪地吼了一声。

"求你了，罗，"坦维边说边坚定地站到了我面前，"你就好好听我把话说完好吗，说完之后，我保证，只要你让我走，我马上就走。"

自从她今天出现后，我还是第一次对上她的目光，她的眼周有明显的浮肿，眼白上布满了红血丝。

"那你说吧。"我不耐烦地说。

坦维愣了一下："什么，就在这儿吗？要不要回你家，或者找个咖啡馆之类的地方？"

现在我除了想尽快把她打发走外，哪还有别的心情。我顺着这条街前后看了看，目光落在了离我们大约十户远的公交站，那里有个候车棚，现在里面没人。

"如果你有什么要说的，就直接在这里说吧。"我说着，朝公交站走去。

她跟着我走进了候车棚，坐在了细长金属凳的一端，然后特意在身边留出明显的位置，想让我坐过去。不过我装作看不懂的样子，依旧站在一边，身体靠着棚壁。

坐下后，她一连打了三个喷嚏，打出来的声音又尖又细，让人听着脑海里不由浮现出森林里那些弱小却生机勃勃的小动物的样子。

"我的妈呀，不好意思了。"她吸着鼻子说道。

趁她低头在口袋里找纸巾的时候，我飞快地扫了她一眼。她看起来状态真的特别糟糕，整个鼻头和嘴唇到鼻子间的部分都又红又肿。

我心里突然涌起一阵心疼。

但很快被我强压了下去。

如果坦维真那么难受的话，她现在就该马上回床上躺着，而不是跑到这里来多管闲事。

"好了，你到底想说什么？"我看着坦维把用过的纸巾塞进袖子里，终于忍不住开口问道。

"稍等一下啊。"说着，她从背包里拿出一个鼓鼓囊囊的塑料文件夹。

"那些是什么？"我皱着眉头问，"你的课后作业吗？"

"不是，这是我之前看的一些资料。"她回道，"就是，关于囤积癖方面的。"

那个词让我条件反射地缩了下身体。"你什么意思？"我沉声问道。

"就是，你妈妈有这方面的症状，对吗？她喜欢囤积东西之类的。"

这一点我无可否认，毕竟刚才坦维就在我家后门外，她都亲眼看见了，但是这不代表我愿意当面承认。

"这其实是个很普遍的现象。"见我不说话，坦维接着说道，"知道吗，你绝对想不到其实在澳大利亚，超过三分之一的房屋着火都是因为囤积东西引发的！而且目前已经公认的一个事实就是，地球上唯一不存在囤积现象的大陆只有南极洲，但那只是因为除了少数科考人员和企鹅以外，那里就没多少人。"

我直直地瞪着她，不知道她为什么突然跟我说这些。她真以为我会不清楚她说的这些吗？难道以前我就没想过要上网查资料吗？

"我想要说的是，"她接着往下说，"你遭遇的情况并不是个例。事实上，从统计学的角度来说，光在奥斯布罗镇里，就应该还有不少其他的囤积癖患者。"

她说这些的时候，语气里似乎还带着跃跃欲试的兴奋。她在想什么？难不成还想拉着我一起打个广告，再组织个关爱小组，然后呼吁公众一起来关心那些囤积癖患者不成？但凡她有那么一丁点儿了解和一个囤积癖在一起的生活是什么样的，她就会明白像邦妮那种人这辈子都不可能去参加什么关爱活动。

"就算其他人也会囤东西，那又怎么样？"我毫不留情地说道，"知道这些对我来说一点用都没有，坦维，我的生活不会因为这样而有任何改变。"

"这正是我接下来要说的，"她急忙说道，"我想说的重点就是，真的有地方是可以为你和你妈妈提供帮助的。名单我都打印出来了，这就拿给你。"她边说边打开文件夹，从里面拿出一沓资料，翻了半天才找到她要的那页。

她把那页纸递给我，上面打印的是她从"英国囤积癖援助网"上找到的各种救助热线。然而，跟这一模一样的热线名单我都记不清拿给过邦妮多少次了，但这些年里，有哪一次不是被她没心没肺地抛在脑后？

"剩下那些是什么？"我指着她手里的那叠材料问。

坦维把它们都递给了我。我翻了一下，里面全是各种关于囤积癖的介绍、案例分析和治疗建议。她肯定是一夜没睡才把这些看完的。

然而当我的目光落到页脚时，上面的打印时间戳竟然是"10 月 25 日，星期五"。她从一周多前就开始看这些了？！

我心里突然蹿起一股怒火。

"我也去问过瑞娜阿姨了，"坦维对我的发现丝毫没有察觉，还在那儿继续说着，"我有没有跟你提过她是一名心理医生？不过无所谓了，反正她说会去跟同事讨论的，看看他们能不能给一些建议。"

"你还没发现吗？"她话音未落，我就开口打断道。

她一脸茫然地冲我眨眨眼睛："发现什么？"

我指了指那页资料的页脚。

坦维凑上去看了一眼，立马就反应过来自己露馅了，羞得满脸通红。

"你知道多久了？"我口气不善地质问她。

"排灯节之后我就知道了。"她咬着下唇，讷讷地说。

"排灯节？"这个答案完全出乎我的意料。

"你还记得那晚，你把手机落在我房间了吗？"

我点了点头。

"其实，那晚发现你的手机后，我怕你着急要用，所以我们又开回去了一趟。结果我去敲你家的门——那时我以为是你家的那扇门——没想到出来了一位老爷爷。"

我仰着头，目光呆滞地盯着透明的候车棚顶，那上面全是积年的鸟屎和大头苍蝇。

"一开始，他完全不知道我要找谁，"坦维继续说道，"当时我差点儿被他搞疯了，直到我向他形容了你的样子后，他才告诉我走错了地方，应该去 48 号才对，所以我就去了。"

"既然你一周多前就知道了，为什么不跟我说？"我瑟瑟地问。

"我本来想说的，真的特别想。但是我不知道该怎么说，才能不让你心里不舒服。有好几次我都差点儿想说的，但是又总觉得不太好。"

"所以你就看戏似的看我在你面前撒谎。"我面无表情地说。

"我只是不想让你觉得尴尬。"

"所以你觉得我很可怜？是这个意思吗？"我恶狠狠地问。

"不是！"她大声喊道，"我只是想等你准备好了，到时候能自己主动告诉我。所以我才去查了这些资料，就为了等你跟我说的时候我能理解、能帮得上忙。"

她还是没搞清楚状况。

"但是这件事情与你无关，坦维。"我直截了当地说。

她疑惑地皱起了眉头。"怎么会与我无关？"她拉着我的手说，"你是我最好的朋友，你会需要我，我们也需要彼此。"

可是我却想起了昨晚，坦维和艾默生是如何陶醉地沉浸在属于他们两个人的小世界里。显然，她那个时候绝对不需要我。

"我不会再信这种鬼话了。"我甩开了她的手，说道。

"你为什么这么说？"

"之前你也是这么求我，让我陪你去参加派对的，结果一到那边，你就把我甩开了。"

我的话让坦维瞪大了眼睛。"等等，你说我把你甩开？明明是你自己整个晚上不见人影，而且你连招呼都没跟我打一声，就消失了好几小时，我连你去哪儿了都不知道！"

"因为你跟艾默生走了，我才离开的！"

"你在那之前也离开过。"坦维立刻说道,"就是玛丽莎到的那会儿,她刚进门的时候你还在的,结果一转眼就不见了。"

"所以你因此难过得就直接跑去跳舞了是吗?"

坦维张了张嘴,似乎想说些什么,但最终又闭上了,最后她缓缓开口:"好吧,如果是因为昨晚我没顾及你,那我道歉。但是昨晚对我来说真的很重要。"

"是啊,所以我恭喜你得偿所愿。"

"罗,拜托你别这样。既然我们都有做得不对的地方,那就让这件事过去吧。"

我对她的话不置一词。

坦维见状,又开始翻她那个破文件夹。"有个网站你绝对要去看一下,它是专门为父母有囤积癖的孩子设立的。"她边翻边说,"我只看了个大概,但是上面有些内容感觉真的会很有用。"

"我的天哪,你能不能别说了!"我忍不住喊了出来。

她诧异地抬头看着我。

"你难道就没想过,那些东西我早八百年就全都试过了?"我仿佛被抽光了所有的力气。

"我……我没想到,"她磕磕绊绊地说,"我真的不是故意要惹你难过的,我只是想尽力去理解你的处境。"

"但你不可能理解的,明白了吗?就算你看了再多的资料,你永远都没法儿体会和我妈妈这样的人生活在一起是什么滋味。"

"那你就告诉我啊,"坦维急切地说,"说到我明白为止。"

但是我根本不知道要从何说起。更何况,就算我知道,我也不觉得自己能毫无顾忌地说出来。那些埋在我心里的东西太阴暗、太复杂,不堪得让人难以启齿。

"我向你保证,我会是一个很好的听众。"她像是怕我不放心似的又加了句。

"我很抱歉，坦维，但是我没法儿跟你说。"

"为什么不能？"她的声音染上了一丝失望，"我们不是最好的朋友吗？"

我真想让她别再那么说了。这种说法在上周事情还没乱套前，勉强还能接受，但是今天再这么说，只会让我感到一阵窒息。我觉得自己仿佛被逼到了一个洞口前，但是无论我怎么努力，都不可能让自己适应那个形状钻进去。

"作为最好的朋友，我们之间应该无话不说才对。"坦维接着说，"就像我有什么事都会跟你说一样。"

这时，坦维床头边的相框在跳进我的脑海。"是吗，真是这样吗？"我口气不善地说。

"你这么说又是什么意思？"

"照片里的那个女孩你怎么不说呢？"

"照片？什么照片？"坦维眨着那双满布血丝的大眼睛，一脸无辜地问。

她难不成当我是个彻头彻尾的傻瓜吗？

"就是你房间里到处都是的那些照片！少装着不知道我在说什么的样子，你床头边还摆着一张呢。"

坦维当场就变了脸色，表情沉了下来。

"安娜，"她轻轻地说，"你说的是安娜。"

"我怎么可能知道她叫什么？你连提都没跟我提过她。"

"如果你想知道她的事，罗，那你为什么不直接问我？"

"因为我不像你！我才不会一天到晚去管别人的闲事。"

我的话让坦维的嘴唇开始打哆嗦，她这种可怕的状态持续了几秒，我差点儿就以为她要哭出来了。"你就是这么想我的吗？"她压抑着嗓子问我，"在你眼里，我就只是无关紧要、爱管闲事的人？"

"没错。不，我也不知道。"我不自在地抹了把脸。现在我只想尽快结束这场对话。

"没事，想说什么就说吧，你到底是怎么想的？"

"我只是觉得，怎么到处都有你。坦维，你知道吗？"我艰难地开口，"我感觉无时不刻你都可能突然跳出来，拿着一盘薄饼或者什么其他东西冲到我面前。"

"我只是努力想对你好一点。"坦维硬撑着沙哑的声音说，"因为朋友间不就该这样的吗，罗？互相对彼此好，为对方付出，当一方有需要的时候，另一方会挺身而出。"

"但是我不需要你，明白吗？我不需要任何人。如果你真那么喜欢互动，就找你的小伙伴安娜去，把那些薄饼都拿给她。"

"我不能去！"坦维突然喊了起来，她脸上突如其来的愤怒让我差点儿认不出她来。

"是吗，为什么不能？"我也喊了回去。

"因为她已经死了！"

我愣得有些合不拢嘴。

什么？

"怎么会这样？"我低低地说。

"她死在了圣诞节前，因为甲状腺癌。"

我的老天，怎么会这样。

"而我之所以从来不提，是因为到现在为止，我一谈起她，都还会难过得说不出话来。"伴随着不断从脸上滑落的泪珠，坦维一字一句地冲我说道，"或许有一天等我准备好了，我会跟你谈她的，但现在还不是时候；但凡你愿意来问我，而不是自己在那儿任意揣测，我都会这么告诉你的。"

我艰难地咽了下口水。之前我怎么就从没想过，安娜可能是坦维在医院认识的朋友呢？我觉得自己简直蠢透了。

"但是你从来没问过我，不是吗？"坦维紧接着说，"你全凭着自己的胡思乱想就下了结论。"

我羞愧得浑身发抖。

"不是只有你才经历过艰难的时刻，你知道吗？痛苦的权利不是只属于你一个人的。"坦维的话让我越发无地自容。

"我也没这么说过。"我弱弱地回道。

"你还用得着说吗！"坦维恶狠狠地说，她双眼气得通红，怒气冲冲的样子看上去陌生极了，"你一天到晚就只想着自己，把所有的精力都花在保护自己上了，心里根本就没考虑过别人是不是也在生活中挣扎。"

我张着嘴说不出话来，也不知道该说什么好。

"我不要再这样下去了。"坦维戴着手套，擦干了脸上的眼泪。

"不要哪样？"我心里突然不安起来。

"这样子，"她指着我说，"我真的累了。"

我张嘴想说些什么，但什么都说不出来。坦维定定地看了我几秒钟，然后绝望地摇了摇头，眼里溢满了泪水和悲伤。她把文件夹装回包里，随后走出了候车棚，她帽子上的绒球随着她的脚步一摇一晃。

快去追她，当坦维的身影在我眼中越变越小时，我脑子里响起一个微弱的声音，催着我：

去和她道歉。

去解释。

去挽回。

然而我什么都没做。

就这么眼睁睁地看着她离开。

34

之后的整个周末，我彻底把自己关在了房间里。而邦妮除了上楼洗澡外，剩下的时间也都把自己锁在客厅里不出来。这两天，我和外界的唯一联系就是爸爸发来的一条短信告诉我他回国了，以及他和梅兰妮还有伊西这次玩得"特别开心"。

我在脑子里一遍又一遍地回想着和坦维吵架的过程，每想一次，就懊悔一次，自己当时怎么那么笨嘴拙舌，明明有机会，却什么都没说，也没做。道歉的信息写了几十条，但我一条都没发出去。现在我脑子里一团乱麻，自己都理不清到底怎么想的。我知道除了为我说过的那些话道歉外，没有什么更好的方法能挽回我们的关系；但是我又不确定，自己是不是真的想这么做；也许现在这样就是最好的结果，这段友谊晚断不如早断，我明显就不是坦维想象中的那种人，所以或许也没必要再去试图挽回。

我知道周一的时候学校里肯定会有风言风语，哪怕早有了心理准备，但当这个早上真的来临时，还是让我不知该如何是好。在我走去点名教室的这一路上，窃窃私语的声音就像多米诺骨牌似的，迅速传遍了整条走廊。我虽然没法儿听清他们讲的每一个字，但是内容却不难猜到，无非就是在说我有多恶心、多脏，像个疯子似的、脑子不正常之类的。我故作坚强地仰着头，装作毫不在意的样子，但是每多走一步，心里都在接近崩溃的边缘。我没指望过席恩娜和其他人会对我家的事守口如瓶，但是就目前的情况来看，我的事远不止在十年级传开了，在我走去教室的这一路上，下至六年级的小孩、上至高中生都毫不掩饰地盯着我看。如果已经有那么多人知道了，那社会救助机构找上门来只是迟早的事。

我走着走着，突然右拐跌跌撞撞地冲进厕所。里面有一群八年级的女生正在镜子前边化妆吹牛。我冲过她们身边，把自己锁进最里面的隔间，按下马桶的冲水键，就跪在地上干呕起来，用水声掩盖住我的干呕声。我真希望自己能吐出点什么，哪怕就让在我心底纠缠不清的恐慌和害怕稍微得到一点儿排解也好。

我的脸上和腋下汗水连连，我扯了一大截厕纸来擦，结果没一会儿，手上那团纸就吸饱了水，变得烂兮兮的。擦好后，我扶着装厕纸的盒子把自己从地上拉了起来，站稳后，打开了隔间的门。

当我看到洗手池上方的镜子时，忍不住打了个哆嗦。镜子里的我看上去筋疲力尽，脸上涂了还不到一小时的遮瑕膏早被汗水冲得无影无踪，露出我眼底青灰色的黑眼圈。

我在洗手时感觉到有很多目光落到了我身上，全都来自那些涂得跟大花脸似的女孩。

"看什么？"我没好气地冲她们吼道，"有事吗？"

她们都吓得拼命摇头。两年的年龄优势让我的气势占了上风，但也仅此而已。

我把湿漉漉的手在洗手池上甩了甩，然后走出了厕所。我胃里仍在翻江倒海，尽管从上周五下午到现在，我几乎没吃过任何东西。

走进教室后，我立马就发现坦维的座位竟然是空着的。除了开学第一天她迷路没找到地方，其他时候，她都到得很早，每次我一踏进教室，就会看到她冲我笑着挥手，接着就开始播报自己一肚子的八卦和小道消息，甚至连她早餐的内容都要跟我说一遍。

我从过道走向座位的时候，班上同学盯着我的目光连掩饰都懒得掩饰。我拼尽全力去忽略他们，目光专注地锁定在墙壁的某个点上，让自己看起来尽可能面无表情。这简直是一场当街示众的游行。等我好不容易走到座位的时候，整个人汗湿得像刚从水里捞出来。

我一坐下，艾默生就从座位上转过身来。

"你是不是也没看到坦维？"他舔了舔嘴唇，紧张地问我。

我摇了摇头。

"好吧，"他看上去有些失望，"你觉得她会不会是生病了？"

"我怎么会知道？"我不耐烦地说。

我的话让他皱起了眉头："你们不是最好的朋友吗？"

我没回他的话，直接把书包拉到腿上，假装整理东西，他意识到我不想理他后，就转了回去。

今天我的第一节是艺术课，而这正是我害怕的，因为杰米、席恩娜和凯茜都在这个班上。虽然斯金纳老师会要求课堂保持绝对安静，但只要一想到得和他们在同一个教室里待上一小时，我心里就别扭得要命。

我走进教室后，看到一个长着浓密棕色络腮胡的男人正坐在斯金纳老师的位子上。

"斯金纳老师呢？"爱丽丝问出了大家的心声。

"她身体不舒服，"这个男人回道，"你们可以叫我比特老师，今天由我来代课。"

我刚坐下，杰米就大步走进了教室。我连忙转头，假装全神贯注地看着窗外。我盯着停车场上的一只知更鸟，看着它在不同车的引擎盖上蹦来跳去。

"嘿，你好呀，罗。"席恩娜从我身边挤过的时候，故意问，"你妈妈怎么样了啊？"然后还不等我回答，就爆发出一串响亮的笑声。

"你别这么刻薄，席恩。"凯茜在后面推了推她，小声地说。

"我需要你们两两一组，"等所有人都坐下后，比特老师说道，"上半节课，你们其中一个当模特，另一个人画对方的肖像画，然后等时间到了，我会让你们交换。肖像画的形式不限，但是请不要使用颜料。我可不想晚上六点还在这儿替你们打扫卫生。"说到这儿，他拍了拍手，"好了，给你们点时间，先找好自己的搭档。"

我故作轻松地环顾了一圈教室，让自己找人的样子显得没那么迫切。

"还有谁没有搭档的吗？"几分钟后，比特老师问道。

我举起手的那一刻，全班人都看了过来。

"你叫什么名字？"比特老师问我。

"罗。"我轻轻地说。

"还有谁吗？"比特老师接着问。

这次再没人回答他。

"人数要是奇数的话，有个组就得是三个人了。有哪个组愿意让罗加入的吗？"他再次问道。

令人窒息的安静像张巨网当头落下，一下子笼住了整个教室。

比特老师叹了口气，又问了一遍："有人愿意吗？"

"应该不会有谁愿意吧，"席恩娜的声音从教室的另一端传来，"毕竟谁都不想被传染上什么奇怪的东西。"

我心里的愤怒像岩浆般开始翻涌，手不自觉地攥紧了拳头。

"那是什么意思？"比特老师皱着眉头问。

"没什么，老师。"席恩娜说这话的时候一脸做作，我甚至都能听到她唰唰眨眼睛的声音。

"有没有哪个组自愿的？"比特老师的声音开始不耐烦起来，"有的话，现在就举手，不然我就要指定了。"

"老师，她可以来我们组。"

我眨眨眼，和班上其他人一样，朝那个主动出声的人看去。

"我是说，如果她愿意来的话。"杰米放下手，又加了句，说完，他整张脸变得通红。

我死死地瞪着他。他们又想搞什么鬼？难道周五那晚他羞辱我还不够吗？我的拳头越攥越紧，指甲都嵌进了掌心的肉里。

杰米旁边坐着他的搭档艾兰娜，她留着一头红发，长得很漂亮。她满脸厌恶地仰着下巴不说话，丝毫不掩饰自己的不情愿。

"很好。"比特老师无视她的反应，满意地说，"罗，你就去那组吧。"

我只能听话地站起来，拿起自己的椅子朝杰米和艾兰娜坐的地方走去。虽然只有短短几步路，我却感觉仿佛经历了一场马拉松。

"因为你们有三个人，所以得有一个人放弃当模特的机会。"比特老师接着对我们三个说。

"我不介意的。"我迅速接道。

"本来也没想让你来。"艾兰娜小声嘀咕着，顺手把她小美人鱼一般的头发撩到了肩后。

她主动当了第一个模特，侧坐在椅子上摆好姿势，然后一脸不高兴地噘着嘴。

我拿起一根炭笔，就从她的眼睛开始画了起来。没一会儿，纸上就出现了一双明显过大的眼睛，但是我毫不在意，继续在纸上勾勒出一对巨大的眉毛来匹配。我能感觉到，杰米一直在我旁边欲言又止，他的嘴巴张了张，然后又闭上了。

"如果你有什么想说的，那就直说。"我低声对他说。

“什么？”他一副出乎意料的表情。

他脸上不似作伪的表情让我也愣了一下。

“我只是想告诉你，我真的不知道。”他低声说。

“不知道什么？”

“不知道你的情况，就是，你住在哪里。我的意思是，我真的不是故意要去那里的。”

“哦。”我试图去分辨他的说法是否能让事情变得没那么恶劣，结果想得我脑袋都疼了起来。

“你们说够了吗，能不能别再说了？”比特老师突然喊了句。他整个人懒洋洋地瘫在斯金纳老师的椅子里，脚跷在桌上，正捧着手机在那儿玩。

“我只是想让你知道，我真的不是故意的。”杰米又悄悄对我说句，然后他的耳尖都变成了粉色。

“知道了。”我低声回道，“谢谢你。”

接下来，我们没再说话，安静地画着手里的画。我后悔自己选了炭笔画，现在搞得手指和手掌侧面都蹭得脏兮兮的。

这时，比特老师的手机响了起来。“同学们，我出去一下，等会儿就回来。”他说着，就从椅子上跳了下来，迅速走到了教室外的走廊里。

教室门在他身后合上的那一瞬间，教室里的音量一下就升了五度不止。艾兰娜也立刻放下了端坐的姿势，转过身去和她背后的女孩聊天。我凭着记忆继续画着她噘起嘴的蠢样子。到现在为止，我都还没想清楚，杰米的话到底有没有让我好受点。

“喂，杰米！你确定你要坐得离她那么近吗？”席恩娜的声音就像一把刀，划破教室里层层的闲聊声向我刺来，引得我心里的火山再次翻涌。

杰米没有理她，继续在纸上从容不迫地画着。

"喂，杰米，你有没有在听我说话？"

杰米无奈地叹了口气。他放下铅笔，在座位上扭过身体，朝席恩娜的方向问道："你到底想干什么？"

"哎呀，你别这副样子嘛，"席恩娜嗲声嗲气地说，"我们好歹也交往过，还是说其实一直以来，你心里都只装着某个人？"

"你到底在胡说八道什么？"他语气沉了下来，声音突然变得尖锐。

我在心里默默祈祷他能转回来继续画他的画，不要中了席恩娜的激将法。

"你的新晋女友呀。"席恩娜挑衅地说。

"她不是我女朋友。"杰米吼道。

"哦，是吗？那为什么在杰克家派对那晚，你一半的时间都和她待在一起？后来还带着她来我们的捣蛋行动？而且今天又主动要跟她一组？嗯？"

我虽然看不到席恩娜，但这一点也不妨碍我想象出她现在一脸得意的样子。

杰米猛地站了起来，他的椅子在地板上擦出一道尖锐的响声。

"你给我听着，她不是我的女朋友，清楚了吗？"

整个教室的人都在竖着耳朵听着。我把手里的炭笔死死按在纸上，力度大得炭墨都穿透了纸背。

"你们都在哪儿约会呢？"可席恩娜还是不依不饶，"难道，是在垃圾堆里？"

教室里响起一片咯咯的笑声。

我心里的愤怒翻涌得越来越剧烈。

"那也太臭了吧。"席恩娜像只老母鸡似的嘎嘎干笑了两声，"还是说，那样会让你更喜欢？"

那些翻滚的岩浆已经涌遍了我全身，连我的皮肤都在隐隐发烫，它们咆哮冲击着我最后的防线，一步步逼近爆发的边缘。

"席恩，"凯茜小声冲她说道，"别说了。"

"我不会看不起你的，"席恩娜不理她，接着说，"我觉得吧，如果你就喜欢这种类型的话，那就去追啊，该干什么，就干什么。"

"你听到了没有，席恩。"凯茜继续劝她。

"哦，等等，等一下，难道你看上的其实是她妈妈？"席恩娜还在那儿喋喋不休，"是这样吗？或者，你同时看上了她们两个？要享母女俩的齐人之福……"

我猛地站起来，炭笔往地上一摔，撞开身下的椅子，冲了出去。

35

"罗，我最后再问你一次，"十年级的主任莫迪老师对着我语重心长，"你到底为什么打席恩娜？"

"我没打她，我只是推了她。"我面无表情地说。

那本来就是席恩娜小题大做，跟我有什么关系。她不过就是摔倒的时候撞翻了一堆画笔，于是就在那儿大哭大闹，演技跟英超的假摔球员有一拼。

莫迪老师叹了口气："好，那你又是为了什么要推席恩娜？"

"我不知道，老师。"我生硬地说。

他接着叹了口气："所以，你推她没有任何原因？不是因为她做了什么挑衅你的事？"

我正在心里组织一个合情合理的回答时，他的电话响了。

"稍等下，罗。"说完，他转过身接起了电话。

趁着他打电话的时候，我盘点了一下他的废纸篓，从里面的内容可以看出，他绝对是奇巧巧克力的发烧友。

"好的。"说完，他转身对我说道，"你现在跟我一起过去吧，罗。

希伯特老师让我们去她办公室。"

希伯特老师的办公室里不止她一个人在。

"你好啊，罗。"她用沙哑又浓重的利物浦口音热情地跟我打了个招呼，"先坐吧。这位是哈比卜老师，你之前见过吗？她是我们学校的教牧关怀主任。"

"你好，罗。"哈比卜老师也笑着跟我打招呼。

"你好，"我有气无力地回道，身体被突然涌起的恐慌牢牢地钉在了椅子上。

"你今天过得怎么样，罗？"希伯特老师问我话的语气简直异乎寻常地温柔。

"呃，还好。"我边说边把汗津津的手塞到大腿下面，粗糙的椅垫硌得我汗湿的手掌发疼。

"你放心吧，罗，让你来这儿不是为了要找你麻烦的，明白吗？我们不会找任何人的麻烦。"

她的话也让我确定了，她们把我叫到这里根本不是为了我推席恩娜的事情。

"我们只是想和你聊一聊。"希伯特老师说完，冲哈比卜老师点了点头。

哈比卜老师调整了下她的椅子方向，然后微笑着面向我坐下，她有一口洁白的牙齿。"罗，我们只是想就你家里的情况，问你几个问题。"

"家"这个字眼让我全身的血液都凝固了。

"不要担心，"哈比卜老师又加了句，"都是一些非常简单的问题。"

真的有这么简单吗？那为什么我的心脏会跳得这么快？为什么我后背会汗如雨下，裙子的腰带都快湿透了？为什么我耳边开始嗡嗡作响？为什么我觉得脑子里像塞满了棉花似的，开始头昏脑涨？

哈比卜老师低头看向她腿上的笔记本，一边看，一边往回翻，上面密密麻麻记满了笔记。

我不知道都有谁跟他们说了，谁都有可能，毕竟杰克家的那场派对几乎整个十年级的人都去了。

哈比卜老师抬头看向我，又露出个牙膏广告般的笑容："那么，我们先从一些基本情况开始吧。你大部分时间都和你妈妈住在一起，对吗？"

他们一直坚持把这个过程称为"聊天"，可我觉得全程非但一点聊天的感觉也没有，反而更像是场审讯。他们以为只要对着我笑笑，然后温言细语地保证什么事都没有，就能迷惑住我吗？早在哈比卜老师拿出她那本笔记本的时候，我就看穿了他们的把戏。所以无论他们怎么引导，我都装作一副听不懂的样子，但凡涉及家里存在的任何问题，我不是否认，就是避重就轻地回答，简直把自己的演技发挥到了极致。

"所以，你认为你和你妈妈之间的母女关系非常正常？"最后哈比卜老师无奈地问我。

"是的，当然。"我封住脑子里过去十年和邦妮有关的所有记忆，睁着眼睛在那儿瞎说，"完全正常。"

我不知道他们对我的话信了多少，但除了这样，我真不知道还能怎么演了。

半小时后，审讯结束。

"你到外面等我们一下好吗，罗？"希伯特老师说道。

十分钟后，哈比卜老师和莫迪老师走了出来，我被单独叫进了希伯特老师的办公室。

"莫迪老师跟我说了今天上午发生的事。"希伯特老师说道，"这件事和我们刚才问的那些情况有什么关联吗？"

我用力地摇了摇头："没有，老师。"

"奥斯布罗中学对于肢体暴力有很严格的处罚规定。"

"我知道的，老师。"

"话虽如此，但是我感觉今天上午发生的事情，它背后的原因应该没那么简单。"

我对此不置一词，虽然我能够感觉到她希望我说些什么。

"我想，现在对你们最好的处理方法就是双方都停课半天，等明天再正常返校。你觉得这样公平吗？"

"公平，老师。谢谢您。"

她确实已经很宽宏大量了，不然她完全可以简单粗暴地让我接下来的一周都在禁闭中心待着。

"还有就是，"她继续说道，"办公室的塔维斯托克老师联系不上你妈妈，但是想办法联系上了你的继母。她等会儿就会来接你。"

梅兰妮？

真是屋漏偏逢连夜雨。

"等到家后，我们再来好好讨论这件事。"梅兰妮一边领着我往她车那边走，一边语气轻快地说。我远远地看到伊西坐在车的后排座位上，正在玩她的平板电脑。

"她怎么没去学校？"我奇怪地问。

"她身体不舒服请假了。对了，她以为我们来接你是因为你肚子疼。我不想让她知道你在学校打架的事。"

你当然不想，这种不堪入耳的事情怎么能让金贵的小伊西知道呢。

"我没有打架。"我纠正她的话，"我只不过是轻轻推了那个女的一下。而且你凭什么以为我会愿意跟你回去？"

"因为我很确定，你爸爸一定会想跟你聊聊这件事。"

"那他可以等我周末去你们家的时候再找我聊。"

我的话让梅兰妮停下了脚步，她叉着腰，质问我："罗茜，你觉得眼下这种情况还能由你说了算吗？我们晚点会把你送回你妈妈那儿，但是在那之前，你都在我的监护下，我让你做什么，你就得做什么。"

一股怒气猛地冲上我的脑门儿，"我——不——要。"我一字一顿地说。

梅兰妮气得眉毛都竖了起来："这位小姐，你知道自己在说什么吗？"

"我说不要。"我口气强硬地重复道，"你和爸爸凭什么这么随随便便地对我，想到我的时候，就说我在'你们的监护下'，那其他时候呢？你们都上哪儿去了？你们知不知道，我在你们看不到的地方过的都是什么日子？"我的愤怒随着这些话倾泻而出，"你们当然不知道！"不用她回答，我就替她说出了事实，"除非凑到你们眼皮底下，不然你们可能都想不起还有我这么个人。"

"你说得太过分了！"

"我有吗？爸爸平时给我打电话的次数还没有我公司的老板多！"

"你简直在胡说八道。你爸爸明明是个特别好的父亲！"

"错了，梅兰妮。他对伊西来说是个特别好的父亲。但是对我——他真正的女儿，就完全不是那么回事。"

"是吗，可是你对他也没好到哪儿去。每次过来都摆着张臭脸，一副爱搭不理的样子，好像谁欠了你似的。人心都是肉长的，你这样还指望别人要怎么对你，罗茜！"

天哪，她太可恨了。我曾以为在有继母这件事上，我已经算是不错的了，至少我面对的还不是一个彻头彻尾的坏人。但是这些年下来，事实已经越来越明显，像梅兰妮这种心口不一、笑里藏刀的人根本也同样危险。

"那你有没有想过，我为什么总是一副不高兴的样子？"我质问道。

她突然噎住了。

"没想过吧。因为你关心的从来都只有自己和那边的那个心肝宝贝。我根本就不在你的考虑范围之内，从来都没在过。"

"你怎么能这么说我！"梅兰妮喊了出来，她脸涨得像个番茄似的，"我已经竭尽全力在向你示好，让你融入我们这个家庭！"

"我跟他本来就是一家，你们才是后来的！"我尖叫道。

"可是，他最终选择的是我们，不是吗？"她得意地笑着说，"他选择了我和伊西。我很抱歉这么说可能会伤害你的感受，但是罗，这就是事实，无论你再怎么哭闹，都不会改变这个事实。"

伊西已经放下了手里的平板电脑，正透过车子的前挡风玻璃兴致勃勃地看着我们。

梅兰妮注意到后，立刻换了副嘴脸向她挥挥手，然后用牙缝里挤出的声音冲我凶道："你赶紧给我上车。"

她还真以为自己能指挥得了我吗？

我站在原地纹丝不动。

"我说了，赶紧上车。"她又说了一遍。

我可不觉得自己会跟她去任何地方。

"我不上。"我看着她说。

"不上？"她恨恨地说，"大小姐，那你就准备踩着薄冰自己走回去吧。"

"你回去告诉我爸爸，如果他想跟我谈的话，他知道要去哪里找我。再会了，梅兰妮。"说完，我掉头就走。

"罗茜·斯诺！"梅兰妮在我身后大喊，听上去近乎歇斯底里，"你立刻给我回来！"

我充耳不闻地继续往前走。

36

　　我正在油管上看视频的时候，后门那儿响起了一阵敲门声。我从窗户往外看去，院子里站着的竟然是艾默生。他过来想干什么？

　　我从床上爬起来跑下楼，把后门打开了一条缝，以免艾默生看清屋里的情况。

　　"你来干什么？"我不客气地问道。

　　"我就是想来问问，你有没有坦维的消息？"

　　"你跑这么远过来，就是为了问我这个？那你怎么不直接给她打电话？"

　　"我打了，但是她不接。"

　　"那你就接着打啊，给她留言。"

　　就在我准备关门的时候，艾默生突然把手插进了门缝里。"我留过了，"他焦急地说，"都留了三次了。而且不用你说，我给她的脸书、照片墙和快拍主页都留过言了，可是从上周六到现在，她一点回音都没有。"

　　我眉头皱了起来。我最后一次看到坦维和艾默生在一起的时候，他们两个好得恨不得绑在一起。我能理解坦维为什么不联系我，但是为什么她连艾默生也不理睬了？

"你最后一次见到她是什么时候？"我问道。

"就是在派对上。"

"她那时候看上去状态怎么样？"

"主要就是在担心你。当时她听说了你家发生的事情后，急得满脑子想的都是要尽快联系你、确认你没事。"

"但是在那之前呢？你们当时相处得还好吗？"

艾默生的脸唰地红了："我觉得，都挺好的。"

"你没有试图对她做什么奇怪的事吧，有吗？"我问到这儿时，心里突然涌起一股对坦维的保护欲，而且强烈得连我自己都没料到。

"没有！"艾默生气急败坏地喊道，"当然没有！我们周六上午的时候还在不停地发短信，可是之后她就忽然没有音讯了。"

"周六什么时候？"我疾声问。

"等等，我查一下。"他说着，拿出了手机，"她最后一条信息是下午 1 点 44 分发的。"

坦维是什么时候出现在阿卡迪亚大街的？好像是 2 点左右？

我心里掀起了惊涛骇浪。万一坦维后来根本就没回家呢？但如果是那样的话，她父母早该联系我了。除非，她根本就没告诉他们自己去哪儿了……

"你有没有觉得事情有些不对劲？"艾默生问我。

他的问题让我的心脏跳得更快了。"我不知道。"我回答得有些勉强。

"我很担心她。"艾默生不安地说，"你知不知道她家在哪里？"

我点了点头。

"你能不能带我过去？"他立刻问道。

我犹豫着没有开口。

"拜托你了，罗。"

"你等我一下，我去拿外套。"

坦维家里亮着灯。我领着艾默生轻车熟路地走到她家正门前，然后按下了门铃。

再过两天就是篝火之夜了，就像我们一直期待的那样，已经有人开始放起了烟火。烟花在空中炸开的声音让我想起了排灯节那晚，我和坦维在莎尔家的后花园里，手挽着手靠在一起。有那么几秒钟，我觉得自己仿佛回到了那个时候，腿间摩挲着美丽的紫色纱丽，肚子里塞满了各种好吃的，腮帮子也因为笑得太多而发酸。那些真的只是一周半前发生的事吗？为什么我有种恍如隔世的感觉。

随着门里脚步声的响起，我们接着听到了钥匙插进锁里的声音。我和艾默生动作一致地站得更直了些。门被向里转开后，露出了站在后面的德温。他穿着运动裤和滚石乐队的 T 恤；他的头发和我上次见到一丝不苟的发型也大相径庭，一边被压得扁扁的，另一边又翘得老高。

"罗，"他边说边握拳揉了揉右眼，"是你呀。"

"你好，"我含含糊糊地打过招呼后，向他们介绍了起来，"呃，这位是艾默生，他跟我和坦维是同年级的同学。这是坦维的哥哥，德温。我们能见见她吗？"

德温听到我的话，脸皱成了一团。"该死，你还不知道。是啊，你当然不知道。"

"知道什么？"我急忙问道，心里突然害怕起来。

德温犹豫了一下："你们还是进来说吧。"

艾默生和我走进了门厅，发现整栋房子都异常安静。既没有收音机的音乐声，也没有交谈声，更没有做饭的声音从厨房里传出来。

"现在坦维在医院里面。"等门在我们身后关上，德温开口说道。

"什么？为什么？她还好吗？是癌症又复发了吗？"我慌不择言地问道，嘴里的话磕磕巴巴地一句接着一句。我的声音和艾默生的重叠在一起，因为他也几乎同时问了类似的问题。

"她得了肺炎。"德温简洁地说。

"但是我觉得肺炎应该不会那么严重才对，"艾默生奇怪地说，"我爸爸以前也得过一次，但是他吃了几天药就好了。"

"坦维康复后，免疫力一直很差。"德温缓缓地解释道，"这次不知道为什么感染上了肺炎，她自己也吓坏了。"

我想起了坦维周六在我家后门的样子：浮肿的双眼、不停流鼻涕的红鼻头，还有她沙哑的声音。我还以为那只是普通感冒引起的。

"她住院多久了？"我颤着声音问。

"上周六下午就进去了。当时她还一直说自己没事，结果晕倒在了洗手间里。"

这全是我的错。我躲在屋里生闷气的时候，坦维被逼着在外面冻了多久？半小时还是一小时？

"她会好起来的吧？"我小声问。

"医生确实是这么说的。"德温说，"不过现在她还很虚弱，他们需要确定她的肺部足够健康后，才能让她出院。"

"我们能去看她吗？"艾默生问道。

"现在还只允许家属探视。"德温说，"但是等她感觉好点了，我想她会很愿意见到你们的。来，你们都给我留个手机号吧，等她情况好转后，我给你们打电话。"

艾默生和我在电话机旁的便笺簿上写上了我们的号码。

这时，德温看了下手表："我得走了，一会儿要去医院给妈妈送换洗的衣服。"

"好的。"我们低声应了句，然后拖着步子朝门口走去。

就在艾默生和我快走出院子的时候，我突然停下来。

"等我一下。"我冲艾默生说道。

我冲回坦维家门前，咚咚咚地敲门。

"你能不能帮我个忙？"德温开门后，我气喘吁吁地问他。

"当然。"他爽快地说。

"你能不能告诉坦维，我很抱歉。"

"抱歉？"

"是的。"

"我能问问原因吗？"

"她知道的。"我只能这么说。

和艾默生告别后，我一个人走回了家。在路上每多走一步，我脑海里就忍不住多出现一点坦维在医院里的样子：她躺在惨白的病房里，乌黑的头发像扇子般铺在洁白的枕头上，娇小的身体用管子连着一堆信号灯闪烁、叫嚣个不停的仪器；在她的床位旁还有一个拿着病历卡的护士正皱着眉头做记录。

阿卡迪亚大街 46 号的房子里一片漆黑，现在诺亚肯定已经回校了。虽然我给他发了好几条短信，但是他一条也没回。我原本以为自己不会感觉太受伤，因为毕竟我们也就下过几次象棋而已。可事实上，我觉得很难过。我原以为我们之间已经有了足够的默契，应该能彼此理解，但最后却不得不接受这个可恨的事实——那只是我的一厢情愿罢了。

我回来的时候邦妮在家里。房子里所有的灯都开着，而且像往常一样，客厅里收音机吵闹的音乐声和电视节目的声音交织在一起，刺得人耳朵疼。

我拖着疲惫的脚步，一点一点往楼上挪，就在这时，她手里夹着烟，出现在了楼梯口。

自从周五晚上和她大吵一架后，这还是我第一次跟她面对面碰上。

"刚才你爸爸给我打电话了。"她劈头盖脸地说。

邦妮和爸爸基本不交流，如果他们有什么事要跟对方说，都会让我来传话。

"说了有什么事吗？"我问她。

"他不愿说，只是说一直联系不上你。"

"哦。"

我拿出手机，上面果然有十一通未接电话和三条气急败坏的语音留言，全是爸爸发来的。

"出什么事了，罗？"

"他们开始调查我们了。"我面无表情地说。

"谁？"

"今天我被叫去校长办公室了，他们问了我一些问题。我觉得他们去跟社会救助机构汇报只是迟早的事。事实上，他们可能已经这么做了。"

"他们问了什么问题？"

我把所有的问题跟她说了一遍。

"那你是怎么回的？"她脸上终于出现了惊慌失措的表情。

"我全部否认了。"

她竟然厚着脸皮，一脸如释重负的样子。"这样的话，就应该没事了。"她轻松地说。

她真觉得这件事会这么容易就过去吗？会有那么简单？

"不会没事的，邦妮。"我悲哀地说，"真的要出事了。"

她像个小孩似的捂住耳朵："唉，拜托你了，罗，不要再对我说教了。"

我看着她哑口无言。过去一周里我跟她说的那些话，她一句都没听进去。我要怎么做才能叫醒一个永远在装睡的人？

"怎么了？"看我表情不对，她放下手说道，"你为什么这么看着我？"

"你有没有听说过科利尔兄弟的故事？"我问她。

她皱着眉，摇了摇头。

"他们是一对兄弟，哥哥叫荷马，弟弟叫兰利，19 世纪三四十年代的时候一起住在纽约的一栋大别墅里。"

我会知道这个故事，还是因为有一次回爸爸的老公寓。他从阿卡迪亚大街搬走后，先在那个公寓里住过几个月，然后才搬去了梅兰妮那里。当时我躺在那张破旧不平的沙发床上难以入睡，于是就不停地换着电视频道随便乱看，结果就看到了这个故事。

"我小时候看过一个讲他们的纪录片，"我接着说，"他们一起生活在一栋很大的老房子里，里面堆满了垃圾。"

邦妮脸上飞快地闪过一丝不自然，虽然很微小，但是我绝不会看错。

"然而有一天，他们有个邻居向警察报案，说已经有一段时间没见到过兄弟中的任何一个人了。等到警察破门而入，他们发现了荷马的尸体。"

"你现在说这些是什么意思，罗？"邦妮不自然地说，"我不明白。"

我不理她，继续说下去。

"警察花了整整两周才在房子里找到兰利的尸体，他是活生生被自己捡来的那些垃圾埋住窒息而死的。而问题是，荷马是个盲人，他必须靠兰利每天给他准备吃的。所以当兰利埋在一堆垃圾下开始腐烂的时候，可怜的荷马也活活饿死了。"

"罗，别说了。"

"我用谷歌图片搜过他们的名字，看到的画面让我很后悔。"我真心实意地说，"那个样子真的太惨了。"

当时我连着做了好几周的噩梦，里面全是兰利尸体被老鼠啃食、腐烂后的样子，虽然上面打了马赛克。

"你为什么要跟我说这个？"邦妮明显慌了起来。

"因为我怎么也忘不掉这个故事，"我说道，"哪怕他们房子里的情况比我们的要糟得多，但是我知道一旦事情失控的话，类似的事情就会降临到我们身上。所以我向自己承诺，无论发生什么事，都一定要保护好你。"

我还记得第二天我就求着爸爸把我送回阿卡迪亚大街，当我回去后没能马上见到邦妮的那一刻，我心里有多悲痛，我还以为她也遭遇了跟荷马和兰利一样的命运。当我最终找到她时，我看着她睡在一张窄窄的床垫上，身边隐约围着成堆的黑色塑料袋时，惊慌害怕的泪水在我脸上如决堤般涌出。也是从那时起我意识到，防止科利尔兄弟的悲剧在我妈妈身上重演的责任只能由我来承担了。

"你那时候多大？"邦妮轻轻地问。

"8岁。"我回道。

她张了张嘴："罗，我……"

"什么？"我问。

她顿了好一会儿，没有说话。

"我……我不知道。"她最终说道。

我叹了口气："你以为我不明白吗，邦妮？"

说完，我继续走上楼，进屋后反锁了房门。

我累得快散架了，连刷牙洗脸都顾不上，套上睡衣，就钻进了被窝。

37

哪儿来的烟味？

怎么这么热？

是有人在燃篝火吗？

不对，感觉也太近了。

我打开灯，看看是怎么回事。

怎么到处都是烟？

着火了！

必须赶紧出去。

我跟跟跄跄爬下床。

"罗！罗！罗！"

有人在叫我。

是邦妮吗？

我头疼得快炸了。

嗓子里火烧火燎的，

咳得停不下来。

腿上软绵绵的，一点力气也没有。

她开不了门的。

我反锁了。

我终于摸到了钥匙，

可是连拿都拿不住。

我整个人跪倒在地，

怎么也起不来。

我听到了消防车的警笛声。

"罗！罗！罗！"

着火了。

必须赶紧出去。

可我出不去了。

"罗！罗！罗！"

38

我醒来后第一眼看到是一面小熊维尼的壁画。画上的颜色鲜艳过头了，小猪太粉、小老虎的橙色太深，而维尼熊黄得跟个奶黄罐头似的。

我的眼睛像是被粘住了似的，疼得睁不开，眼皮也肿胀无力，每眨一下都难受得不行。接着，我的视线移向了床头柜，那上面摆着一壶水和两个大塑料杯。这时我才意识到自己真的特别渴。

我试着坐起来，却发现身体根本不听使唤。我使出了浑身的力气才稍微把头抬高了两三厘米，随即就脱力地跌回了枕头上。

屋子里光线很明亮，我能听到外面人来人往的脚步声和嗡嗡的说话声。这些都表明现在应该是白天，但是我的视线内没有窗户，所以我没法儿确定。

当我的眼睛适应了屋里的光线后，我眨着眼睛努力回想着那晚发生的事情。那些画面和声音在我脑海里交织着，仿佛一场画面和声音错位了的电影，接着我又想起了一连串模糊不清的片段。我试着把它们理顺，把所有事情像贴便利贴一样在脑子里一一排序。我对这场火灾本身几乎毫无印象。我能记起来的第一件具体的事情就是躺在救护车的后面，跟邦妮一起被送往医院的时候；她在我旁边戴着氧气面罩，两眼惊恐地盯着我，救护车的警笛闪烁着蓝光在"哇哩哇哩"叫着，有医护人员在我们身边高声镇定地说着什么。

接下来的几小时是一段兵荒马乱的过程，我隐约记得自己被连上管子推到了一些仪器前，那里灯光刺眼，身边不断有医生和护士进进出出、忙忙碌碌。有一个护士全程都陪在我身边，她长着一双和蔼的棕色眼睛，一直在用低沉悦耳的声音跟我解释着我身上发生了什么事以及为什么会这样。每当我不舒服的时候，她就会用拇指按摩我的手掌。当我的呼吸稳定后，有个医生把一根细细的短管插进了我嘴里，这个管子顶端带有摄像头，专门用来检查我的呼吸道情况。整个检查过程我都是清醒着的，但整个人昏沉无力、意识混沌又迟缓；医生和护士说话的声音在我耳边时大时小，仿佛我脑子里有个音量键，正被人随心所欲地调得忽高忽低。

我不记得自己是怎么到的这间病房，又是什么时候睡过去的，更不记得现在身上的这件浅粉色病号服是什么时候换的。我想知道自己原来穿着的睡衣去哪儿了。

也许邦妮会知道吧。对了，邦妮。

自从进医院到现在，我都还没见过她。

我想出声喊人，但是发出来的尽是粗粝沙哑的气音，而且还扯得嗓子里面火烧般地疼。我难受得闷哼一声，接着缓缓地转头。这个动作比我预想得还费力，我感觉脖子上的每一块肌肉都被撕扯着。

我转过去后，看到邦妮正窝在我右边的皮质靠背椅上。她的头低低地前倾着垂在胸前，脸上还有一道道类似烟灰的痕迹。

我顿时如释重负，然后用了全身的力气伸出一只胳膊，好不容易才用指尖蹭到了邦妮的膝盖。

她猛地惊醒过来。"罗，你终于醒了。"她声音沙哑地说完，就伸出双臂搂住我的脖子，不住地在我的脸和脖子上亲吻着，印上我的嘴唇干燥又粗糙。她呼出来的气息带着一股腐朽的味道，像是抽了很多烟，又熬夜后的感觉。

"水，"我声音嘶哑地冲她说道，"我要水。"

每说一个字，我的嗓子都像被针扎过般地疼。

邦妮从椅子上一跃而起倒了杯水，然后小心翼翼地送到我嘴边。她倒水的时候动作太猛，一些水从杯子里溅出来流到了地上。

我刚喝了几口，一个身材高挑的护士就出现在了床尾。她穿着浅蓝色的隔离服，满头的小辫子编得一丝不苟。"太好了，你终于醒啦。"她笑着说，"我是凯伦护士，不介意的话，现在我先给你做个检查。"

凯伦给我检查好后，我又喝了好几杯水，然后迷迷糊糊睡了过去。

我再次醒来的时候，邦妮正两手握着我的左手，坐在椅子的边缘。她肯定去洗过脸了，先前的污迹已经不见了。

"房子是怎么起火的？"我看着她问。

邦妮眨了眨眼，仿佛被这个问题吓到了。

"警……警察还没完全确认原因。"她结结巴巴地说。

她的语气一下就出卖了她。

"是因为你的烟头，对吗？"我语气肯定地说。

邦妮的嘴张了张，然后又闭上了。

"对吗？"我逼着她承认。

邦妮不情愿地点了点头。"当时我想要扑火的，"她试图辩解，"但是根本没用，火势蔓延得太快了。"

就房子里那个样子，蔓延得能不快吗？

她说完后，我们谁都没再说话。

"来吧。"过了一会儿，邦妮颤抖着下唇，说道，"你说我吧。"

"说什么？"

"你知道的。"

我摇了摇头。

"我早就警告过你，"邦妮眼里闪着泪光说，"就类似这样的，你说吧，是我活该。"

她说的或许是事实，但我现在的状态没法儿再大声说出这些话来。

"求你了，罗，你就骂我吧。"

"为什么要骂你？有用吗？能解决任何事吗？"

"不能。"她讷讷地承认。"对不起，我真的很抱歉，罗。"她接着补了句。

我没有回她，我真的做不到跟她说没关系。幸好这时凯伦进来打断了我们。"斯诺太太？"她说道，"前台有人想跟你谈谈。"

邦妮的脸色唰地变得煞白。"是谁？"她一边问，眼睛一边向凯伦身后瞟，"我应该没约过任何人。"

"您跟我过去后，我会为您介绍的。"凯伦巧妙地回避了她的问题。

邦妮站起来之前，先左右看了看，仿佛在评估还有没有别的逃跑路线，最后无奈地发现，自己唯一的选择只有病房尽头的那扇双开门。

"这边走。"凯伦领着她往外走去。

邦妮冲我勉强笑了笑，然后跟在了凯伦身后。在凯伦的对比下，她显得十分娇小，看上去既柔弱，又害怕。

在她们推门出去的瞬间，我用手肘使劲把自己撑了起来，透过打开的门缝，我看到了站在护士站旁等着的两个人。一男一女都穿得十分得体，脖子上还挂着工作证。

我瞬间就知道他们是什么人了。

遮掩了这么多年，社会救助机构还是找上了我们。

我为了这个时刻提心吊胆了这么多年，现在他们真的来了，而情形却和我想象的完全不一样。

预想中的惶恐没有出现，我只感到一种身心疲惫后的彻底解脱。

39

"罗，罗！快醒醒！"

如果不是因为喉咙疼得不行，在没有充分准备和润滑下就无法正常出声，我早就叫了出来。而结果是我只能挤出一声又短又尖的气音，听上去就像老鼠被逼急了似的叫声。

"呃，抱歉，抱歉。"坦维连忙说道，她的脸离我仅有几厘米的距离，"我不是故意要吓你的。"

她的呼吸打在我脸上，温暖又香甜，闻上去有股葡萄味。

"现在几点了？"我一边哑着嗓子问她，一边挣扎着坐起来靠在枕头上。整个病房里除了我们俩弄出的动静，就再没有别的声音。

"我也不知道，"坦维回道，"大概两三点的样子吧。"

我伸手给自己倒了杯水，然后一饮而尽。"你怎么知道我在这儿的？"我边问边放下手里的空杯子。眼下的情况让我有些怀疑自己到底醒没醒，坦维·莎尔竟然坐着轮椅出现在了我床边，身上还穿着一件泰迪熊的毛绒睡袍，睡袍帽子上还缝着两只熊耳朵。

"好吧，其实整件事是这样的。"坦维开始小声地跟我絮叨起来，"昨晚，德温告诉我你和艾默生来找过我了，而且你让他替你跟我说抱歉，并且他也照做了。之后呢，我就向他借手机——我自己晕倒的那天把手机摔坏了，因为我倒下的时候把它掉进了浴缸的泡澡水里，他们直到第二天才发现——哎呀，跑题了！总之呢，我就想给你打电话，但是你没接，所以我就给你写了封信——是不是很复古？——让德温帮我从你家门缝里塞进去。他本来今天早上就要去做这件事的，但是没能做成，因为你家整个儿都被警戒线隔离了。所以他根据情况稍微推断了一下，又去问了护士你是不是在这里，然后护士说你在，而且你会没事的，然后差不多就是这样了。本来我还可以更早过来看你的，但是他真的是今天下午才告诉我。"

坦维这一大段话说得又快又长，中途连个停顿都没有，我甚至感觉她连换气都没怎么换过。

"这也就是为什么，"她稍稍喘了口气，继续说道，"我从隔壁床小朋友那里征用了这个宝贝就过来了。"她说着，拍了拍坐着的轮椅扶手。

"这个轮椅是你从别人那儿偷的？"我哭笑不得地问。

"才不是！"坦维装作一本正经说道，"这个轮椅是我从别人那儿借的。"

"随你怎么说吧，你的病房在哪儿？"

"就在你隔壁。"

"要是护士发现你床上没人怎么办？"

"别担心，我给他们留字条了，上面都交代得清清楚楚的。"

"但你不是应该待在床上才对吗？你难道不清楚自己什么情况吗？你之前都晕倒了！"

坦维顿了顿，才开口说道："好了，现在我或许还没百分百康复，但是基本上都好得差不多了。他们只不过因为我以前的情况，所以才小心得过头而已。”

“你是因为我才生病的吗？”我终于问了出来。这个问题从上次跟德温聊完后就一直留在我心里。

“你为什么这么说？”

“因为我让你坐在外面等了那么久。”

“我什么时候等你了？”

“就是上周六的时候。”我心虚地缩了缩身体，想起了坦维在后花园里缩在邦妮太阳椅边缘上的样子。

“瞎想什么呢！那个时候我就已经病了。你忘了吗？我在参加派对的时候就已经开始咳嗽打喷嚏了。”

我不确定地点点头。

“你是因为这个才跟我说抱歉的吗？”坦维问道。

我紧张地咬着嘴唇：“不止是因为这个。”我想再多说一些，但是就跟之前一样，不知道该怎么开口。

“好了，”坦维打破了沉默，“别总说我和肺炎了，无聊死了。说说你吧，你现在到底怎么样了？”

“哦，我觉得应该没事了。我喉咙因为吸入了烟尘，所以有些灼伤感，但是医生说不会造成长期伤害的。”

“所以不影响你以后唱歌，对吧？”

我的天哪，我压根儿都没想过这件事。

“应该是的，不影响。”

“那真是太好啦！”

隔壁床的小孩猛地翻了个身，成功让坦维不好意思地吐了吐舌头，同时降低了音量。

“想不想来场说走就走的旅行？”她小声问我。

“到啦，就是这儿。”坦维说着，把我推进了一扇门里。

我们来的地方离病房并不远，但是走过来的过程也没那么容易。我们一路上不但要躲护士，还得时不时地藏在柱子和贩售机的后面，以免被查房的医生发现。

眼睛适应了房间里的黑暗后，我发现我们站着的地方好像是一个小型儿童乐园的入口。

"跟我来。"坦维把轮椅往门边一推，然后深一脚浅一脚地往漆黑的房间里走。

我听话地跟在了她身后。

几缕暗淡的月光透过窗户照进房间另一端的角落，那里堆着一摞有塑料涂层的懒人沙发。坦维过去对准一个扑通一声趴了上去，然后示意我也照做。

"这里是我以前最喜欢的地方。"她说着，翻了个身，躺在上面伸了个懒腰。发现我躺在旁边没动静，她扭头看了我一眼："怎么了？你怎么都不说话？"

"抱歉，"我开口说道，"我直到刚刚才意识到。"

"意识到什么？"

"这家医院也是你治疗癌症时待的那家吧，所以你才对这里了如指掌。"

"好吧，你这么说也没错。"

说完，我们俩都沉默了，房间里安静得只能听到我们的呼吸声。渐渐地，我们的呼吸频率都开始缓慢下来，然后变得完全同步。

"罗，看到你没事，我真的很高兴。"还是坦维打破了沉默。

"你为什么还对我这么好？"在黑暗的掩护下，我问出了心声。

"要不然呢？"她歪着脑袋，奇怪地问。

"明明我上次见你的时候，你说再也不想跟我说话了的。"

她眉头皱了起来："我没这么说过。"

"不，你说过的。你说你'不要再这样下去了'。"

"所以你对那句话的理解就是，我再也不想跟你说话了？"

"嗯，是啊。"

"我当时说我不要再这样，是我不想再跟你吵下去的意思。"

"哦。"

"实话跟你说，你当时说的关于安娜的那些确实让我很恼火，但是当我稍微冷静下来后，我就想马上回去跟你好好说清楚这件事。结果没想到被这个该死的肺炎打乱了计划……"

我觉得自己简直蠢透了。

"你不是真的以为那么容易就能把我甩掉吧？"她笑着，又说了句。

"还真被你说中了。"我难为情地说。

她二话不说，探过身体就往我胳膊上捶了几下。

"我真的很抱歉。"我认真地对她说。

"我知道，我也很抱歉。"

"你有什么好道歉的？"

"因为我发现你家后没有直接跟你说，而且也没跟你提过安娜的事情。"

"别犯傻了，你不需要勉强自己跟我说任何你不想说的事。"

"但关键是，有很多次我都差点儿要跟你说的。但是我知道一旦说了，我肯定会特别难过，所以才每次都咽了回去。"

"你会难过不是很正常的事吗？"

"可我不想让你看到我那种样子。"

"为什么？"

坦维深吸了一口气后，说道："那是因为在过去的三年里，几乎每个见到我的人都会下意识地可怜我。所以当我回到学校后，就决定再也不要让别人用那样的眼光看我了，我不想被他们当成一个受害者、一个小可怜。而你没有这么对我，这也是让我一下子就喜欢上了你的原因。因为你没有把我当成玻璃罩里的瓷娃娃，你把我当成一个正常人来对待。"

"其实我没想过要怎么对你，而且，我对你应该还挺无礼的。"

"但是我喜欢那样！"

"神经病。"

她咧嘴吐着舌头做了个鬼脸。"反正你和别人不一样。"她接着说道，"但是我觉得你应该也会喜欢她的，我是说安娜。"

"真的吗？"

"真的。"

"她是个怎么样的人？"

坦维从沙发上转过来侧身躺着，我也朝她的方向侧过身，和她面对面。

"她是个……特别好的人。"坦维说着，表情变得柔和起来。一滴眼泪从她眼角滑到脸上。"你看！"她指着脸说，"眼泪说来就来。"

"我们不必非得聊她。"我立刻说道。

"不、不，我想说。"她坚持道，"我觉得现在是时候了。"

于是我躺回去让她继续。

坦维把她们经历过的所有事情一一向我讲述。她是在化疗室认识安娜的，两个人因为暗恋同一个叫兰克伦的帅气护士而变得志趣相投；她们一起玩傻里傻气的游戏，一起半夜不睡觉跑去贩售机边游荡，一起接受了坦维开始好转，而安娜却在恶化的残酷事实；她们曾经和对方说过很多次再见，每一次都不知道会不会是最后一次，直到真的再也不见。

坦维自从开始说起，脸上的眼泪就没断过。

在她说完安娜1月举行的葬礼后，我们俩陷入了沉默。有那么几秒钟的时间我甚至以为坦维睡着了，直到她突然开口说："我刚想起来另一件要道歉的事。"

"是什么？"

"就是那个文件夹。我太自作聪明了，你怎么可能之前没查过那些东西呢。"

"没事的。"我真心地说，"你也是想帮忙而已。而且说真的，我也已经很久没去查过那些方法了。"

"你妈妈一直都这么喜欢囤东西吗？"

我艰难地咽了下口水。"差不多吧，"我说，"虽然现在的情况比以前严重得多，但是我家的房子从来就没看上去正常过。哦不，其实还是有过那么一次的。那还是在我 7 岁的时候，爸爸趁着邦妮周末不在家，请了一个保洁队来。"

那个保洁队一共有六个人，全都穿着洁白的工装裤。在整整两天的时间里，他们不停地在我家进进出出，运走了一袋又一袋的垃圾。当他们离开后，我记得自己新奇地把每个房间都走了一遍，因为里面好多露出来的角落、墙裙和插座位置都是我以前从未见过的。

"那次我本来以为她会很高兴，结果她回来后，整个人都疯了，冲着我们又是哭，又是大吼大叫。"我回忆着说。

"为什么会这样？"坦维轻轻地问。

"我不知道。"我无奈地说，"连她自己都没法儿解释为什么会这样。反正之后她就开始重新往家里囤东西，等到那年圣诞节的时候，我们房子里就又变得跟之前一模一样了。"

"好吧。"坦维轻轻地叹了口气。

在她轻言细语的鼓励下，我慢慢跟她袒露了更多自己在阿卡迪亚大街 48 号的生活。那些我在空荡荡的中餐馆吃过的圣诞大餐，那些周六的晚上，当邦妮在台上表演的时候，我是怎么整晚待在俱乐部昏暗的舞台侧边、一包接一包地给自己塞饼干；我还跟她说了伦敦那场惨不忍睹的复试，万圣节那晚歇斯底里的发泄，甚至连今天下午社会救助机构来过的事都跟她说了。

"你觉得之后会有什么事吗？"坦维问我。

那两个社工跟邦妮谈完后，也来找我谈过。他们过来向我保证的第一件事就是会尽力让我和邦妮能继续生活在一起。

"我们的一切工作都是建立在保持家庭完整这个基础上的，我们不是为了拆散人们的家庭而来。"那个叫卡瑞娜的女社工是这么跟我解释的。

与此同时，卡瑞娜也清楚地表示邦妮目前必须先接受一定的治疗，而在这之前，她和她的团队不建议我马上回到阿卡迪亚大街。

当她说这些的时候，我不禁问自己：如果早知道社会救助是这样的，事情是不是就不会走到今天这一步？我的生活是不是也会完全不同？但我很快就意识到想这些根本无济于事。我已经厌倦了不断回顾的人生，现在只想向前看。

"那在这期间要怎么办？"坦维听完事情的来龙去脉后，问我，"你要住在哪里？"

"我应该只能住到爸爸那儿去了。"

想到这里，我打了个冷战。我和爸爸早些时候通过电话，但比起我正在住院这件事，他似乎更介意我前天对梅兰妮的出言不逊。

"你好像不是很乐意的样子。"坦维看出了我情绪不对。

"确实如此。"这没什么好否认的。

过了一会儿，坦维突然坐了起来。"我想到了一个超棒的主意。"她兴奋地说，"你不如来我家住吧？"

"你家？"

"对呀！我家有地方的，你可以住安尼诗以前的房间。想想都好开心啊。"

"你觉得你爸妈他们能同意吗？"

"他们当然会同意！你在他们心里就跟小仙女似的，他们可喜欢你了！"

"但是社会救助机构那边怎么办？你觉得他们能同意我去你家吗？"

"这个，我也不知道。但是我们可以问问看啊，不试试怎么知道？"

我没有马上说话，这个小不点把我整颗心都浸在了温水里，让我感激得不知道说什么才好。

"谢谢你，坦维。"我郑重地说，"这是我有生以来接受过的最好的帮助。"

"只要你愿意，罗·斯诺，我随时都在。"她冲我回道。

我们继续一个话题接一个话题地聊着，直到声音都变得迟缓困倦。坦维在黑暗中握住了我的手，我第一次没有了立刻甩开或挣脱的想法，而是轻轻捏了下她的手，然后回握住，直到太阳升起都没有再放开。

40

我快吃完早餐的时候，蒂姆护士一脸笑意地过来通知我有一名访客。

"是谁？"我奇怪地问。

"一个相当帅气的男孩子，好像是叫……"蒂姆冲我挑了挑眉，"诺亚？"

我惊讶得瞪圆了眼睛："诺亚？你确定？"

我的反应让蒂姆笑出声："嗯，我确定……那么，我应该让他进来吗？如果你没什么精神的话，我也可以让他离开。"

"不要！"我喊了出来，"那个，呃，可以的……"

"好嘞，"蒂姆欢快地说，"一会儿就来。"

蒂姆一走出去，我的心脏就开始狂跳。

诺亚竟然来这里了。

他来看我了。

我用手扒了扒头发，低头检查了下睡衣，确定上面没有鸡蛋屑之类的。我不用看镜子都知道自己的状态好不到哪儿去。今天早上7点多我才爬回床上，现在"睡眠不足"四个大字就差直接写在我的脸上。

我往嘴里塞了两颗薄荷糖，然后抓过邦妮留在床头柜上的杂志摊开放在腿上，假装自己正津津有味地在看。摊开的那页上讲了两个明星因为出演真人秀，最后假戏真做结婚了的故事。听到油毡地面上响起的脚步声，我僵硬地埋着头，捏着杂志的手掌里全是汗。

"嗨。"

听到这个声音，我抬起了头。

诺亚站在床尾，脸上露出松了口气的关切表情。

"你还好吧。"他双唇颤抖着扯出一抹笑容。

"你现在应该在上课吧？"我看着他，脱口而出。

"哦，"诺亚低头看了看身上显眼的校服，"是的。"

"你逃课了？"我意外地问。

"貌似是这样的。"

"你怎么出来的？"

"我从晨祷会偷偷溜出来，搭了第一班火车从约克过来的。"

"后果会不会很严重？"

"可能吧，不过管不了那么多了。"

我咽了咽口水。"那，你坐坐吧。"我指了指床边的椅子。

诺亚依言坐了下来。现在的情形美好得简直不像是真的，我必须努力控制住自己心里的蠢蠢欲动，免得一不小心就会伸手去摸摸他是不是真的就坐在我身边。

"你怎么知道我在这儿的？"我问他。

"我爸爸给我发短信说了昨晚着火的事。其实我也不确定你会在这儿，但还是想来找找看。你现在感觉怎么样了？"

"已经好多了。我吸进了一些烟雾，但是医生说不会造成永久性的伤害。"

"那太好了。"诺亚说道。

说完，我们安静了下来。

"对了，我给你带了些东西。"他说着，把一个塑料袋拖到腿上，"我本来想买花的，但是后来突然想起来不知道在哪儿看到过，说很多医院都不让带花进来，所以我就换成了巧克力。不知道你喜不喜欢？"说完，他把一桶凯利恬递到我面前。

"我特别喜欢。"我高兴地回道，"谢谢你。"

"我还给你带了这个，"他又拿出了一个方形盒子，包装纸上的图案是《托马斯和他的朋友们》，"很抱歉用了这么丑的包装纸，我手边就只有这个了。"他不好意思地说。

我小心翼翼地拆开包装，里面是一副旅行象棋。

"这个是吸铁石的，"诺亚解释道，"那天没下完的棋可能一时半会儿都没法儿再下了，所以我想，在这段时间里，我们不妨再重新开一局？"

我的心猛地提了起来。

"另外，我还要跟你道个歉。"诺亚接着说，"就是关于上周六的事。周六早上做家庭治疗的时候，我和我爸爸大吵了一架，后来我就直接去了妈妈那里。我本来想给你发信息说一声的，但是手机正好那一周都在修……"他的声音渐渐低了下去，"他没有跟你说，对不对？"最后他问我。

"跟我说什么？"

他隐忍地捶了下床垫："我跟他说了的，让他去你家告诉你我不回来的事。"

"所以你没有讨厌我？"我喃喃地问。

诺亚皱起了眉："讨厌你？你在说什么？"

"万圣节那晚，我看到你在窗户边了。"

诺亚心虚地缩了缩身体："我不是故意要偷看你的，我发誓。而且我一开始都不知道，直到最后一刻我才认出是你。等等，为什么你会觉得那会让我讨厌你？"

"我不知道。"我别扭地说。

"其实我还看得挺过瘾的。如果我也能有机会对着我爸爸做类似的事，我绝对也会这么干的。"

"诺亚，为什么你这么讨厌他？"我不解地问。

诺亚眨了眨眼："你竟然不知道？我还以为附近所有人都知道的。"

我摇了摇头。

他做了个深呼吸，然后一口气说道："六个月前，我爸爸因为性骚扰了五个同事而被公司解雇了。"

我不知道自己本来以为他会给出什么理由，但是无论如何，这个都绝不在我的预期内。

"他公司不想把事情闹大，所以选择了庭外私了。"他继续说道，"但是本地报纸上早就传得沸沸扬扬了，他们都叫他'奥斯布罗的哈维·韦恩斯坦'。"他在说的时候，身体不由自主地微微发抖。

那个新闻我还有印象，他要不说，我根本想不到他身上。

"那简直就是场灾难。几乎在一夜之间，我就从学校里的一个小透明变成了人人喊打的过街老鼠，就好像我爸爸犯了错，我也该受惩罚，就因为我是他的儿子。"

我静静地听着，没有说话。从我看到诺亚的第一眼起，就对他有种莫名其妙的亲切感，我一直都想不明白这是为什么。现在我终于知道原因了，因为他也是一个被不属于自己的责任拖累的人。

"我真的很替你难过。"我对他说。

诺亚故作轻松地耸了耸肩："谁让生活就是这样呢。"

"你在学校里的处境还是那么差吗？"

"这个学期已经好多了。"诺亚无所谓地说，"这也幸亏大家的记忆都没那么好。"

我希望他说的是真的。

我们又沉默了一会儿。

"我说的是真的，"诺亚过了会儿开口，"万圣节那晚，你肯定也鼓足了勇气才敢那么干的吧？"

"其实我也不确定那算不算是勇气。"我含糊地说。

"起码看上去是的，你看上去非常勇敢。"

"谢谢。"我觉得脖子根隐隐发烫，眼光不自然地落到了那副旅行象棋上。"还有时间下一局吗？"我问他，"寄宿学校的警卫会不会找过来？"

诺亚满不在乎地笑了笑："那就让他们来吧。"

我也看着他，笑了起来，随即开始摆盘落子。

差不多一小时后，坦维也推着轮椅加入了我们，这次的轮椅终于不是偷的了。当我把诺亚介绍给她的时候，她满脸戏谑，笑得嘴都快合不拢了。

她的加入让我们把象棋放到了一边，三个人开始打牌。我们打了一局又一局，喝光了几大瓶橙汁，那桶凯利恬也被掏了个底儿朝天，五颜六色闪亮亮的糖纸扔得满床都是。我们一边打牌，一边闲聊，仿佛认识了多年的老朋友。这一切让我突然明白，原来有朋友的感觉是这个样子的。曾经我很害怕这种感觉，觉得它是不属于我的东西。

哪怕是现在，我还是本能地有些抗拒这种美好的感觉。

然而我想得更多的还是迫不及待想去弥补那些被我错过的美好时光。

41

坦维的妈妈开车把我们送到校门口。

"准备好了吗？"下车前，坦维问我。

我离开学校还不到两周的时间，却感觉已经过了很久似的。

"好得不能再好了。"我回道。

"姑娘们，祝你们有愉快的一天。"坦维的妈妈对我们说，"最后再确认一次，你们真的确定自己乘公交车回家没问题吗？"

"确定。"我们异口同声地说。

在我和坦维往点名教室走的时候，周围人的窃窃私语和异样目光一路都没停过。

"他们说你放火把自己家的房子烧了，这是真的吗？"席恩娜跑到我们旁边，冲我说。

"你闭嘴吧，席恩娜。"我继续稳稳当当地走自己的路，连个多余的眼神都没给她。

"你没事吧？"坦维蹦蹦跳跳地跟上来，小声问我。

"我很好。"我回她。

我真的很好。

如今，一切都被摊在了阳光下，我还有什么好顾忌的呢？至少那些都已经无法再伤害我了。

那是闲言碎语，再也伤不到我半分。

我直到这一刻才意识到，曾经的那些草木皆兵有多么不值得。

在外人眼中，这可能只是无比平常的一幕：一位母亲带着女儿以及女儿最好的朋友一起围坐在餐桌边，她们直接把鱼和薯条放在桌子上，拆开包装就吃了起来。

但对罗·斯诺来说，这就是她期待已久的奇迹。

冬藏

Winter

42

我到坦维的卧室门口跟她打了个招呼。

"你要出去了吗？"她坐在地板上边涂指甲油边问我，红艳艳的指甲油特别适合圣诞的氛围。

"是啊。"我回道。

"你现在什么感觉？"

"感觉很怪。"

"需要的话，就给我打电话。"

"不用了，不过还是谢谢。"

她笑着向我敬了个礼。我向她回礼后，转身走下了楼。

在楼下，我大声跟她的父母打过招呼后，踏出了房门。12 月的太阳落得越来越早，屋外的天色已经开始转暗。

我虽然在那么多个周六早上来这里发过传单，但希望树大街现在居然成了我临时的家，这个事实让我到现在都还没彻底适应。和莎尔一家生活了快六周，这段时间，我真的过得很开心。这些年来，除了每个月去爸爸家的时候，我几乎已经忘了作为家庭的一员是种什么样的感觉。

无论是吵吵闹闹地在一起吃饭，还是为了争洗手间和电视机发生口角，和他们一起相处的点点滴滴都让我倍感珍惜。

有辆公交车正好开过来，但我还是决定走着去镇上，边走边低低哼着《圣善夜》。下周，我就要在学校的音乐会上唱这首歌了，虽然已经练得滚瓜烂熟，但我还是不敢有一丝松懈，抓紧一切练习的机会。

等我走到镇上商业街的时候，天色几乎全黑了，街上的圣诞灯都亮了起来。

我站在和邦妮约好的咖啡店外，透过喷着雪花装饰的窗户向里看去。她坐在靠角落的桌边，搅拌着面前的茶，看上去很紧张的样子。

我们已经有整整六周没见过面了。她这段时间都借住在丹妮尔家里，丹妮尔是她唱歌认识的朋友，她家离这儿有一百多千米远。我们在这六周里发过短信，也打过电话，但面对面地见到彼此这还是第一次。

我做了个深呼吸后，推门走了进去。

看到我后，邦妮立刻站了起来。她抿着嘴朝我露出一个拘谨的笑容，然后向我张开了双臂。可是我真的还做不到自然地拥抱她，她发现后，失望地咽了下口水，随即把手臂收回到身侧。

"好久不见。"她对我说。

"好久不见。"我也讷讷地回道。

"我很高兴能见到你。"

"我也是。"

我们突然都不知道该说什么好，我仔细听着店里的背景音乐，现在放的是凯莉版本的《圣诞宝贝》。

"呃，你要喝什么？"过了会儿，她问我。

我看了看墙上黑板写的菜单："麻烦帮我点杯热巧克力吧。"

她点点头，起身走向柜台。几分钟后，她端着我的热巧克力和一块用瓷盘装着的巧克力圣诞树蛋糕回来。

"我们分着吃吧。"说着，她把蛋糕一分为二，小的那块放到了餐巾纸上，然后把剩下的连盘子一起推到我面前。

"你今晚有演出？"我冲邦妮椅子边的行李箱扬了扬头问道。那个破旧的艳粉色箱子是她每次演出时用的，有一个角的塑料壳在那场火灾中被高温烤化了。

"是的，有场企业年会，就在环路那边的大酒店里举办。"

"那挺好的。"我顿了顿，然后一边吹着我的热巧克力，一边问她，"你在丹妮尔家过得怎么样？"

"哦，就那样吧，还可以。"她双手捧着自己的马克杯说，"稍微会有一点不自在，有种居无定所的感觉，不过还能有地方住就已经不错了。"

我有些好奇，邦妮在只有一个行李箱傍身的情况下，要怎么适应那里的生活，还是说，她已经开始重新囤积东西了？虽然丹妮尔给她提供的房间小了点，但毕竟还是有四面光秃秃的墙壁在。一想到这个可能性，我就觉得反胃。

"其实我不想在那里过圣诞节，但是不住那儿，还能住哪儿呢？"邦妮自嘲地说道，"乞丐是没有选择权的。"

"房子那边有什么进展了吗？"我问道。

"现在他们说要等到圣诞节之后才能弄好了。我一直都在催他们尽量早点，不过估计希望不大……"

"好吧。"我低低应了句。

"那你呢？"邦妮问我，"你和坦维家人相处得好吗？"

"挺好的，"我平铺直叙地说，"莎尔一家都对我很好。"

"很好"根本含蓄得不足以形容我感受的十分之一，他们对我完全好到了难以置信的地步。

"你这么说倒是提醒我了，我也会给他们送圣诞贺卡的。"邦妮热切地说。

我听后，牵强地笑了笑。

"昨天我又去见伊薇特了。"邦妮紧接着说了句。

伊薇特是救助机构给邦妮联系的心理医生，她对治疗强迫性囤积癖方面有很多独到的经验。

"然后呢？"我问她。

"治疗真的很难熬。"邦妮向我抱怨道。

她的话让我皱起了眉头。

"不是你想的那样，我想说的是，那是一件好事。"她连忙强调，"因为那意味着我确实在被治疗。"她努力挤出一丝笑容，看上去既自豪，又难过。"我真的在接受治疗，而且是积极配合的那种。"她对我说，"我想让你知道，罗，我是真的在认真对待这件事。"

我点点头，不知道该说什么好。我想相信邦妮，但是心里还是有一丝甚至更多的害怕，怕她现在仅有的这点进展随时会烟消云散，让我们最后又回到原点。

"她——我是说伊薇特——建议我把跟她说过的一些事情也告诉你，"邦妮试探地说，"当然，前提是你也愿意听的话。"

"嗯，可以的。"我缓缓地说。

"好的，太好了。"

她有些不知所措地顿了顿。

邦妮低头看向自己的双手，然后仿佛鼓起了勇气般，才抬头对我说道："你应该早就发现了吧，我和我父母的关系很差。"

"其实，就冲我从来没见过他们这一点，就足够说明问题了。"

她难堪地扯了扯嘴角。

"为什么会这样？"我问，"你们吵架了？"

"不是单单吵架那么简单。"

"他们是怎么样的人？"

她思索了一会儿。"很冷漠的人。"她说道，"你知道'孩子历来都只需要被照看，而不需要沟通'这句话吧？"

我点了点头。

"那句话就是为我父母量身打造的。"

当我听着邦妮讲她小时候是如何孤零零地待在一栋大房子里，害怕得瑟瑟发抖的时候，我仿佛隐隐看到了她当时的样子。曾经妈妈的形象在我脑海里就是一幅没有标序号的巨型连点拼图，密密麻麻，又乱七八糟，但现在我第一次觉得那些点开始逐渐连成了一幅画面。

"伊薇特认为，那是我之所以开始唱歌的诱因，"她接着说，"为了得到关注。不得不承认，她说得确实有些道理……"说到这儿，她停了下来，从自己那块蛋糕上挖了块巧克力吃。

"那之后发生了什么事？"我迫不及待地问道，"为什么你们后来再也不见面了？"

"其实我们也没有天翻地覆吵过，只是逐渐地，我意识到自己永远也无法成为他们心目中的那种女儿，而他们也不会成为我想要的那种父母，所以年纪一到，我就从家里搬出去了，仅此而已。"

"听完这些，你有什么想法吗？"邦妮偏着脑袋问我。

"我就是觉得，听上去很伤感。"我说道。

她笑着耸了耸肩："其实，还有很多比这更伤感的事我没说而已……他们根本就不该成为父母。可我也重蹈了他们的覆辙，你可能也是这么想我的……"

她的声音渐渐低了下去，在下一首背景音乐响起前，我感觉周围有一瞬间几乎鸦雀无声。

"差点儿忘了把这个给你。"邦妮说着，从她的手提包里拿出一个红色信封，她把它放在桌上，推到我眼前。

"我可以现在打开看吗？"我问她。

"当然，现在不是圣诞节吗？"

我打开了信封，看到卡片的正面上画着三只企鹅，它们都戴着鲁道夫的红鼻子和一对鹿角。卡片的里面，邦妮用她独特的斜体字写着：

罗，这张卡片是我有一天检查房子的时候发现的，也不知道为什么，但我就是觉得这上面的图案应该能让你笑一笑。爱你的妈妈。

落款不是邦妮。

而是妈妈。

"谢谢你。"我把它装进了包里，"它确实做到了。"

"做到什么？"

"让我笑了。"

邦妮紧绷的表情瞬间柔和下来，脸上绽开了笑容。

"你的演出几点开始？"我问她。

"7点。"她看了下手表，"其实我最好再早点过去，现场还需要做一些试音准备。"

我点了点头。

"如果你有兴趣的话，可以，呃，跟我一起去。"她用小镜子检查妆容的时候，状似不经意地加了句。

"去你的演出吗？"我意外地眨了眨眼睛。

邦妮脸微微泛红地说："是啊，你可以坐在后排，我保证他们不会介意的。"

她的提议让我有些动心。我已经很久没见过邦妮唱歌了，有好几年了。不过这股心动还不足以让我答应她，因为最关键的在于我还做不到能假装我们之间什么问题都没有的样子。我还没准备好。

"我就不去了，邦妮。"

她的脸色微变。

"有下次你再叫我。"我随即补了句。

"我会的。"她郑重地说。

邦妮坚持要开车送我回坦维家。

"抱歉里面这么乱。"她边说边整理着后排的座位，给我腾出一个能坐进去的位置。

"没关系。"坐进去后，我系上了安全带。虽然车里的情况和我上次见到的一样糟，但是这还是第一次邦妮自己承认她车里乱，而且她看上去甚至还有一丝尴尬。这个细微的改变却莫名地让我觉得深受震撼。

"你下周有什么安排吗？"邦妮在我们拐进希望树大街的时候，问我。

"没什么特别的，就是些学期末要做的事情而已。"我回道。

严格地讲，我没有说实话，因为下周五就是我要登台的圣诞音乐会了。

"你呢？"我问她。

"整个礼拜都有演出，"邦妮习以为常地说，"谁让现在是圣诞季呢，全是这些。"

"她家是那栋。"我指着坦维家的房子，对她说。

房子里的灯都开着，看上去温馨又美好。

"真是栋漂亮的房子。"邦妮把车停在院子外，轻轻吹了声口哨，一脸羡慕地说。

"是啊，能遇到他们，我真的很幸运。"

随着发动机的轰鸣声消失，车里陷入了沉寂。

"你最近跟你爸爸联系过吗？"她想了会儿，问我。

"联系过几次。"

"他那边还好吗？"

"就还那样吧。"

我只是觉得很可悲，非得等到房子都烧掉了，我才终于接受了这个事实，那就是爸爸永远都不会成为我想要的父亲的样子。

车里又安静了一会儿。

"我会越来越好的，罗。"邦妮说这话的时候，手紧紧地握在方向盘上，眼睛定定地望向车窗外的某处，"我最近想了很多，不单单是因为伊薇特，我也自我反思了很多。我真的在很用心地解决身上的问题，我是认真的。"

我咬着嘴唇，没有说话。我真的很想相信她的话，比任何时候都想。

"我要进去了。"最终，我只挤出了这句。

"好的。"邦妮低声应道。

我轻轻地在她脸颊上吻了一下。她身上满满都是定型喷雾和她最喜欢的香水味。我直到这时才震惊地发现，自己原来这么想念这个味道，这么想念她。

"晚安，邦妮。"我跟她告别。

"晚安。"她喃喃地回道。

我甩上车门，走进了院子里。邦妮一直在外面等到我进屋，才发动车子离开。

我进屋的时候，坦维正坐在楼梯上等我。"快说说，你们见得怎么样？"我鞋还没脱完，就听到她迫不及待地问。

"感觉……还可以。"我不知道该怎么说。

"这个'可以'到底是好还是不好的意思？"

"我也说不清，就是感觉有些不一样了。"

"要聊聊吗？"

"好呀，不过晚点吧，先让我歇会儿。"

"我们拿点我妈妈做的达尔豆泥边吃边聊？"

"好主意。"

那天晚上，我躺在安尼诗以前的床上，盯着头顶的天花板难以入睡。哪怕已经在这儿睡了一个多月，但眼前这个天花板的样子还是让我感到陌生。我整个人被一股深深的悲哀和渴望攥住，像被一张密不透风的网死死勒在里面，透不过气来。

因为我发现，自己有多享受和坦维他们亲如一家的生活，我心里就有多想家。

我想念阿卡迪亚大街。

我想念邦妮。

我想念那个无论是好还是坏，都被我称为家的地方。

43

我紧张得站都快站不稳了，结果坦维还在那儿火上浇油，透过幕布缝隙不断往外瞄，嘴里一刻不停地嚷着观众席里又坐了多少人。

"我的天哪，外面几乎都坐满了！"她兴奋地抽了口气，"快来看！"

我用力向她摇了摇头。我曾经在灯光控制台参与过十几场演出，现在外面是什么样的对我来说并不难想象。无论是观众从学校昏暗的大礼堂里鱼贯而入、找座位的样子，还是他们翻着节目单，一边拆糖果，一边满心期待节目开演的样子，都是我再熟悉不过的了。每年圣诞音乐会的场面都非常火爆，很多人都坐不到位置，只能站在后面看。

"所有人都过来站队了。"米尔福德老师大声召集着我们，"坦维，你到底要我说多少次，离幕布远点儿。"

坦维不情不愿地缩回队伍，咧着嘴笑得一脸傻气。

作为音乐会的开场，唱诗班的第一个节目是热门的节日金曲串烧。之后就要一直等到音乐会快结束的时候，我们才会再次登台，演唱传统曲目作为整场的压轴表演。那其中也包括我的独唱。

昨天带妆彩排的效果非常好，哪怕在没有充分热身开嗓的情况下，我的声音依然能保持清澈婉转。当我沉浸在宏伟的音乐中时，我觉得自己充满了力量，生机勃勃。不过那时我是对着空无一人又明亮的大礼堂唱的，而且其他的唱诗班成员都站在我身后，看不到他们，眼前又空旷，所以我很容易说服自己把那当成是和米尔福德老师的排练。虽然现在再想起伦敦的那场复试，我已经不会像之前那样痛苦不堪了，但我还是无法忘记，那股紧张的情绪是如何像水蛭一样钻进我毫无防备的身体里，怎么甩都甩不掉，直到把我彻底打垮。哪怕昨天的彩排效果再好，我都无法保证当时的情况不会在今晚重演。

我站到了和坦维同排旁边的位置。随着红色的丝绒大幕缓缓拉开，等待的观众席突然鸦雀无声。米尔福德老师走上台，对到场的观众们表示欢迎后，就大步走向了钢琴。随着欢快的《雪橇行》前奏从他手下响起，我的视线也渐渐适应了眼前这片陌生的黑暗场景。虽然只能看到前几排的样子，但是我能感觉到整个礼堂里坐得有多满。我想到了朱迪，她今天也硬拉着男朋友陪她来了，不知道她和那个可怜的家伙坐到了哪里。

我还想到了诺亚。在过去的一个月里，我们下了十一盘棋，看了三场电影，还一起吃过两次超大份的鱼和薯条。我们，还接过一次吻。

那个吻发生在周日晚上，我们最后一次见面的时候。那种温柔的感觉美好得让人浑身战栗，我忍不住一边掰着手指期待着下次见面，一边在脑海里将它回味了不下千遍。

开场的金曲串烧效果非常好。这些歌本来就脍炙人口，而且听众们明显也都沉浸在节日的氛围中。他们大部分身上都挂着亮晶晶的金箔纸，要不就是戴着一闪一闪的圣诞帽，纷纷跟着熟悉的曲调拍手打节拍。

唱诗班的开场结束后，下一个要表演的学校乐队开始登场。下了台，我就明显感觉到刚才借着人群压下去的紧张情绪又杀了回来，它像阿卡迪亚大街 48 号外墙的藤蔓似的，一点点地从我脚底缠了上来。

我慌张地离开队伍，走到了房间的角落里，背朝着所有人站着。不一会儿，坦维到我身旁边，摇了摇我的手臂。

"罗，你怎么了？"她一脸担心地问我。

"我很紧张。"我头也不回地说。

"紧张什么？你等会儿一定会惊艳全场的。"

我猛地转身抓住她的手肘："如果我做不到呢？要是我跑调了怎么办？忘词了怎么办？甚至我开口后根本出不了声，那要怎么办？"

"你说的这些都不会发生的，罗。"

"但万一就是发生了呢？"

"那发生就发生了呗。"

"坦维！"我冲着她喊了起来，"你是过来帮忙的吗？"

"我的意思是，那样的后果肯定很糟糕，"坦维继续说道，"会让你觉得痛苦、丢脸和沮丧不堪。但是你知道更糟的情况是什么吗？"

"不知道，被活埋吗？绑在柱子上烧死？还是拖去喂熊？"

"都不是！是你放弃这次独唱的机会，然后后悔一辈子。实在不行的话，"她想了想，说道，"你就想象一下台下的观众都在裸奔，或者更好一点，他们全都蹲在厕所里，正在便秘。"

她的话让我忍俊不禁。

"我可真是谢谢你了，"我又气又笑地说，"给我提供了这么美好的一幅画面。"

"谁让我们是最好的朋友呢。"坦维与有荣焉地微微鞠了个躬。

转眼间，音乐会就接近了尾声，马上又轮到我们集合登台了。《圣善夜》是倒数第二首曲目。当我还在唱倒数第三首《钟声颂歌》的时候，我感觉自己已经开始心跳如雷，咚咚咚的声音响得整个唱诗班都能听到。歌曲越接近尾声，我的心脏就跳得越快，到最后快得我都数不清一分钟跳了多少下。随着观众的掌声响起，我抬起脚一步一步地走到了舞台中央。掌声渐渐平息后，米尔福德老师没有马上开始弹奏，而是略略在琴凳上调整着姿势。观众在他的带领下，也陆续发出咳嗽和拆糖果包装的刺啦声，有的也趁机在座位上舒展了下身体。我无处安放的目光渐渐投向了灯光控制台，那里曾经是我最熟悉的地方。

随后，我回头看了米尔福德老师一眼。

"你能行的。"他冲我比着嘴型，"准备好了吗？"

我破釜沉舟地点了点头。

一开始的几节，我唱出来的声音又轻又迟疑，慌得我的心脏开始怦怦直跳。一定要撑住，我在心底拼命对自己说，我一定不能这个时候、在这个舞台上垮掉。

就在这时，我想起了站在我身后的坦维，她和米尔福德老师、唱诗班的其他成员，还有朱迪、诺亚，他们都在坚定地支持着我。这个突如其来的认知让我忽然镇定了下来，心里的惶恐不安如潮水般退去。我的声音开始变得饱满激昂，我在歌声里倾注了自己所有的力量和热情，仿佛这就是我生命的全部意义。

唱完后，观众席里爆发出超出我想象的喝彩声，他们拍手叫好，跺脚欢呼。我手足无措得都忘了要鞠躬谢幕，恍恍惚惚地向观众点了点头，就飘回了队伍里。合唱团的其他成员也都在鼓掌，坦维是其中鼓得最大声的。她笑得嘴都快裂开了，两只手拍出来的声音我听着都替她疼。

直到最后一首《至高处的欢呼》的前奏响起，我才晕晕乎乎地回到了现实，我才发现，自己脸上不知什么时候已经挂满了喜悦的泪水。

在这个本该完美谢幕的时刻，我还是感到了一丝遗憾。我知道自己在犯傻，因为我甚至都没跟邦妮提过音乐会的事，而且就算我说了，她也没空过来。但是在这一刻，我脑海里唯一的念头就是：要是我妈妈在现场，就好了。

44

    我整整花了十分钟才穿过休息大厅，因为一路上不断有家长和不太认识的人过来祝贺我演出成功，让我不得不停下脚步跟他们寒暄。我刚走到，朱迪和她男朋友班尼就围到了我身边。虽然朱迪还挂着拐杖，但他们身上傻里傻气的圣诞毛衣和拐杖上缠着的金箔纸都透着浓浓的节日气氛。

    "我的老天爷！"朱迪冲着我尖叫道，"你唱得太好了，罗！"

    "你有没有想过去参加《英国偶像》？"瘦瘦高高的班尼顶着一头浅金色的爆炸头，问我，"你真的该去报名。"

    "我可不这么觉得。"我笑着说。

    "什么？"他大声叫道，"小女孩，你傻了吗！"

    就在班尼滔滔不绝地劝我报名参加明年海选的时候，我的余光扫到了人群外的诺亚。幸好朱迪也注意到了他，然后递给我一个心照不宣的笑容。

    "好了，班尼，"她拽着班尼的袖子，冲我眨眨眼，"别在这儿挡道了，我渴了，买点喝的去。"我挥挥手目送他们离开，然后转身看向诺亚。他还穿着校服，今天也是他学期的最后一天。

"嗨。"我跟他打着招呼。

"嗨。"他冲我说道。

他顿了顿，才走到我面前，俯身吻上了我的脸颊。虽然他有点没找准位置，亲到了我耳朵上，但这种感觉还是好极了。

"你唱得很棒。"他直起身体后，对我说。

"谢谢。"

"我不是在跟你客套，罗，你刚才真的唱得特别、非常、极其好听。"

"谢谢。"我还是这么回道，不过边说边笑了起来。

我们沉浸在这种气氛中，谁都没说话。

"呃，你周日打算做什么？"过了一会儿，他开口问我。

"还没想过，不过应该也没什么安排。"

"那，你要不要来我妈妈家玩？她这周末要带费恩去谢菲尔德参加足球联赛，所以我们到时候无论是看电视也好，或者是做别的什么，都很自由，也不用时不时地担心费恩会来打扰……"他越说，声音越小，橄榄色的脸庞都染上了一层粉色。

"好呀。"我心里微微发颤地回道。

"好的，太好了。"他笑得一脸羞涩，"稍等一下，我电话响了。"他从口袋里掏出手机，"我妈妈永远都把时间算得一分不差。她就在外面，抱歉我得走了。"

"没关系。那我们周日再见？"

"嗯，到时候我去坦维家接你吧，10点钟怎么样？"

"没问题。"

说完后，诺亚并没有马上离开，他仿佛鼓起了勇气一般又上前吻了我，这个吻落下的位置简直完美。

我在出口的位置找到了坦维一家。看到我走近，他们立刻大声欢呼起来。看到他们这样，我真的备受感动，但同时心里也难过得无法自抑。因为无论他们对我再好、再亲如一家，我只要看到他们，就会不由自主地想起我真正的家人一个都没有到场。

上周我给爸爸发短信说了音乐会的事，结果他过了两天才回我：

抱歉我没法儿到场了，伊西那晚也有舞蹈表演。祝你演出成功。爸爸。

他的选择并没有让我太意外，可我仍然觉得很受伤。我甚至觉得自己可能永远都无法摆脱这样的伤害了。

我正和普瑞莎说话的时候，坦维来到了我们身边，"抱歉打扰一下，"她凑过来说道，"能让我和罗单独说两句吗？"

"当然。"普瑞莎说着，站到了一边。

"怎么了？"我问她。

"那边有人想见你。"

"是谁？"我皱着眉问。

拜托可千万别是我爸爸。

她指了指不远处。

休息厅里挤满了人，我找了好一会儿才发现她要让我看谁。

隔着来来往往的人群，我看到了她。

她正挨着圣诞树站着，脚边放着一个背包。

那个人，是邦妮。

她新染了头发，深色的樱桃红很适合寒冷的冬天，也很适合她。

"是我邀请她来的，"坦维见状，说道，"希望你不会怪我多管闲事。"

我冲坦维无声地摇了摇头，然后挤进人群，朝她走去。邦妮在我离她还有两三米远的时候看到了我，随即脸上扬起了笑容。

"你，看到我唱歌了？"我走到了她面前。

　　不知道为什么，我听上去有点喘不过气的感觉。

　　"我看到了。"她肯定地说。

　　"你今天不是有演出的吗？"

　　"我让丹妮尔替我去了。"

　　我默默地消化着这个事实，一时间，不知该说什么。我真的没想到，邦妮刚刚会坐在观众席里，从头到尾听着我唱歌。

　　"罗，你的嗓音，"邦妮有些笨拙地对我说，"真的……真的很动听。"

　　我的心像吹气球似的，一下子变得鼓鼓胀胀。听到她说的这一刻，我才意识到，原来我心里是那么渴望得到她的夸赞。

　　"谢谢。"我百感交集地说出这两个字。

　　"我是说真的，罗，你唱得真的很好，我竟然从来都不知道……"她拉着我的手，满眼泪水地对我说，"对不起。那次复试都是因为我，是我害你没选进那个合唱团，我真的知道错了。你能不能再去试一次？求求你告诉我，还有机会的是不是？"

　　"我，我想是的。"我犹豫了一下，说道，"明年应该还有的。"

　　"太好了。"邦妮摇着我的胳膊说道，她脸色激动得快跟她头发一个颜色了，"拜托你答应我，一定要再去试一次，好吗？"

　　"好的。"我看着她说。

　　"你保证？"

　　"我保证。"

　　在那一刻，我下定了决心，自己一定会说到做到，我一定要再去试一次。

　　"好孩子。"

　　她松开我的手后，我们不约而同地低下了头，突然都有点不好意思看对方。

邦妮尴尬地清了清嗓子："那个，不知道你愿不愿意，今晚跟我一起回家？"

我猛地抬起头："不是说要等到圣诞节之后，房子才能弄好的吗？"

"我想办法加快了一点进度。"

我有些迟疑。包括这件事在内，今晚所有的事都太出乎我的意料了。

"房子里还没完全弄好。"邦妮继续说道，"我是说，里面还有很多需要整理的地方，我也不知道之后还得花多长时间才能整理好。现在我已经有些好转了，虽然还有很多需要治疗改进的地方，不过总有一天我会彻底好的，真的……"

"而且卡瑞娜也同意了的，如果你还不放心的话，"她立马接着说道，"我们可以在圣诞节后再去复查一次。你过夜用的东西我都准备好了，牙刷、睡衣、毛巾……"她指了指脚边的背包。

看到我还是一言不发的样子，她失望地垂下了脸。

"可能是我不该提得这么突然，"她强颜欢笑地说，"我只是想给你个惊喜，没别的意思，是我考虑不周……"

"你别那么说，"我向她解释，"不是你想的那样。只是我之前已经跟坦维约好了，等会儿要去'摇一摇'。"

"哦，好吧，那我不留你了。我们约明天怎么样，到时候，我给你打电话？"她弯腰拎起背包。

"等等。"我突然叫住了她，眼睛飞快地在人群里搜索到坦维，她看到后，也笑着向我挥了挥手。我转身对邦妮说："让坦维跟我们一起去怎么样？"

邦妮有些惊讶地站直了身体："去我们家吗？"

"对的。我是说，如果你不介意的话。"

邦妮脸上的紧张化为了笑意："罗，我很愿意。"

邦妮带着坦维和我一起乘公交车回家，路上，我们提早了两三站下车去买了鱼和薯条。买好后，我们各自抱着自己的那份，手里热乎乎地往家走去。就如我预料的那样，邦妮和坦维相处融洽得就像老朋友似的。我从未想过有朝一日，我们能像这样一起走回家。

自从那晚着火后，我就再也没回过阿卡迪亚大街。离开了六周后第一次回来，走在街上，我有种恍如隔世的感觉。脱去墙壁上的藤蔓后，阿卡迪亚大街 48 号看上去脆弱又毫无防备，感觉有点像卸了妆的邦妮。

我走进院子后，本能地就往通向后门的小路走，坦维也自然而然地跟在我身后。

"我想，我们直接从前门进就好。"邦妮在我们身后大声说完，晃了晃食指上那串闪闪发亮的钥匙。

我猛地咽了下口水。我记得自己最后一次从前门走的时候，个子还没有信箱高。在夜色的掩护下，坦维伸手握住我的手，捏了一下。

"你还记得我之前说过的吧，"在我带着坦维掉头走向她的时候，邦妮声音有些低沉地说，"房子里还没完全弄好。"

"我记得的，邦妮。"我说道。

邦妮紧张地笑了笑，然后把钥匙插进了锁里。有那么一小会儿，钥匙似乎卡在了里面，但是随着邦妮手指轻轻一扭，钥匙在锁眼里一转，那扇门嘎吱一声就开了。一股刚刷完的油漆味扑面而来，这个味道和这栋房子太不搭了。我不知所措地站在原地，脑海里一瞬间闪过了许多画面，让我的头都有些疼了起来。

邦妮进去打开了灯，当我看着被照亮的门厅，发觉这还是我第一次从进门的角度看这个地方。

邦妮说得没错，房子里还没有完全整理好。墙边还是堆着很多东西，但总体来说已经比之前少得多了；而且从门厅到厨房也腾出了一条明显的过道，让人可以畅通无阻地走过去。我的目光随即落到了地毯上。

"原来是绿色的。"我轻轻地说。

"你说什么？"邦妮问。

我笑着摇了摇头："没什么。"

当奇迹降临在生活中时，表现出的形式和样子都大不相同，有时候波澜壮阔、引人注目，有时候平淡无奇、毫不起眼。

在外人眼中，这可能只是无比平常的一幕：一位母亲带着女儿以及女儿最好的朋友一起围坐在餐桌边，她们直接把鱼和薯条放在桌子上，拆开包装就吃了起来。

但对罗·斯诺来说，这就是她期待已久的奇迹。

感言

在戴维·菲克林图书的悉心帮助下，才有了这本小说的最终问世。如果不是有这个优秀的出版社在背后给予我耐心的陪伴和鼓励，罗的故事根本无缘和大家见面。在这期间，我和整个出版团队的合作都无比愉快，我每一天都在为自己能成为这个出版社的作者而充满感恩。在这里，我尤其要感谢我的编辑贝拉·皮尔森。无论是寻根究底地提问，还是给到我精妙绝伦的建议，或是对细节进行严谨入微的把控，你一直都在精益求精地帮助我把这本书写到最好。无须多说，我一定会非常想念你的。我还要感谢我的审稿人，罗茜·菲科林从一开始就坚定地支持我去写罗的故事。同时我还要感谢这本书的设计图团队（尤其是爱丽丝·托德），他们为这个故事设计出了绝配的封面；凯洛琳·麦格隆永远都那么冷静、和蔼又才华横溢，菲尔·厄尔一直都充满热情，且宽容大方，而戴维·菲克林图书的存在让每个瞬间都充满了欢笑。

我非常感谢我的经纪人凯瑟琳·克拉克。你一直在我写作的路上为我保驾护航，让我走的每一步都安全又明智；我能取得今天的成就离不开你的支持和引导。

我还要向英国青年社区里所有的作者、博主、书商和出版界的同人表示衷心的感谢，因为你们，才让这个论坛变得与众不同。其中我特别要感谢和我成为挚友的楠·普兰特（还有为我们提供便宜香槟的奥尔蒂）。

谢谢格雷戈里·埃斯顿为这本书取的名字，也谢谢很多其他为这本书贡献了各种好想法的朋友——看过初稿后就一直劝我坚持写下去的马特·菲利普斯、为我解答社会救助工作程序的安妮·墨菲，以及告诉我医院相关知识的凯丝·诺兰和海伦·威廉姆森（书中的有关描写如有错误，完全是我个人的问题）。

特别感谢艾默生·米尔福德·狄克逊在格伦费尔作者拍卖会上的慷慨出价。谢谢你让我在这本书里用了你两个名字。

我是从 2014 年开始着笔写这本书的，中途一度放弃了两次，最终在 2017 年 1 月，我才秉着严肃的态度，彻底下决心要把这个故事完成。我周一晚上的写作小组成员是我最早的重要读者。克里斯、玛利亚、萨拉梅、菲欧娜还有詹姆斯，谢谢你们一直以来的耐心陪伴和支持。

我还要一如既往地感谢我的家人（妈妈、爸爸、海伦、杰克和伊思拉），谢谢你们一直在用自己的方式支持着我。也谢谢我亲爱的朋友们——尼基·迪比利、凯瑟琳·杰克逊、维尼·唐和戴夫·惠特菲尔德——愿意一直不厌其烦地听我唠叨情节设计、取标题名和赶稿期间的各种事情，你们让我知道了什么是真正的朋友，谢谢有你们在我身边。

最后，我还要感谢我的头号啦啦队队长迪伦·布雷。我们曾经的讨论和对话对这本书最后的样子产生了至关重要的影响。